仐三 著

高寶書版集團

Ⅲ 卷一・江湖河海・湖之卷(上)

目錄

第一章　一年以後

又是一年北方的冬天，夜深。

還是那一個邊境小城，在如此寒冷的夜裡，已經沒有什麼行人在路上了，除了我。

從那一家熟悉的小酒館出來，我忘記了給老闆道歉，又一次的在別人早已打烊的店喝到夜深。

走出店門的時候，感覺自己是醉的，心裡卻是醒的，習慣性疼痛的心臟在胸腔跳動，可我已經對這種狀態的自己麻木，每隔兩、三天，總是這樣的狀態才能沉沉入睡，一年了，若還不麻木，我想我已經被痛死在某個角落了吧？

寂寥的走出店門，老闆叫住了我，我醉眼朦朧地轉頭，有些口齒不清地問：「是……是錢沒給夠嗎？」

「哪能呢？這一年你幾乎是天天來這兒照顧我們兩口子生意，一次兩次沒給錢，就當哥請你了。」老闆很憨厚耿直，說這話的時候挺真誠。

在這天寒地凍的夜裡，他的話帶著溫暖的熱氣兒，倒是讓我冰冷的心稍微暖了一下。

「那老哥，啥事兒啊？沒事兒……我……我得回去了。」雪花飄落，落在我的肩膀，稍微暖了一下的心又開始疼痛冰冷起來，我發現在很多時候，我失去了和人好好說話的耐心。

「大兄弟，我那意思是這天寒地凍的，又這大半夜了，你就在這兒將就住一晚？這麼冷，可是會是凍死人啊，我家小店二樓，有間房……」那老闆開口對我說道。

可他的話還沒說完，我就已經打斷了他，說道：「不用，我得回去，回去心裡才能好受點兒。謝謝您了。」說完，我就扭頭，騎上了自己那輛自行車，歪歪扭扭的上路了。

身後傳來的是善良老闆兩口子的議論聲，我聽見老闆娘責怪老闆：「這大夜裡的，這冷，他喝得這醉，你咋能讓他一個人走了呢？萬一出事兒呢咋辦？」

「我留了啊，可人家不領情啊，哎，這好好的小夥子，瞅著也不像個壞人，咋隔三差五的就這副德行呢？非把自己弄得這醉？」

「那我們哪能知道呢？是有什麼傷心事吧？」老闆娘不確定地說道。

隨著距離的拉開，他們的聲音已經越來越小，小到我已經聽不清楚，腦子裡唯一反覆過濾的就是三個字兒：傷心事。

是啊，傷心事，一生所愛或者已經永不再見，算不算傷心事？我執意留在這個小城，留在我們來這裡之前租的房子，生活了已經一年，想等待著奇蹟出現，等待著她會出現，卻日復一日的失望，越來越絕望，算不算傷心事兒？

「或者不再見，或者還會再見，一切都看緣分。」想起這句話，我有些恍惚，如雪，妳該不會是騙我的吧？沒人有回答我，只有天上的雪花飄得洋洋灑灑。

一個人的街道，是那麼冷清，街道的兩旁，窗戶裡散發出來的黃色燈光又是那麼的溫暖，只不過幾米的距離，我卻感覺身處在冰冷天地裡的我，離那溫暖遠得像十萬八千里。

沒有淚水，表情麻木，卻也不知道哪幾家在放電視，那聲音在這冰冷的街道迴盪，我完

全不知道在講些什麼，只是機械地蹬著自行車，可是漸漸地我就呆了。因為不知道從誰家的電視裡，傳來了一陣熟悉的曲調，一個女聲淡淡地唱著：「半冷半暖秋天，熨帖在你身邊，靜靜看著流光飛舞，那風中……」

我從發呆一下子變得激動，我發瘋地找是哪一家窗戶傳來的這一首歌，如果在這麼冰冷的街道，我竟然聽見了這首歌，是不是代表我和如雪的緣分未盡？

我腦中恍惚，心中的喜悅來得莫名其妙，我好像又回到了很多年前，月堰湖畔，輕紗飛舞的涼亭，如雪靠在我肩頭，一起看著我們身前那個紅泥爐子上的湯散發著裊裊青煙，然後輕聲給我唱起這首歌。

我陷入回憶裡，終於找到是哪個窗戶，卻因為整個人恍惚加醉意朦朧，一下子從自行車上跌落了下來，我沒有覺得疼痛，雖然雙手被這冰冷的地面搓得血肉模糊……

我踉蹌地跑到那窗戶下，靠牆呆坐著，靜靜聽完了這一首《流光飛舞》，臉上早已經是冰冷的淚水一片，卻再也不想動彈，任由雪花飛舞在我的身上，讓它將我掩埋吧，就如如雪的擁抱。

在一片朦朧中，我感覺自己的身子越來越冷，那冰冷的雪花原來根本沒有如雪的溫暖，是我想錯了嗎？我閉著雙眼，麻木地傻笑，感覺自己的頭昏昏沉沉的，整個人更加恍惚。

那就乾脆在這裡休息吧？我躺倒在了路邊，整個人已經思維不清，在黑暗中，在朦朧中，我看見如雪從那道大門裡出來了，她來找我了，我看見師傅在旁邊笑吟吟地看，說道：「承一，這姑娘不錯，娶了她吧。」

我臉上笑著，還有什麼比這個更幸福的？娶了她以後，從此就和你們生活在一起，然後每一晚也有一盞黃色的燈光在等著我嗎？

在迷糊中，我聽見有人在叫我：「三哥哥，三哥哥……」

「承一，承一……」

好多聲音啊，可是那麼幸福的時刻，我怎麼捨得睜開眼睛，我執意陷入自己的世界，不願意再醒來，我感覺有人在拖動我，然後我躺在了一個稍微溫暖一些的地方，我聽見了發動機的聲音，是有人開車嗎？如果是要帶我離開這裡，我不願意……

我想掙扎，可是全身酸軟得沒力氣，哼哼了兩聲之後，終究陷入了更沉更沉的昏沉……

我不知道自己睡了多久，我只是感覺自己很熱，頭很疼，很昏沉，我很口渴，也很難受，所以我開始掙扎起來，在掙扎中，我才發現自己的眼睛是閉著的，我在哪裡？我猛地一下睜開了眼睛。

首先映入眼簾的，是一張熟悉的臉，我那麼刻在心裡的五官，如雪嗎？不，不是她，是如月，她們長得很相似，可是還是一眼就能區別兩人。

我的眼神從驚喜變得平淡，抬眼看看，看見的依舊是那熟悉的天花板，我也就知道，我還在這座北方的邊境小城，那間熟悉的出租屋，這就夠了，我要在這裡等如雪！

我一點也不好奇如月為什麼會在這裡。

「三哥哥，你醒了？」見我睜眼，如月開口問道，她手上拿著一張毛巾，一邊問一邊就給我搭在了額頭上。

我是發燒了嗎？想到這個，我忽然就笑了，我這是怎麼了？從小師傅給我打得如此好的身體底子，我竟然會發燒？

這樣想著，我衝著如月點點頭，然後開口喊道：「喝水……」一出聲，我自己都嚇一跳，為什麼聲音會變得如此沙啞，而且有種開不了口說話的感覺。

卻不想，一個人一把把我扶起來，然後水就遞到了我嘴邊，我看了一眼，是沁淮！

「承一，我說你咋這樣？得得，活該是我和如月欠你的，大老遠還要跑來照顧你這個大爺？你他媽能不能振作一點兒？」沁淮的聲音在我的耳邊響起，我卻當沒聽見，「咕咚咕咚」的喝著杯子裡的溫水，水滑過喉嚨，我感覺自己的喉嚨好了很多，卻還是不想說話，一把又躺在了床上。

「得了，別躺下，馬上得喝藥了。」另外一個聲音插了進來，我一聽，就知道是承心哥來了。

他還是那副乾乾淨淨的樣子，手上端著一碗正在散發苦澀滋味的藥湯，走了進來。

我的心一下子一緊，是時間到了嗎？

我想起了那一天，在這裡分別時的場景，承心哥勸說著我：「走吧，承一，跟我回去，你好歹得看看你爸媽不是？」

「不了，我現在難受，我哪兒也去不了，我只能留在這兒，離她近點兒，心裡還能舒服點兒！」

「你是想留在這裡等如雪吧？你覺得她還會到這裡來找你，對吧？」

「……」

最後，承心哥無奈，只能這樣對我說道：「那你留在這兒吧，我們在外邊湊錢，辦一些相關的事兒，等到能出航那一天，我就來找你。」

「好，我的存摺在屋裡衣櫃的第二個抽屜，密碼是×××，當是我湊的錢。」

往事歷歷在目，承心哥這一來，就是我們要出航了嗎？時間終於到了，我要離開這裡了嗎？

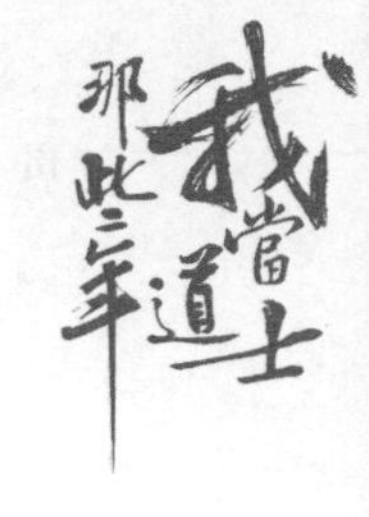

第二章　新生

我發燒了兩天，這其間一直是承心哥、如月還有沁淮在照顧我，老張夫妻也來得挺勤快！

這一年，老張照顧了我不少，承心哥他們就是老張看我越來越不像話，然後叫來的。那一個我喝醉的晚上，也是老張帶著他們滿城地找我。

兩天後，我的燒退了，人也好得差不多了，而如月說要和我談談，其實在這兩天，他們都一直迴避和我談話的，如月是第一個要找我談的。

是談如雪的問題。

關於如雪的問題，我覺得如月比我看得開，經歷了短暫的悲傷以後，如月就恢復了，反而活得越發堅強和有朝氣，我很好奇，這是為什麼，所以我也沉下心來決定和如月談談。

短暫扯了一點兒別的，如月果然開始說如雪了，她的第一句話是這樣對我說的：「姐姐又不是待在那個漆黑沉沉的龍墓裡，只是每隔一段時間會去龍墓施術讓蟲子沉睡，其餘的時間都是生活在那片森林裡，多好啊。」

「有什麼好的？見不到親人，也不見不到朋友。」還有一句話，很自私，我沒說，那就是我和她也彼此見不到了。

面對我的話，如月幽幽歎息了一聲，一邊看著我一口一口喝粥，一邊對我說道：「三哥哥，如果那片森林就真的如你和承心哥描述得那樣美好，就像一個與世隔絕的桃花源，姐姐在那裡是不會那麼難過的。這麼多年來，你一直不瞭解姐姐，她是一個喜歡把每一個重要的人都放在心底的人，她不需要日日和誰相守，她只需要知道這些人在她心裡，如同她在意這些人一樣，這些人也同樣在乎她就夠了的人。」

我放下碗，看著如月，好像領悟了一點兒什麼東西。

如月繼續說道：「其實姐姐很苦，她守在月堰苗寨是守，守在龍墓也是守。可是那樣一個神仙般的地方，充滿了靈氣，又有那麼多修煉的前輩，還有那麼多珍奇藥材，姐姐說不定還得到了一段機緣，三哥哥，你覺得是有什麼不好嗎？」

是啊，有什麼不好嗎？我愣了！

如月歎息了一聲說道：「三哥哥，當初不是說好，祝福我姐姐，坦然放下的嗎？你就放下吧，雖然我知道這件事情說起來簡單，做起來很難，需要時間，可是你總得讓我們看見你有放下的心啊？」

我不說話了，因為我知道如月說的都對，當初不是說好了嗎？只是心太痛，那一幕離別對我來說太慘，我也就任由自己沉淪在悲傷裡了。

每一個關心我的人，都在「寵」我，師兄妹、朋友、親人，他們都在給我時間讓我去消化傷痛，難道他們不難過嗎？他們只是不想打擾我，有些事情不是旁人去勸，我就能做到，就如如月說的，我需要時間，但如今，一年了，時間也該夠了吧？

想到這裡，我摸了摸鬍子拉渣的臉，忽然就笑了，還像小時候那樣，寵愛地摸了摸如

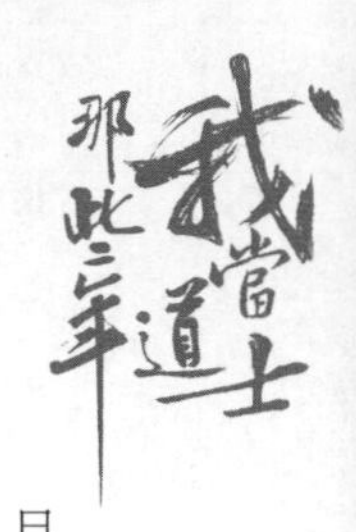

月的頭髮，說道：「嗯，我知道了，再過幾天，陳承一，就回來了，如雪會在那裡生活得很好，陳承一也會生活得很好。」

如月聽見就笑了，就像小時候那樣，皺起鼻子笑，很是可愛，也如同一縷陽光，照亮了這一年來，我一直陰霾的心情。

窗外，雪早就停了，窗外，竟然有冬季裡罕見的陽光，那陽光透過窗戶，照得我瞇起了雙眼，照得我暖洋洋得很舒服，我的神情在這一年以來，第一次有了放鬆，這種放鬆讓我覺得連呼吸都暢快了起來。

也不知道沁淮什麼時候站在門口，看見我，忽然就鼓掌了，大喊道：「嘖嘖，歡迎啊，咱們的英雄陳承一歸來了。」

我望著沁淮，說道：「你小子再這麼誇張，信不信我要找你單挑？」

沁淮快步走到我的面前，一把就把我從床上扯起來，嘴上喊著：「走，跟我去衛生間，看看到底是你誇張，還是我誇張。」

一年來醉生夢死，兩天來都幾乎躺在床上，我的腳步有一些虛，幾乎是沁淮扶著我進的衛生間。

剛進去，沁淮就拉我在鏡子面前站定了，然後站在身後扶著我，大聲說道：「看看你自己，陳承一，你說到底是誰誇張？」

我看著鏡中的自己，頭髮蓬亂，雙眼也沒有什麼光，這一年瘦得厲害，因為都喝酒，不大吃東西，喝完了又吐，連胃都隱隱有些毛病了，怎麼可能不瘦？外加，那很久沒刮過的絡腮鬍子，讓我看起來，就如同老了十歲，像一個深山裡來的野人似的。

「不說話了，對吧？覺得自己誇張了，對吧？要不是我和你認識那麼多年，你的眉眼我早已經記得清清楚楚，你說我他媽敢認你是陳承一，是我那鐵哥們嗎？別動……」沁淮一邊說話的時候，一邊就手腳麻利地忙開了，先是在我臉上用熱毛巾敷了一會兒，然後給我塗上了刮鬍膏，開始用刮鬍刀幫我刮起鬍子來。

我不說話，任由沁淮幫我刮著鬍子，就好像當年在四合院裡，他用水幫我整理頭髮，硬是把「崔健範兒」給我弄成「乖學生範兒」，免得我回去被師傅痛揍！

鬍子夾雜著刮鬍膏，一縷一縷掉落在洗手池裡，就如我那頹廢悲傷的情緒也一點一點的被刮掉，我的臉乾淨了起來，心情也慢慢沉澱了下來。

煉的苦，沉的痛，我用了一年，終於是快要走到了光明，師傅，我有些明白了。

十來分鐘以後，沁淮仔仔細細地把鬍子給我刮乾淨了，看著鏡中煥然一新的自己，我望著鏡子笑了，沁淮一把把梳子塞我手裡，對我說道：「承心哥在外面等著你了，說和你去江邊走走，有話和你說，你自己收拾整齊點兒吧？最好洗個澡！人精神點兒，那還有什麼事兒放不下？自己都把自己弄成那德性了，就是等著人來可憐嗎？」

「得了，別囉嗦了，我知道了。」我打燃熱水器，爽快脫起了衣服，沁淮還站在那兒沒走。

「咋了，你還得看我洗澡，是吧？」我調侃了沁淮一句。

「得，這一年，每次我來看你，包括酥肉這天寒地凍的還抱著我乾女兒來看你，你哪次不是一副要死要活，就差沒說我是要飯的頹廢範兒？這一下還真不習慣。」沁淮搖著頭說道。

我笑著把衣服扔他肩膀上，說道：「行了，你就是怕老子帥哥歸來，搶了你的風頭，你以為我不知道？」

「我×，你省省吧。」沁淮笑著離開了，我能看出來他是真的開心。

陳承一或者不幸，少時離家，青年離師，還痛失一生所愛的女人，可陳承一，其實也很幸運，因為他身邊的人對他的感情都很真，包括離開的每一個人。

熱水打在臉上，我的想法就是這樣的簡單。

洗完澡，收拾了一番出來，我覺得自己整個人都舒服了很多，沁淮陪著我一路走出門，走下樓，他告訴我承心哥就在院子裡等著我，我也弄不明白，是有多嚴重的事兒，承心哥要搞得這麼鄭重其事。

只是走到樓下的時候，沁淮忽然叫住了我：「承一！」

「嗯？」我詫異地回頭，看見沁淮的表情有些複雜，我微微皺眉，不知道沁淮這是有什麼事兒。

「我……我準備明年春節過後，就和如月訂婚，不是結婚，就是訂婚。」沁淮說得吞吞吐吐，彷彿這是什麼見不得光的事情一般，還特意給我解釋了一下只是訂婚，不是結婚。

我皺著眉頭，望著沁淮，忽然就大步走了過去，沁淮以為我要抽他，下意識地縮了一下頭，我卻一把給了他一個熊抱，然後在他耳邊說道：「哥們兒，我真的為你開心，是真的！和如月要幸福！這話，你要我說一百遍，你才肯放心嗎？」

沁淮鬆了口氣，然後也感動地抱了抱我，然後離開搥了我一拳，說道：「我這能放心嗎？總覺得我是趁人之危了，況且如月這麼多年一直喜歡你，現在你和如雪又那樣，我總覺得我自己要和如月訂婚，不厚道，想著是不是給你一個機會，如果你有如月會好點兒呢？我一直都是這麼想的。」

沁淮挺認真地對我說道。

我對他比了一個中指，罵了一句：「傻×！」

沁淮樂了，沒生氣。

然後我轉身就走，說道：「得了吧，妹妹永遠都是妹妹，你對她好點兒，就是我最開心的事。這個世界上，沒有誰能代替誰，也沒有誰的感情是可以偉大到讓出的，因為感情不是東西！我有一天能放下如雪，如月有一天，也會心裡乾乾淨淨地嫁給你，就是這樣。」

沁淮在後面沒有做聲，只是忽然就用四川話罵了一句：「陳承一，你個狗日的，剛才竟然裝著要抽我，嚇死老子了！」

我哈哈笑了幾聲，抬頭，看見承心哥就在院子的大門口，懶洋洋依著門站著，微笑看著我。

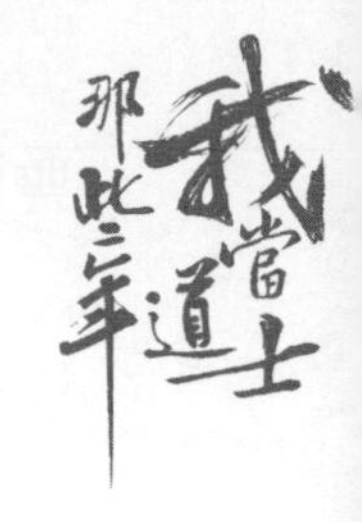

第三章　出墓之後的事

我和承心哥懶洋洋走在江邊，江面早已經凍住了，岸邊的積雪被踩得「咯吱咯吱」響，配合這我和承心哥一人手裡一根醬骨頭，吸得「吱溜吱溜」作響的聲音，倒也相得益彰。

吃完醬骨頭，我擦著手臉，一向吃相不咋好看，可想手上和臉上是怎樣一個黏黏糊糊，倒是承心哥，吃了跟沒吃似的，乾乾淨淨的，面對這種有潔癖的人，我發現自己有些傷不起。

一路上只是隨意扯淡，也沒談啥正事兒，走了一段兒，有些累了，我緊了緊帽子，很乾脆地坐下了，望著那凍得堅實的江面兒，我開口了：「時間到了嗎？一切事情都搞定了嗎？我們啥時候出發？」

來了兩三天，承心哥一直對我這個問題避而不談，既然這次出來談話，我乾脆就問得直接點兒。

「該準備的都準備好了，那些江江河河的倒也沒啥，出海的準備倒是麻煩了一些，出發的時間估計還有小半年，明天春末夏初吧，咱們就出發了。」承心哥這一次回答得很是乾脆，也順便挨著我坐下了。

「你們的妖魂在供養了嗎？」我原本想扯根草叼在嘴裡，卻發現這兒是天寒地凍的北方，不是四川，這大冬天的，哪兒去尋草根。

沒尋著草根兒，我乾脆捧了一把雪在手裡，但思緒已經飄到了一年前！

一年前，承心哥應該很辛苦吧，那麼長的階梯，幾乎是半拖半抱地把我給弄出去的，我們出去的地方，是一個背風的山坡，積雪皚皚，一看就知道已經不在那片老林子裡了，更詭異的是我們只是走了幾步，我發瘋的又要往回跑，卻發現一回頭，哪兒還找得到入口？

那時的我們真是狼狽啊，隨身的行李早已經扔了，又不知道自己是身處在老林子的哪一片兒地方，我陷入在頹廢痛苦之中，全是承心哥一個人在操持所有的事情。

不過，我們找到的四大妖魂並沒有讓我們操心，畢竟魂器在我們的手裡，它們始終是受到魂器「牽引」的，我們只是在出了那個入口不到一個小時，四大妖魂就紛紛回歸！

這四個傢伙回來的時候，已經沒了當初在龍墓入口的那種威風，傻虎依舊是傻虎，嫩狐狸、賣萌蛇、二懶龜也同樣恢復了那副讓人「極不信任」的模樣，然後它們一歸來，選擇的就是沉睡，當時也喚不醒，這倒讓我有些擔心肖承乾，不知道他們怎麼樣了。

在那個時候，我以為我和承心哥會死在老林子裡的，畢竟我們沒有打獵的技巧，身上也沒有食物和任何工具，要如何走出這片茫茫的老林子？

沒想到連番的大戰，我們活了下來，卻要困死在茫茫的老林子裡。

可是，事情總是有轉機，雖然這個轉機充滿了讓人疑惑不安的點，是啊，我和承心哥誰也沒有想到，江一會帶人出動直升機找到這裡來。

我和承心哥是在凍了一個晚上以後的第二天上午被江一的人發現的，接著就是我們被帶出了老林子……

我們自然是見到了江一，對於他的出現，在那個時候，我已經懶得去疑惑什麼了，因為我沒那個心情，可是我不會忘記那片碟片給我帶來的警惕，所以，對於江一的「噓寒問暖」，我一直都是保持沉默，一切都是承心哥去應付的，我執意要留在那個小城，而承心哥對江一說的是，一切回去再說。

再之後，我沒有去關心那任何的事情，關於江一，我曾經簡單給承心哥說過一些，當然也沒忘了給承心哥說我對江一的一些防備，沒有原因，就是單純的有些防備，我想承心哥應該能夠應付。

到這時，我才想起，我這一年沉浸在悲傷裡，好像錯過了很多事，這時，再想起江一的突然出現，忽然就覺得詭異得讓人提心吊膽。

「你放心吧，妖魂大家都已經按照你說的辦法在培育了，承清哥選的是龜魂，承真選的是妖蛇，嫩狐狸跟著我，你一直擔心承願的妖魂，是元懿大哥那邊的蛟魂，你不知道，我們都想把自己的讓給承願，可是承願很執意，而且我們恐怕還低估了元懿大哥的家傳，比起我們的妖魂，那條蛟魂很厲害的。」承心哥盡量地把事情都給我交代清楚，難得我已經從悲傷中走出來了，他也終於可以和我說起這些了。

這樣就好了，畢竟江河湖海的未知那麼多，沒有妖魂我真的沒什麼把握，我們幾個都太嫩，這壓箱底的老李一脈絕技，是我們的保命符。

「那江一呢？」剛才想到了往事，回想起那莫名的提心吊膽的感覺，我自然是要問問的。

「他回去之後，倒是直接，要我說出龍之墓的一切，並且問我在裡面得到了什麼，他委婉地給我提出了一點兒想法，就是說讓我們一切要以大局為重，龍之墓的東西對部門說不定也很重要這樣的話。」承心哥慢慢地說道。

「什麼意思？難道你在那裡得到的藥也沒保住？你給他說了？」我莫名有些著急，越想這件事情越不對勁兒。

「沒有，其實當時挺有壓力的，不過一個人出現之後，這件事情我就算擺脫了。」承心哥點燃了一枝菸，然後接著說道：「出現的人是珍妮姐，真是霸氣啊，那一天也不知道她是怎麼闖進那個祕密辦公室的，直接給江一說，人她帶走了，就這樣把我帶走了。我這次叫你出來談話，就是因為江一這個人太敏感，沁淮聽見了什麼，也不見得是好事兒，承一，這一次，我只是想說，不只你感覺他有問題，我也感覺到有問題了。」

我眉頭緊皺，我當然不會忘記，他說的昆侖之路「合作」問題，畢竟沒有他的出手，我們的行動也沒有那麼方便，如今他這手是伸進來了，我們……

我自然把我的疑慮告訴了承心哥，承心哥長吁了一口氣，說道：「你擔心的問題，其實早就已經發生了，江一是要委派人和我們一起行動的。只不過，還是感謝珍妮姐，直接幫我們拒絕了，她的人脈真的了不起，我們這一次的行動大概可以擺脫江一吧。」

「為什麼是大概？」我不解。

「你知道，江一面對珍妮姐一向都不敢強勢的，只是在這件事情上，珍妮姐拒絕了他，他卻沒有任何應承，反而告訴我們，讓我們好好考慮一下他的建議。承一，他不肯放手。」承心哥說道。

我沉默了一會兒，畢竟現在判斷江一有問題，只是我們的主觀感覺，沒有實質性的證

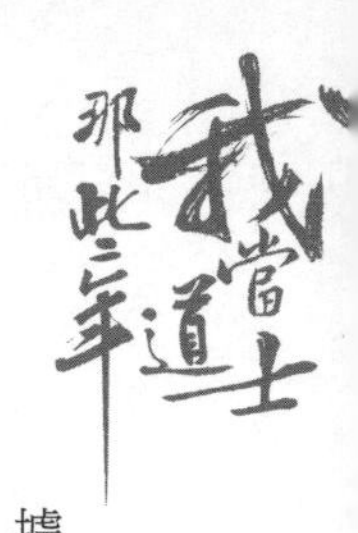

據，而師傅和他也算合作多年，我一下子扯破臉，這是絕對不合適的。

這些想法，我自然也告訴了承心哥，說完後，我說道：「不是還有小半年才能出航嗎？這件事情，我們再好好考慮，斟酌斟酌吧，不能一棍子就完全打死。站在珍妮姐那個地位，她是不用和江一有任何的解釋，你覺得我們能嗎？再說，如果江一真的有問題，按照珍妮姐的性格，她會不馬上翻臉嗎？這其中怕是有一些尚待斟酌的問題。」

「嗯。」承心哥點了點頭，忽然問我：「你什麼時候回去？我們等著你一起把那個碟片看完啊。你放在承清哥那裡，他說你沒回來之前，我們都不能動，那個傢伙，小小年紀，老古板吧！」

「咳……」我不好意思地咳嗽了一聲，對於自己這一年來，我該說什麼？抱歉恐怕也不合適，我想轉移話題，卻在這時，忽然想起了一個問題，讓我很疑惑的問題。

我開口說道：「承心哥，你還記得師傅留給我的東西嗎？就在那龍墓裡。」

「記得啊，不就是那個拂塵嗎？」承心哥看我鄭重其事的樣子，覺得莫名其妙。

「這個拂塵怕是有問題。」說著，我眉頭就緊皺了起來，這一年我沒辦法去思考太多，因為情緒的左右，到這時，我自己說起，倒是覺得越發詭異了。

第四章 謎之拂塵

因為此刻才來思考詭異的點，所以聯想起前後種種，就一下子讓我陷入了沉思，幾乎是百思不得其解，而我說話說一半，就開始皺眉在那個地方沉思，一下子讓承心哥急了，他催促道：「承一，說話可不興說一半的。」

我這才反應過來，然後拿過承心哥手裡抽了一半的菸，抽了一口才說道：「還記得在墓裡，師祖和師傅給我們的留言嗎？」

「怎麼不記得？那和拂塵有什麼關係？」承心哥有些疑惑。

「我們當時一致判斷，師傅出現在龍墓是那三年他出外的時間，留言也清楚明確的那麼說了，可是後來，你知道嗎？師傅是有回來的。」我慢慢地說道。

「嗯，是啊，回來解決那惡魔蟲子的事兒，那一次我也在。當時我還疑惑，為什麼我師傅加上師叔都那麼積極，在龍墓裡也才明白，那是昆侖遺禍，這個因多多少少也要算到咱們師祖頭上。可是，這跟拂塵有什麼關係？」承心哥推了推眼鏡，他畢竟不知道我們戰鬥的細節。

「因為你是不知道一個細節，那個時候，我們在祕洞裡遇見了吳立宇，我在那個時候動用了中茅之術和吳立宇一戰，也就是在那一次的戰鬥中，我師傅拋給了我一件兒東西，當做

是武器用，你猜是什麼？」我的眉頭皺得更緊了。

承心哥不傻，先是呆了一下，接著一下子就反應過來了，他用不肯定和充滿疑惑的聲音說道：「你的意思是，難道是那一柄拂塵？」

「是的，就是那一柄拂塵，拂塵中有特殊的金屬鏈，金屬鏈上刻有特殊的陣法和符籙，按照師傅的說法，那柄拂塵是極其厲害的，打人、打鬼、打殭屍、打妖物……他奉若珍寶，在我很小的時候，師傅還小心翼翼地拿出拂塵給我炫耀過，說這世間還有什麼東西能稱為法寶的話，這拂塵就是。」我回憶起了當年，那是越想越疑惑。

承心哥聽後也默默不語，這時間上的時間差，是做不得假的，就像偵破一件案子，最先確定的，也是異常重要的證據，就是不在場證明。

如果說是一兩個小時，有聰明的犯人能利用這時間差，一年多的時間差要怎麼解釋？

沉思了半天我開口了，說道：「這件事情，說到底只能有兩個解釋，第一個解釋是師傅故意把時間說成是那三年。第二個解釋就是拂塵不只一柄，師傅給我留下了一柄，然後自己手上還有一柄。」

承心哥接著說道：「師叔已經離開，你覺得在往事上打這種時間差的意義在哪裡？如果是第二個可能，我們就假定拂塵有幾柄吧，那也不現實。」

「對的，是不現實，如果有幾柄，師傅不會說那樣的話，『如果這時間還有什麼東西能稱為法寶，那就是這拂塵』，只有獨一無二，才能配上這樣的話，這是一個人們說話習慣的問題，而且我那時候那麼小，師傅也只是無意的炫耀，應該不存在什麼伏筆，這樣說來，就只有一個可能！」我認真地說道。

「對，那就是給你留的是真，他拿在手上的是假，就是說那是他根據真的拂塵仿製出來的法器！可是，承一啊，你覺得有這必要嗎？我從來不覺得我們老李一脈缺少法器。」承心哥皺眉說道。

「嗯，這就是事情的關鍵，師傅為什麼要這麼做！」我也開口了。

說到這裡，我們面面相覷，然後同時說了一句：「回去！」

是的，只有回去，把那拂塵拿出來研究一下，才能確定事情到底有什麼蹊蹺，可憐我，這一年沉溺在悲傷中，這麼關鍵的問題，竟然在一年後我才想起。

而在回去的路上，我和承心哥又發現了一件蹊蹺的事情，那就是師傅他們既然去過東北老林子，為什麼不收取妖魂？畢竟昆侖之路，一路險惡，有妖魂不是更好？

可這件事情，又隱隱是有兩個可能完全可以成立的。

第一，是老一輩想把妖魂留給我們。

第二，是他們既然是通過契機進入龍墓的，說不定根本不知道妖魂之事。

總之，師傅他們那一輩的事情，不想還好，一想就覺得迷霧重重，中間還夾雜了一個身份背景不俗的江一，還扯到了師祖的朋友（姑且這麼算吧）珍妮姐，我發現所謂的解謎還不如不解，越解越是迷霧重重。

小城不大，很快我和承心哥就回到了家裡，沁淮懶洋洋地窩在沙發裡看書，如月則在收拾房間，難為她一個嬌生慣養的女強人洗洗刷刷，看得我倒有些不好意思。

可是，因為心中有事，我們也沒多說什麼，而是直接就衝到我的屋子裡，從我的行李中拿出了那一柄拂塵，這種神經兮兮的行為惹得沁淮莫名其妙地問了一句：「承心哥，承一，

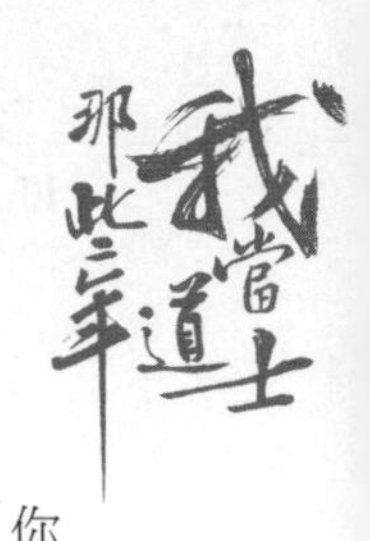

你倆搞啥啊？房間沒失火啊，我檢查了的。」

承心哥悶聲回了一句：「得，你就扯淡吧。」然後和我一起觀察起我手中這柄拂塵來。因為含有特殊的金屬鏈，拂塵入手很沉，我很懊惱地在回憶，這柄拂塵入手，和在黑岩苗寨裡那一柄拂塵入手是有什麼不同，而懊惱，就代表我實在對比不出來。

一是因為時間久遠，二是因為那拂塵說起來，我也就接觸過一次，還是在中茅之術的情況下，我是怎麼對比得出來？只是模糊記得，當時在中茅之術的情況下，師祖摸著手柄彷彿是說了一句：「真是熟悉吶。」

這時，沁淮和如月也圍過來看熱鬧了，恰好我想起了這一點兒，也就說了，承心哥說道：「師祖應該不會判斷錯誤吧？莫非你手上這柄是假的？師叔給你留給假玩意兒做啥？沒道理啊！」

承心哥這話倒是提醒了我，我低頭仔細觀察起這柄拂塵的手柄來，那柄拂塵的手柄，我自然是不會記得，我只是希望這柄拂塵的手柄能給我一點兒線索。

看了半天，我忽然覺得有小小的問題，卻又不敢肯定，皺眉想了一下，乾脆問旁邊一臉迷茫的沁淮：「你覺得這拂塵的手柄是不是有點兒新了？」

沁淮抓抓腦袋說道：「拂塵這玩意兒，我倒是不懂！不過我爺爺常用的撓背的，我倒是經常看見，這種用老了的手柄是有一層油浸浸的光澤，這個沒有，覺得很新啊。」

「你說那東西叫包漿，是看古玩老不老的一個判斷，人手常常把玩兒或者使用一件兒東西，就會產生這種玩意兒，這麼說起來這拂塵的手柄是很新吶。」承心哥也反應了過來，然後用一種真的是假貨的眼光盯著我。

是假貨嗎?我開始仔細地觀察起拂塵中的金屬鏈來,卻發現這金屬鏈隱隱的有一層「血光煞氣」在其中,這是純粹憑靈覺感應出來的東西,不會有假,如果有這種東西,只能說明一個問題,這拂塵不知道飲了多少血,奪了多少命,才會有這麼一層血光煞氣,就如上過戰場的劍,飲過血的劍,一抽出來,人們就會感覺到從心底發寒,一個道理!

而上面的陣法和符籙,憑藉我這麼多年在山字脈學習的經驗,我也一眼就看出來了,只能用四個字形容:博大精深!這絕對不是我能篆刻出來的,怕是我師傅也不能,要知道,道家的手段也包括了「篆刻」一行,同樣威力的符紋,篆刻的難度可遠遠高於書寫繪畫,那需要精神更長久的集中。

所以一時間我已經有了判斷,我說道:「你們都別說了,我心裡已經有答案了,現在我要拆了這柄拂塵!」

「啥?」承心哥愣了。

「我覺得可能手柄是假的,拂塵本身是真的,我不能理解師傅這樣做的用意,只能拆了它找找答案,這拂塵厲害的關鍵就是這些金屬鏈,拆了它是不會影響什麼的。」我淡定地說道。

接著,我說做就做,很快就把拂塵和手柄拆開了來,這時,我才發現入手的那個金屬手柄竟然是中空的,而裡面仔細看去,竟然藏了一張紙條!

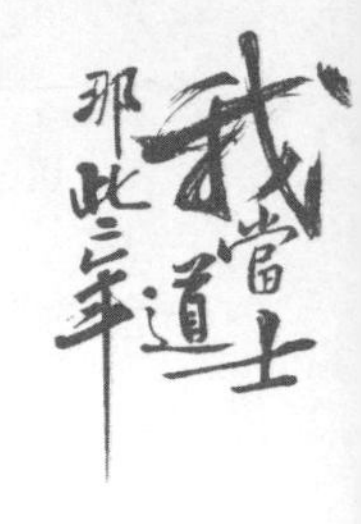

第五章　鏈條上的圖案

紙條被取出來時，已經有一些泛黃，是啊，畢竟已經過了至少七年了，展開紙條上面只有簡單的幾句話，是師傅的筆跡：

承一，如果命運的安排要讓你發現這一張紙條，那麼祕密師傅也就不再保留，祕密在金屬鏈上，用有顏色的水流過金屬鏈再擦乾，你自然就會看見這個祕密，能不能理解，還是看命運的安排吧。

我拿著紙條，覺得莫名其妙，就算我發現了祕密，能不能理解，還要看命運的安排？但是紙條我還是習慣性的收好了，師傅留給我的紀念太少，他是一個連照片都沒有的人，就算是工作證件，也是得到了特許，上面竟然是一張他的素描！

後來，也不知道他是否撕掉了，總之我是沒有找到。

至於師傅有沒有身份證，這個問題成謎，反正我沒有見過！

想什麼都不如做，這張紙條大家也看見了，承心哥二話不說就站起來，說道：「我出去買一瓶墨水。」

有顏色的水，墨水自然是最合適的，說完承心哥就出去了。

屋子裡剩下我和沁淮如月三人，沁淮和如月倒是挺合拍，遇見這種充滿了迷霧的事情，興奮得跟什麼似的，討論開來了。

我看似鎮定地坐在沙發上，心中又怎麼鎮定得下來，這樣想著，我又忍不住拿出了一根金屬鏈條到眼前細細觀看。

我發現這金屬鏈條入手相當沉重，至少比一條鐵鍊子沉重！而且異常堅硬，外帶也有一定的柔韌度，如果沒有柔韌度，又怎麼可能打造得成鏈條？

我不懂金屬，也不知道這具體是什麼材質的，只覺得這銀白色的金屬鏈條，仔細看去有著迷人的光澤，不過非常內斂。

難道是合金，想想也覺得不可能，在師祖那個年代有合金嗎？有嗎？

這個問題，我不能細想，畢竟師祖的際遇太過奇特，你就是告訴我，是他從火星帶回來的金屬，我也會相信。

從金屬方面，我發現不了問題，只能從上面篆刻的東西上去發現，但是上面除了篆刻的一些陣法和符紋，我又確實看不出什麼來，說得搞笑一點兒，我就連上面篆刻的符紋和陣法都理解的有限，若是真的要憑興趣去研究思考下去，不誇張地說，五年吧，我或許會有一定的理解，但是完全做出來這些卻又不可能。

說是沒有發現，但也有一點點微小的不對勁兒的地方，微小到我自己都懷疑自己是否太過吹毛求疵了，那是什麼呢？就是這金屬鏈條上有一些微小的劃痕，我看起來是雜亂無章的，這種算是不對勁兒嗎？

就在我抱著金屬鏈條研究的時候，承心哥很快就拿著幾瓶紅墨水回來了。

我放下鏈條，既然我自己看不出個啥，那就老老實實按照師傅說的辦法去辦吧。

把紅墨水放在桌子上，我也把金屬鏈條拿了過去，一共九條，然後打開了一瓶紅墨水，拿起其中一條鏈條，就把紅墨水從上到下的淋了下去。

紅墨水流過鏈條，很快的滑落了下去，貌似這金屬鏈條有古時描述的神器那樣的特性——殺人不見血！因為血痕很快就會從兵刃上滑落。

但是鏈條上篆刻有符紋和陣法，那些地方倒是留下了墨水，讓符紋和陣法越發清晰可見，但是這有什麼？我不解，莫非就是讓我把符紋和陣法看得越加清楚？

靜待了片刻，鏈條沒有新的變化，我們拿過一張紙又按照師傅的說法，把鏈條擦乾了，卻發現整個鏈條沒有任何的變化和線索。

這是在搞什麼？我們幾個人面面相覷，難道師傅惡趣味發作，在逗我們玩？

「承一，你是什麼看法？」沁淮這種對解祕最是感興趣的人，最先按捺不住，連忙開口問我。

我微微皺眉沉思，倒是承心哥淡定，取下眼鏡擦了擦，說道：「還能有什麼看法，師叔留言說金屬鏈條上有祕密，又沒有說哪條金屬鏈條上有祕密，或者是全部都有，所以把所有的金屬鏈條都試驗一遍再說吧。」

承心哥的看法是正確的，倒是讓我心裡鎮定了不少，於是也就不慌不忙，把每一根鏈條都試驗了一次，到最後果然讓我們發現了不一樣的地方。

其中三條鏈條，給我們留下了難以理解圖案！

其中一條鏈條，我是記得的，那就是剛才我坐在沙發上觀察的那一條鏈條，果然是那些細微的劃痕形成了一幅圖案，原來祕密真的是在這裡！

不過，也正如師傅留下的紙條所說，要用有顏色的水來流過鏈條！就這些細微的劃痕，憑藉肉眼，根本看不完全，也不會想到這是一幅圖案。

更絕妙的是，我不知道師祖是用了什麼辦法，這些細微的劃痕裡竟然可以保留墨水不散去，其餘的地方則不能，我用清水試了一下，結果清水可以輕鬆地洗去這些痕跡，弄得我又重新用墨水澆了一次，讓圖案重新顯現了出來。

之所以要這樣做也是有原因的，我怕這些圖案就這樣留下了，被有心之人發現，至於誰是有心之人，我心裡沒譜，只是直覺要這樣做而已！

但能夠輕鬆洗去，倒是讓我放心了下來。

一切不定的因素都排除了，剩下的，就是我們要解密這三幅圖案了，說實話這三幅圖案讓我非常無語，只因為我從來沒見過這麼怪異的圖案，而且你要把它聯想成個什麼圖形也是不行的。

試問誰有本事，能把一些雜亂無章的點點啊，線條啊想成一個圖形，這三幅圖案只能被稱之為圖案，具體代表什麼，我們看到頭疼，也看不出來個所以然。

這倒讓我想起了師傅的那句話，能不能理解這個祕密，就看命運了。

我捏著拳頭在屋裡煩躁地來回走，還真他媽的是看命運了！

就這樣，我們四個人傻愣愣地盯著鏈條上的圖案看了半個小時，沒有誰提出過建設性的意見，承心哥頹廢地說道：「看來是沒緣分了，得了，以後慢慢地解吧，我去把它洗乾

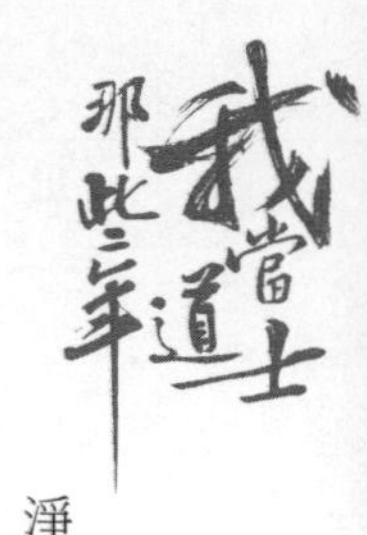

淨。」

我也有些灰心地坐在沙發上，是啊，因為我自己也對這三幅圖案發表不了任何看法，如月輕聲地安慰我，讓我別著急，原本沒有這個線索，我們也不一樣對以後的事情有安排嗎？

卻不想如月說過這一句話之後，沁淮忽然大呼小叫了起來：「承心哥，承心哥，別洗，你別洗。」

承心哥拿著鏈條莫名其妙地望著沁淮，沁淮卻激動得在屋裡轉圈圈，然後對著如月說道：「如月，妳剛才說什麼？」

「我說讓三哥哥別著急。」如月莫名其妙地看著沁淮。

沁淮著急地抓抓頭髮說：「不是這個，就是剛才那句話。」

「我說，你們也不一樣對以後的事情有安排嗎？」如月更加莫名其妙了！

「嗨，就是這個！」沁淮一下子興奮了起來，然後問我：「承一，你以後的安排是什麼？」

我看沁淮表現的那麼奇怪，知道這小子一定知道點兒什麼了，悶聲說道：「我很著急，所以，請你說重點！」

「好好好，說重點！」沁淮猛地一拍手，然後說道：「重點是什麼？就是你們以後的安排是要出航，江河湖海都要去，我一想到江河湖海，一下子就靈光一閃了，或許我有些印象。」

「什麼？」我一下子站了起來，承心哥原本是準備去衛生間洗乾淨這三條鏈條的，也趕緊回來了，把三條鏈條擺放在了桌上，然後把沁淮拉了過來，聲音有些急切地說道：「快說。」

沁淮說道：「這兩條我不明白是咋回事兒，不過這條我有些印象！你們知道我爺爺吧，那個我不是顯擺的意思啊，他就是一個軍方不小的官兒，老爺子沒事兒就愛擺個沙盤，搞個推演，或者研究一下地圖，想一下軍事方面的事兒，還常常喜歡扯著我，給我說一下什麼戰略縱深啊什麼的知識。」

我和承心哥盯著沁淮大氣也不敢出，更沒有出聲催促他，而沁淮也不想囉嗦，直接說道：「就因為這樣，我也常常看見老爺子的那些地圖，你們知道軍事地圖是不會對外開放的，特別是我爺爺那個級別能看見的，總之那些地圖別的我不說，很多東西是標示得很詳細的！一開始我看著這鏈條上的圖案我就覺得眼熟，可打死我也想不起來到底是為啥眼熟，所以也就沒敢說……」

沁淮說到這裡，不好意思的看了一眼我和承心哥，而我則深吸了一口氣，說道：「我知道了，你是在某一張軍事地圖上見過這圖案，對嗎？」

「不是見過，是和這圖案的這一小截相似度很高啊，對了，那幅地圖上有一條大江的支流，相像的就是它！」沁淮開口很肯定地對我們說道。

整個房間安靜了，因為我們至少知曉其中一條鏈條意味著什麼了！

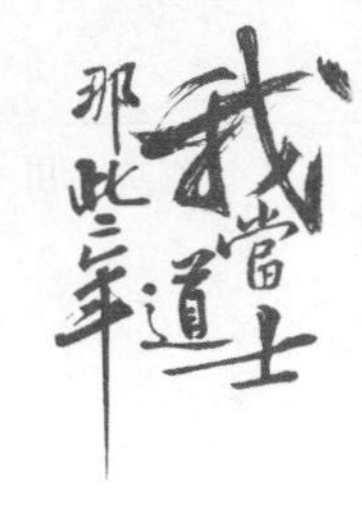

第六章　遺留事件

原來這鎖鏈上藏著的竟然是地圖，這樣的地圖要不是沁淮正巧見過，我們死也破解不出來這到底意味著什麼。

承心哥和我對視了一眼，下一刻我們幾乎是說了同樣一句話：「找江一合作。」

「必須和江一合作。」

是的，這鎖鏈上的地圖，怕是只有對比機密的軍事地圖才能具體看出來這鎖鏈上的地圖代表的是哪裡。

而且既然涉及到江河湖海，也不難猜想，這藏著的地圖事關蓬萊！

到這個時候，我忽然有些理解師傅為什麼會選擇合作的方式了，如果不這樣選擇，怕是他也破解不出來地圖具體所指的地方。

只不過想到這裡我又有些疑惑，按照劉師傅對我的說法，只要能找到入海化龍的蛟，我們應該就可以接近蓬萊，為什麼還會有這樣幾幅地圖？難道事情不是這麼簡單？

所有的一切像重重的迷霧將我包圍，可惜猜測是不會有什麼結果的，我決定了，明天就離開這座小城，是應該放下悲傷，繼續以後的生活了。

「承一，以後有空還會回這裡嗎？」老張在和我緊緊擁抱以後，有些不捨地開口問我。

我此刻背著行囊正準備上車，而沁淮如月承心哥已經同老張夫婦告別完，在車上等待了。

我這一年承蒙老張的照顧，自然告別的時候話就多了點兒。

原本是準備上車的，忽然聽見老張這句話，我又停了下來，認真地對老張說道：「來，怎麼不來？老張，如果以後我再要你帶我進老林子，你還會答應嗎？」

「咋不會呢？老林子裡還有故人吶，我還想再見見他們。」老張也認真地對我說道。

「好，等以後我所有的事兒都辦完了，我就再回來！到時候我們一起去看故人。」我鄭重地對老張說道，不管心不死也好，懷念也好，我總是想再去那條大河看一看的，哪怕是再也沒有那座筆直的高峰出現，沒有神奇的冰路出現，我也只是想去看一看，那樣我會離如雪近一些的吧。

車上，沁淮開著車，窗外，北方的雪景快速地後退著，隱隱能看見遠方的山脈線，在那裡我們曾經發生了很多故事，在那裡，我和她終究分別……

或許是車上的我倚著窗戶的樣子太過沉悶，坐在前排的如月把車上的音響打開了，輕聲對我說道：「三哥哥，如果心裡覺得悶，聽聽歌也是好的。」

我笑笑，不置可否，卻不想在車內竟然傳來了這樣一首歌。

從前，現在，過去了再不來。
紅紅落葉長埋塵土內。
開始終結總是沒變改。

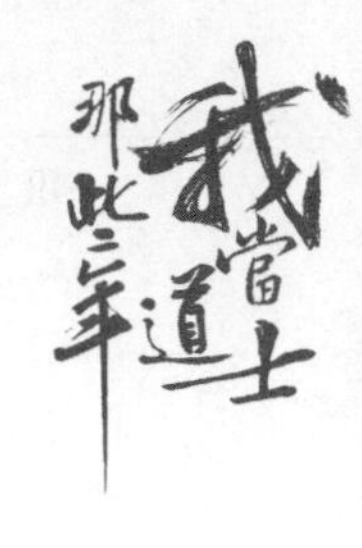

天邊的你漂泊在白雲外。
苦海，翻起愛恨。
在世間難逃避命運。
相親，竟不可接近
或我應該相信是緣分
情人別後永遠再不來
無言獨坐放眼塵世岸……

隨著歌聲我竟然癡了，好多回憶和苦澀一下子翻騰在心中，初見時的那個背影，為我拔蠱時的那個眼神，在蠱洞裡用生命承載著我的重量，在出口倔強地把我背在背上……一直一直到最後，那個消失在黑暗中的背影。

她給我的，從開始到現在都是背影，可是我卻再也抓不住，只能說，或者，我該相信是緣分。

每當想起她難過時，我總是忍不住痛哭，卻很少像今天這樣，看著窗外的皚皚白雪，聽著那哀婉的歌聲，眼淚流得無聲無息。

車內的人都沉默，而我只是淡淡地擦乾了眼淚，用平靜的語氣對如月說道：「再放一次。」

我想，我是不會再流淚了吧，一年的沉淪，夠了，她不希望知道我是這個樣子。

我們在出了北方以後，就分別了，承心哥和沁淮先回北京等我，如月要回自己的公司去一趟，然後再回寨子，她要替如雪守護著寨子，培養新的蠱女。

至於我，要先去辦一件事兒，那是當年鬼市遺留的一件事情，然後再回家一趟，最後去北京之前，我還決定去一次天津，看看劉師傅和他的女兒，也不知道他們現在怎麼樣了。

一想起來，我總是會替劉師傅擔心，那樣的女兒，兩年的壽命，對了，還有那個傻傻的關來娣。

行程安排得太慢，時間也總是很緊迫的樣子，但這一次我還算順利，根據鬼市那個骷髏官兒給我提供的線索，很是順利的在南方某座城市找到了他的後代。

確切地說，是後代中最年輕的一輩，沒想到傳承到現在，只有這麼一個獨苗男子了。

我在路上沒有去想過骷髏官兒後人該是什麼身份，但結果卻讓我有一些驚奇，沒想到它的後人非常富貴，包括最年輕的那一輩，那個三十幾歲的男子，也已經是一家大公司的總經理，貌似是家族企業。

這種情況，倒是讓我有一些為難，如果生活困頓或者平凡，或許會對學這一些東西有一些興趣，如果是這樣的富貴，這傳承還能繼續嗎？

可我也不知道為什麼，在心中有一些拋棄不掉的責任感，當年昆侖傳道，是冒著「逆天」的罪名來進行的，如果付出這樣的代價，都讓傳承斷掉，那我心中怎麼能安寧？

就好比代價已經付了，還是一場空那樣讓人唏噓。

既然從那個可憐的年輕男孩那裡接來的緣分傳承，輾轉到了這裡，那麼我也應該好好做完它，即便它不是一場交易！

見到那個年輕人不容易，我也是經過預約，等待了兩天，才坐到了他的辦公室，隔著一

張辦公桌，他用一種說不出來是什麼意思的眼神，饒有興趣地盯著我，氣氛有些僵硬。

可我卻不受這個干擾，坦然而平靜地望著他，我很好奇在知道了我的來意以後，他接下來要說什麼。

「你確定你不是開玩笑，收徒弟收到我這裡來了？」沉默了兩分鐘以後，那個年輕男子沒有趕我走，而是神色怪異地問了我那麼一句話。我端起桌上的茶喝了一口，平靜地說道：「你說錯了，我所學的東西，到現在還沒有資格去當人師傅！我說得很清楚，我只是把一項傳承送到你的手上，順便轉達一個人的意思，讓你們家族好好的學習這項傳承，嗯，是做為你們家族的傳承。」

那年輕男人用看瘋子的眼神看著我，然後「唰」一下站起來，身體前傾地看著我，這倒是一項技巧，可以用這個姿勢在談話時，給別人壓力，掌握談話的主動，也在一定程度上避免別人的謊言，不過，對於見識了太多的我來說，卻是無用。

估計是年紀輕輕就上位，他的眼神倒是很到位，看著我的目光漸漸就凌厲了起來，而我看著他，依舊平靜，說道：「東西已經我送到了，沒明白的地方，可以隨時電話來問我，這是我答應別人的承諾。」

說話的時候，我隨手就拿起辦公室的筆，找過一張便簽紙，在上面寫了我的電話號碼。

雖然表面平靜，心中卻是腹誹，這骷髏官兒咋辦事兒的，怎麼不托個夢啥的，看它後輩這樣子，倒像是我是一個騙子，隨時準備抽我的樣子。

寫完電話號碼，我站了起來，很輕鬆地說道：「總經理，想必一定很忙，抽空見我這種神棍兒，說出去都是一件不好意思，不可思議的事情，畢竟這裡不是香港，神棍兒沒地位的。我就不耽誤您時間了。」

說完，我轉身就走，身後卻傳來了一個聲音：「你等等。」

我詫異地轉過頭，他還有什麼事兒嗎？

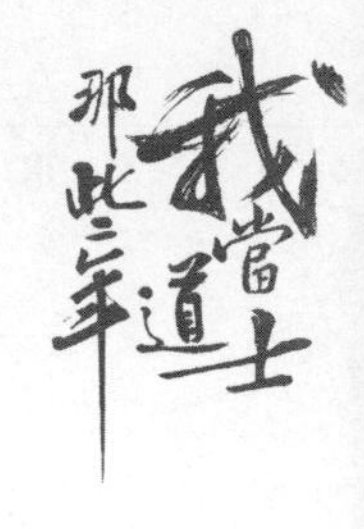

第七章　流過手背的淚水

面對著我的詫異，那個略顯有些霸氣的年輕人竟然有些不好意思了，他開口說道：「因為我爺爺年事已高，加上現代這個社會騙子很多，我們家就被騙過錢，所以……」

「所以很防備我，是嗎？」我揚了揚眉，但是卻並不生氣，除開一些知情人，在這個社會上不管是富貴人家還是老百姓，對道家人是什麼態度，我還是清楚的。

有事兒就慌亂地找，沒事兒就抱著看熱鬧，看騙子的心態，這種事情已經成為了普遍的現象，所以我有什麼好生氣的。

重新走過去，我又坐在了這個年輕人面前，我看他要對我說什麼。

他估計是一個時間寶貴的人，所以也很直接，從抽屜裡拿出了一張素描，遞到了我的面前，我接過素描一看，上面畫著一個人像，和我倒有六七分的相似，心裡也大概明白是怎麼一回事兒了，於是放下素描，看著他，示意他繼續說下去。

「事情原本是這樣的，我爺爺老是夢見先祖告訴他，有這麼一個人會上我們家來，帶給我們重要的東西，要我們以禮相待！你知道，做為一個讀過重點大學，出外留學過，從小接受過科學教育的人來說，肯定是不信這個的，我就是這樣的人，當時我的第一反應是，我爺爺遇見了騙子，做夢這種事情，如果給予強烈的心理暗示，是可以做到讓一個人在一段時間，夢到相同的場景的。」那個年輕人侃侃而談。

我喝茶，沉默著，聽他說。

「所以，我展開了調查，首先就是調查我爺爺身邊接觸較多的人，可惜的是，我沒得到什麼結果。於是，我有心地根據爺爺的描述，找到專業的人員，把夢中那個人大致畫了下來，一直等待著機會，在我的想法裡，既然經過了那麼長的鋪墊，騙子一定是會上門的，到時候，就是可以揭開一切的時候。」年輕人繼續說道。

「所以，你是要告訴我，你已經報警？」我放下了茶杯，心中想，為這麼屁大點兒事報警，有哪個員警閒得會管這個？但是，也說不定，有錢人家嘛，防備的總是要多一些，偶爾還有些草木皆兵的意思，這麼算下來，平凡的普通人家不見得幸福比他們少，甚至更多。

錢是用來做什麼的？在我看來，如果不是帶來幸福感，那錢就是一張紙，一個抽象的數字而已。

想到這裡，我笑了笑，可那年輕人卻搖頭了，說道：「我原本是這麼打算的，只要你在我面前一提錢字，你知道的……」

「嗯。」我淡淡地點頭，然後問道：「為什麼又改變主意？」

「因為我沒想到，你真的就只是來我們家送一本冊子的，哦，是你所說的傳承！我忽然就感興趣了，甚至有一種想試驗的衝動。其實不怕告訴你，當你的生命有錢到了一個地步，除了每天的疲累，不想從一定的社會地位走下來的忐忑，生活真的變得有些乏味，如果讓我看見了一個不一樣的世界……」那年輕人的眼中有了一點點異常的光芒，我看得出來那是嚮往。

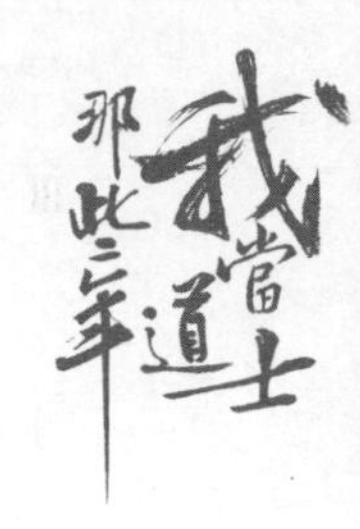

「瞎折騰！」我評價了一句，然後說道：「你要記得，如果你用所學害人，結果一定很糟糕！這個不是我的意思，是讓我把傳承給你們的那個人的意思。」

「那個人是誰？」那年輕人忽然開口問我。

「我說是你爺爺的夢見的，你祖先，你相信嗎？」說完這句話，我已經站了起來，轉身準備走了，身後是一片沉默。

在我要走出大門之前，那個年輕人忽然開口問道：「我現在不能肯定我是否相信，但你的聯繫方式是真的嗎？」

「除了你有弄不懂的地方，其餘的時候，沒事兒別打電話。」我的手放在了門把手上，然後頓了頓說道：「另外，告訴你一個故事，曾經有一個家族，也就是第一個得到這個傳承的家族，用這傳承做了逆天的事情，結果就是家族裡的人幾乎全部死亡，到現在，已經註定消亡了，別以為我恐嚇你，好了，我言盡於此。」

說完，我就邁出了這扇大門，身後的年輕人是什麼表情，我也懶得猜測了，雖然是要傳承，但還是說清楚後果的好。

我以為事情到此就告一段落，卻不想這個年輕人比我想像的骨氣，在以後的以後，跟一些事情竟然發生了牽扯，不過那是以後的事了，當時，是不可能猜測到的。

辦鬼市遺留的事情，加上路程，耽誤了我五天的時間，所以，從那座北方小城出發，到我到家的時候，已經是一個星期以後的事情了。

我沒有回自己的家，而是徑直去了爸媽的家裡。

他們的晚年生活，我還算放心，我們姐弟三人都不算太缺錢的人，爸媽也有自己的經濟來源，所以，晚年生活是比較富足的。

另外，我雖然常年不在，我的兩姐還有小侄兒是常常來陪伴父母的，他們也不算寂寞。

「三娃兒，行了，你就不要瞎折騰了，讓媽來。」廚房裡，我執意要為父母做一頓飯菜，卻被媽媽執意趕了出去。

我爸爸也在旁邊幫腔：「三娃兒，你就出來嘛，你媽媽是越來越懶了，你不在家，她一天到晚忙著參加什麼老年人活動，連飯都不給我好好做，你這次回來了，該她勤快一回。」

就這樣，我被爸媽聯合起來趕出了廚房，在客廳的沙發上，和爸爸相對靜坐，卻一時間沒有話說。

其實，我內心是忐忑的，畢竟在北方小城任性的停留一年，幾乎是消息全無的頹廢過著，我爸媽不是不知情，不說別人，就算是酥肉也不會對我爸媽隱瞞，所以，我怎麼能不忐忑。

這樣的行為，在我的生命中從來沒有發生過，自己回想起來，也知道這只怕是最大的不孝，可從我回來到現在，我爸媽幾乎就沒問過半個字。

他們不提，我也不敢說，所以，就只能和爸爸沉默地在客廳坐著。

媽媽的手腳麻利，身體也不錯，一桌子飯菜很快也就弄好了，然後招呼我和爸爸坐過去，準備吃飯了。

飯桌上，幾乎都是我愛吃的飯菜，爸爸拿起酒瓶，自己倒了一杯，也給我倒了一杯，很不容拒絕的話：「陪我喝一杯。」

於是，就陪爸爸喝酒，只是還是很沉默，除了媽媽不停地給我夾菜，讓我多吃點兒。

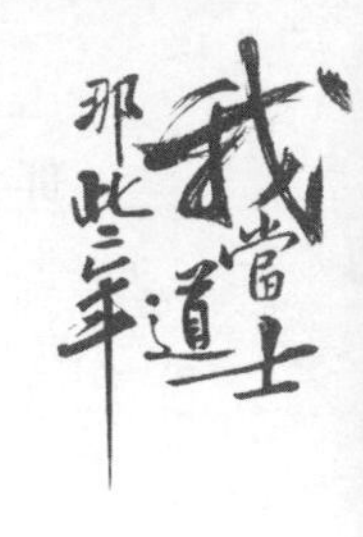

我發現自己越長大，反而越不會「肉麻」，越不會去說一些話讓父母開心，就比如告訴媽媽一聲兒，就算我吃遍了全天下的美食，也比不上媽媽做的菜。

事實上，我在心裡也是這樣認為的。

酒過三巡，爸爸的話多了起來，卻都是天南地北的扯淡，沒有提起過我幾乎沒有消息的一年，更沒有痛罵我，幾乎連手機都不開。

我很緊張，唯唯諾諾地聽著，我想多陪陪他們，卻在此刻很害怕陪著他們，這是一種什麼樣的膽怯心理，我自己都不明白。

「啪」爸爸忽然放下了酒杯，很認真地望著我，說道：「三娃兒，你以為你媽，你老漢是很想要個孫子，對頭不？」

我一下子愣了，這話什麼意思？

「喂，老頭兒，三娃兒才回來，我們不是說好不罵他，不煩他的啊？你是不是喝一點兒酒，又開始了？」我媽一仍筷子，表現得比我爸還厲害？

說好不罵我？不煩我？我端著酒杯，一下子心酸得發疼，爸，媽！

卻不想我爸卻說道：「不得行，我要說，我今天就是想告訴兒子，其實我們兩個是想抱孫子，但那根本不是問題的關鍵！問題的關鍵是，我們都怕以後我們不在了，三娃兒老了，一個人孤獨終老，身邊也沒一個伴兒！如果是那樣，我們才是到死都閉不上眼睛啊。」

我一口灌下了杯子裡的酒，然後連聲的咳嗽起來，聽著爸爸的話，我想流淚，可是我已經長大了，一個男人怎麼好再哭，情願是假裝被咳出的眼淚吧。

我媽連忙走過來，幫我拍著背，柔聲地說道：「三娃兒，你爸說的是真話，哪怕你八十歲了，你也是我們兒子，我們在一天，就沒辦法不擔心你一天。如雪走了，你難過，我和你老漢跟著一起難過，難過的不比你少啊！原本，我們都認命了，你們要不結婚，以後老了，有個互相扶持的伴兒也好，哎……這世界上的事情咋說得清楚喃？我們怕你想不開啊。」

我沒有答話，捂著嘴，假裝還在咳嗽，雙眼通紅，這咳得喘不過氣啊，所以淚水就流過了手背。

第八章　父女（上）

我在家住了一個星期，就是單純的陪陪爸媽，有些話長大了不好意思說出口，可是在我要走的前一天，還是告訴了爸媽。

「爸，媽，以後我去哪裡，不管是哪裡吧，哪怕是天上地下的，我出發之前都會告訴你們，只要能打電話的時候，我就一定會打，以後我再也不做什麼消失的事情了。」

說這段話的時候我很認真，我媽聽了，抹了抹眼睛，然後緊緊地摟著我，至於我爸，愣了很久，半晌才說道：「好，好，就是要這樣。」

其實是我該感謝父母的，不論我在外面受了什麼傷，經歷了什麼痛，回到他們身邊，他們總是用愛來包容我，就算他們不能撫平我的傷口，不能止住我的疼痛，可是有他們在，我就還有溫暖。

是我該珍惜他們，從懂事那一刻開始，就要一直的珍惜！

飛機飛往了天津，我很安心，我有父母，就有家，就有根！

到了天津，我第一時間就馬不停蹄的去找劉師傅，解決了他女兒的事情以後，劉師傅就沒有住在那小樓裡了，我也不知道他具體住在哪裡，唯一的線索，就是沁淮給我的一個號碼，他說那是劉師傅新住址的電話。

其餘的，沁淮好像有點兒欲言又止的樣子，沒有過多的評論什麼。

電話很快就接通了，是劉師傅接的電話，聲音還是一如既往的難聽，只是對比起來，顯得更加蒼老了。

「劉師傅嗎？我承一，我到天津了，想來看看你？方便嗎？」劉師傅的性格多少還是有些怪異的，他不見得就願意我去看他，所以我在電話裡才問得小心翼翼。

那邊沉默了好一陣子，才說道：「來吧，一個人也怪寂寞的。我現在住在×××。」

劉師傅回答得比我想像中爽快，但是我卻是忍不住詫異，為什麼是一個人，他的女兒不是已經借用逆天之術完全恢復了嗎？

這樣想著，我還是招了一輛計程車，報了劉師傅給我的地址，朝著那邊趕去。

到了地方，我有些震驚，我沒想到劉師傅會住在這樣的地方！

是這個地方太偏僻簡陋了嗎？顯然不是，恰恰相反，這個地方是這裡的富人區，劉師傅所住的地方竟然是別墅。

想起他以前住的那棟簡陋小樓，產生了對比，所以才讓我震驚。

我按照劉師傅所給的地址，找到了劉師傅所在的別墅，按了半天門鈴，都不見有人來開門，我索性點了一枝菸，耐心等待著，直到一枝菸都抽了快一半，才聽見門打開的聲音，站在門前的不是劉師傅，又是誰？

以前我見他，幾乎都是在那棟昏暗的，大白天都要開燈的小樓裡，幾乎從來沒有見過在陽光下的劉師傅，陡然這樣看見，我忍不住呆了一下。

比起一年多以前，他更加蒼老了，全白的頭髮沒有幾根了，長長的，支楞著，很亂的樣

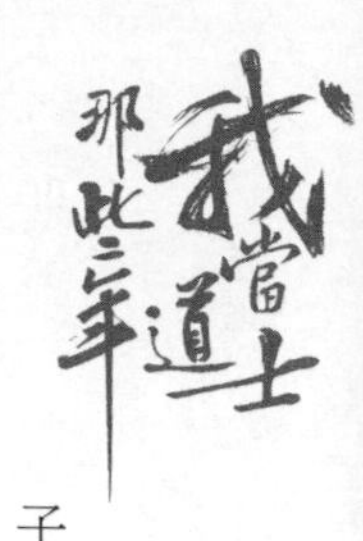

子，更瘦了，幾乎是皮包骨頭，而臉上的皺紋就跟乾涸的土地一樣，形成了深深的溝壑，比以前我覺得的風乾橘子更加誇張！

我以為聽他的聲音，顯得更加老了是我的錯覺，沒想到見到人以後，才清楚這一切原來並不是我的錯覺。

怎麼會這樣？從我師傅帶我第一次見他，到一年多以前，他還在不時為女兒續命，我都覺得他沒多大變化，到如今，女兒終於能過上正常的生活了，他反而……

我站在門邊，眉頭微皺地沉思著，劉師傅卻開口了：「不進來？」

「哦，進來的。」我趕緊說道，然後進了門。

門內是一間異常豪華的大廳，處處都透著奢靡的色彩，我不太懂所謂的傢俱擺設，可是那種奢靡的意味就算不懂這些，也可以感覺得出來。

可我在乎的不是這個，我看見的只是劉師傅一步一挪地走著，每一步可能只能跨越二十釐米左右的距離，而且相當的不穩，就如在狂風中的小樹，隨時都有摔倒的可能。

怪不得等了那麼久才開門，他就是這樣挪出來給我開門的？

這樣想著，我趕緊上前兩步，扶著劉師傅，問道：「去哪裡？」這個問題不傻，畢竟這是三層的別墅，劉師傅要帶我去哪個房間，我也是不清楚的。

「三樓，我的書房和臥室都在那裡。」沒有拒絕我的攙扶，劉師傅很直接跟我說道。

我卻吃驚了，三樓？同時心裡還有一股壓抑不住的怒火，所以也沒忍住，就直接問劉師傅：「你行動那麼不方便，為什麼要住三樓？樓下不是有房間嗎？」

劉師傅看了我一眼，眼神裡竟然有一絲哀傷，但更多的是責怪，好像我不應該多事一樣。

他沒說話，我被這樣看了一眼，也訕訕的不好再問，只能沉默著，幾乎是半抱地把劉師傅弄上了三樓。

三樓依然保留著劉師傅的書房，進去以後，發現除了地面和牆乾淨一些，幾乎和從前沒有太大的區別，劉師傅讓我扶他到老位子坐下，然後我坐到了他的對面。

「家裡沒人，就不給你泡茶了。」說這話的時候，劉師傅舔了舔嘴唇，其實我不是非要喝茶不可，可是我覺得他想喝茶，於是就站起來問道：「茶葉和杯子在哪裡？我來泡吧，正好渴了，自己動手豐衣足食唄。」

劉師傅感激地看了我一眼，但還是沒有說話，一切就盡在不言中吧。

我的心中升騰起幾分悲涼的感覺，劉師傅不說，不代表我沒有感覺，可是這種事我又怎麼好多說？

他到底是有些要強的人，否則也不會帶著隨時都會死的女兒，一個人靠著自己撐了那麼幾十年，他感激我，無非就是我藉著口渴，沒有說破他想喝茶都沒有辦法的尷尬。

陽光照射在屋子裡，照著熱茶升騰的蒸汽，整個房間茶香裊裊。

我開口想說什麼，卻發現想說什麼都不合適，只能和劉師傅就這樣靜坐無言的待在房間裡。

「呵……」劉師傅手有些顫抖地端起茶杯，喝了一口茶，發出了滿足的歎息聲，眼睛半瞇著盯著窗外的陽光忽然開口說道：「在以前呢，我是討厭這太陽光的，因為小囡見不得陽光，連帶著我也討厭了。」

「小囡？」我詫異。

「我女兒的小名，這麼些年，叫習慣了，改不了口了。」劉師傅半靠在椅背上，閉著眼睛說道。

我沒有開口，靜待劉師傅的下文。

「小囡住夠了那棟小樓，說以前沒有過過好的生活，所以想要住最好最好的地方，我們搬了兩次家，索性就拿出大半的積蓄，買下了這裡的房子。」

只是住兩年而已，這……我有些發愣，可是別人的錢要怎麼花，顯然我是沒有發言權的。

劉師傅好像很寂寞的樣子，和以前少言寡語的他形成了強烈的對比，我還沒來得及說什麼，他又繼續說道：「搬來了這裡，也是不錯的。至少我發現了曬太陽的好處，以前不喜歡，現在覺得曬著暖洋洋的，很不錯。」

「那就多曬曬吧。」說著，我站起來，徹底拉開了窗簾，一時間房間變得陽光燦爛。

「沈星是個好姑娘。」劉師傅幽幽開口說道。

站在窗前的我，身子僵了一下，然後強笑著開口說道：「怎麼忽然說起這個了？劉師傅，你的茶不錯。」

我刻意轉換著話題，可是劉師傅只是自顧自地說道：「那姑娘好，我幫她一次，她照顧我的飲食起居細心得很，還幫著照顧小囡，平日裡就安安靜靜地看書，是個好姑娘啊。」

劉師傅的聲音有些落寞，我卻連強笑都笑不出來。

「世間呢，有因果，就一定有報應，留不住的何必強留，就算強留下來也變了味兒，還不如小時候可可愛愛地站在那裡，脆生生地喊爸爸，彼此都好，我留下最好的回憶，她不用承受那麼多年的折磨。可是，就算這樣想，我還是捨不得她死啊，捨不得。」劉師傅似是自言自語的聲音迴盪在很大的書房裡，我卻只能假裝沒有聽懂。

「承一，過來坐吧，陪我說會兒話，是要出發去找蓬萊了嗎？」劉師傅忽然張開了眼睛。

我連忙坐過去，說了一下大概的安排。

「能不能晚一些時候再徹底出發，我想身後事讓你來辦，沒有多久了。」劉師傅忽然扭頭看著窗外，如此對我說道。

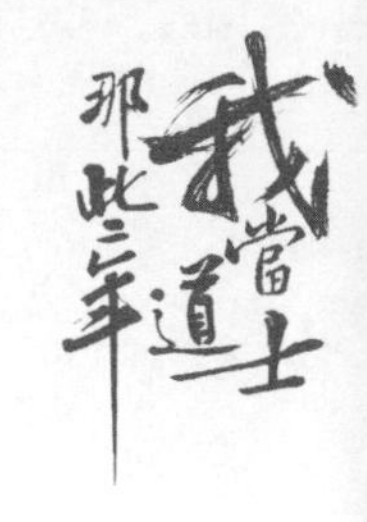

第九章　父女（下）

身後事，沒多久了！聽到這句話，我的心陡然一緊，然後心裡就瀰漫著一種難言的悲涼與悲傷，其實論起關係來，我和劉師傅算不上多親密，我們總共見面也沒有多少次。

可我此時的悲傷算什麼？又一個和我還有師傅有關的人要去了嗎？還是不知不覺中，我對劉師傅也有了一定的感情？

我不想去思考這個，只是承認心裡是不舒服，有一句話我也不知道該不該說，他女兒是有壽命限制的，也就兩年而已，其實劉師傅不必兩年就非要怎麼樣的，儘管他曾經給我說過，會帶著女兒一起「走」。

想到這些，我反而愈加沉默，不捨與疑問都沒有辦法說出，更不能說好的，因為面對的是生死。

彷彿是預料到了我的態度，劉師傅並不在意我此刻的沉默，只是說道：「我這身體也算是油盡燈枯了，再一次施術，就算不和我女兒一起走，也絕對是活不了幾天了，還不如一起走了，黃泉路上有個伴兒。承一，用不了多久的時間的，如果不是你給關來娣回魂，我是不放心啊。」

「劉師傅，給關來娣回魂是我應承你的事情，就算拖延一下出發的日子也沒有關係。再說了，我們原本就決定春末夏初出發，這時間也還合適的。」我盡量平靜地說道。

「唔，不錯，到時候我希望你提前一個月來我這裡，我還有……」劉師傅的神情鄭重，顯然這話也很關鍵，我也在認真聽，為什麼要提前一個月。

卻不想此時，從樓下傳來了一個尖銳的聲音，打斷了我們的談話：「老東西，你說你是不是故意的，你不要再和我說，這件事情和你沒關係，老東西，你這是什麼心理？你是不是這一輩子就賴上老娘了，說好聽點兒，叫心疼女兒，說不好聽點兒，你是不是有戀女癖？你真的是……」

這聲音我一聽就知道就是關來娣，不，劉珍夢的聲音，這話罵得難聽到什麼程度，我已經不想去形容，我看見了劉師傅的眼神中流露出了一絲膽怯，臉上也堆砌起了苦笑，一副噤聲不敢多說的樣子，就是獨獨沒有生氣。

我早已經過了熱血的年紀，若非必要，一般性的事件我已經可以無視，但在此刻卻不知道為什麼，胸中升騰的那股怒火，壓也壓不下去，戀女癖？這話是一個女兒該對父親說出來的話嗎？一個願意為了妳的兩年壽命，而背負十世因果的父親說的話？

所以，我也沒看劉師傅的表情，幾大步就邁出了房間，站在走廊上，對著在樓下還在叫囂的劉珍夢，聲音低沉地喊了一句：「給妳爸爸道歉！」

「我憑……」劉珍夢想也不想地就開口拒絕我，後來反應過來不對勁兒，這才愣了一下，住了口，發現是我站在樓上正望著她。

「呵呵呵……」她看著我，換上了一副笑臉，我卻有些彆扭，原本的關來娣清秀而樸實，如今換上了應該是很貴的衣服包裹身體，還化了妝，可我怎麼看怎麼沒有以前順眼，或

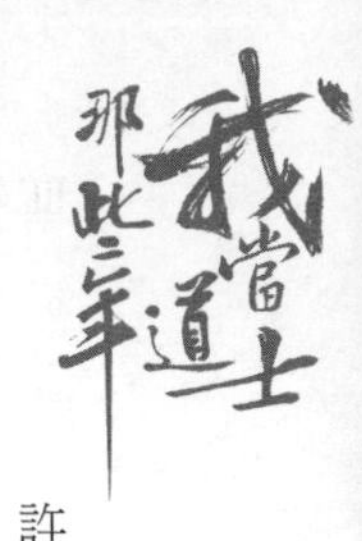

許是我不懂欣賞。

劉珍夢笑了幾聲，然後開口對我說道：「我知道你，認得你，我現在能好好的，還得感謝你呢！怎麼有空來這裡？你看我都沒有好好的對你說過一聲謝謝，這家裡什麼都沒有，不如我請你出去吃飯，算是謝謝吧。」

我有些錯愕，我和她很熟嗎？開口就要請我出去吃飯！然後把劉師傅一個丟在家嗎？

「他是我的小友，不是和妳胡混那些男人，他就不跟妳出去吃飯了。」我陡然一回頭，發現劉師傅不知道什麼時候已經站在了我的身後，他那嘶啞難聽的聲音之下，有一股怎麼也掩飾不了的疲憊。

劉珍夢的臉色一下子變得難看，張口就罵道：「老東西，你說誰胡混了？什麼胡混的男人？你倒是給我說清楚？你這個老不……」

「妳最好別說了，我告訴妳一個祕密，好嗎？」我能猜測她下一句要說什麼，我的臉色難看到了極點，然後忍不住開口打斷了劉珍夢。

劉師傅在旁邊有些軟弱的拉住了我的手臂，而我決定不去理會，難道剩下的小半年也讓他過這種日子嗎？雖然他什麼也沒說，但是我大概能猜測得到。

面對我這樣說，劉珍夢沒有發火，反倒是換上了一副笑臉，彷彿很期盼我的祕密，看那樣子準備上樓，我卻說：「不用上來了，就站那兒聽著吧，又不是聽不見。」

「那你說。」劉珍夢的臉色變了變，彷彿我不准她上樓來靠近一些，傷她自尊了，可惜我原本也不在乎這個我曾經同情過的女孩子的自尊，不孝的人是我最痛恨的。

「我和妳爸爸的交情很深，看他日子那麼難過，我心裡不舒服。原本我有個祕密，一直覺得丟人，不肯說，現在告訴妳也無妨，那就是我很能打，而且我忍不住了管他是男人女人，我都會動手，妳說這算不算祕密？」我很認真地對劉珍夢說道。

「你什麼意思？」劉珍夢的眼中出現了一絲忌憚，但是劉師傅在，彷彿又給足了她底氣，她開口質問我。

「沒什麼意思，就是一個祕密而已！我不想下次來，看見妳爸爸在家枯坐著，沒人照顧，連想喝杯茶都辦不到。」我的聲音變得有些嚴厲。

劉師傅在我身邊歎息了一聲，終究還是帶著責備的語氣叫了我一聲：「承一。」

我閉口不言了，但不代表這樣我心裡就舒服了，劉珍夢看著劉師傅這次的態度也不是要護著她，也不知道在想什麼，沉默了一會兒，忽然哼了一聲，抓起她的手提包就衝出了家門。

「讓你看笑話了。」劉師傅倚著欄杆疲憊地說道。

我沒有答話，只是沉默了一陣子，對劉師傅說道：「你沒有吃飯吧？我去買點兒吃的，買點兒酒，咱們喝點兒，我陪你說說話。」

「好，好好……」劉師傅忙不迭地答應著，此刻他哪裡還像那個充滿神祕，在天津圈子裡人人畏懼，敬重的山字脈傳人？他只像是一個普通的，寂寞的老人。

「我是沒有想到啊，小囡為什麼會變成這個樣子，承一，我心裡苦啊。」就在劉師傅的書房裡，我們面前擺著許多的菜，竟然被劉師傅吃了大半。

一個下午，我們都在談天說地，說一些修者圈子裡的趣事兒，沒想到，到了夕陽西下之時，或者是酒夠了，或許是心裡的苦已經再也關不住了，劉師傅竟然給我說了那麼一句話。

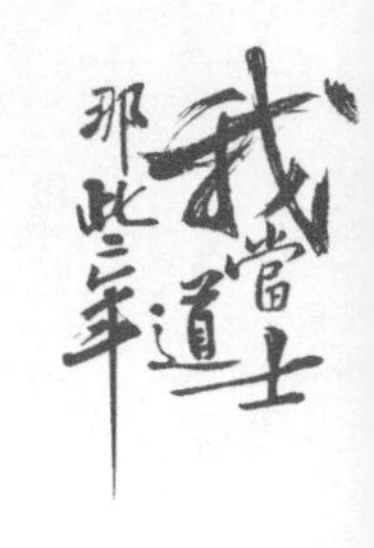

我沒說話，又開了一瓶二鍋頭，看著劉師傅，劉師傅一疊聲地說道：「倒上，給我倒上，人生難得幾回醉，這怕是我最後一回醉了。」

我依言把酒給劉師傅倒上了，在倒酒的過程中，我輕聲對劉師傅說道：「什麼叫最後一回醉了，過些日子，你不是叫我過來嗎？我天天陪你喝。」

「呵呵，那不能喝，那一個月時間，是我要傳道統給你呢，哪能喝酒？」劉師傅眯著一雙醉眼，對我說道。

劉師傅要把他的道統傳與我？我愣了一下，然後輕輕地搖了搖頭，對劉師傅說道：「劉師傅，我怕是不能跟著你學那個，貪多嚼不爛，我也沒有這方面的天賦啊。」

劉師傅一下子火了，拍著桌子說道：「你是看不起我還是咋的？難道你就生生地看著我這門手藝斷了傳承？我還有臉去見我祖宗嗎？」

「沒，真沒有！」我認真地對劉師傅說道，然後稍微思考了一下，對劉師傅說道：「如果你不嫌棄，我可以給你推薦一個人，這小子在製器方面一定會有天才的，因為他之前算得上是陣法大師了，而且是年輕一輩的陣法大師。」

「嗯？這製器陣法的確很重要，畢竟很多東西要起作用，主要就是要篆刻陣法。你介紹的人，人品我信得過，就如你和你師傅，人品我都信得過，那到時候帶來我看看吧。」劉師傅抿了一口酒，竟然非常直爽地就答應了。

我能理解他這一份直爽，到了這個時候，生命所剩無多，這一份道統能傳下去，就已經是幸運，何況還是一個有天分，人品又靠得住的年輕後生來承這份道統呢？劉師傅沒有拒絕的理由。

彷彿說好了這個，也放下了劉師傅的一大樁心事，他痛痛快快又喝了一大口酒，對我說道：「承一，你不要怪珍夢，其實我對她終究是恨不起來的，都是怪我啊，再好的孩子，這麼長時間躺在床上，還要承受著身體的痛苦，看著自己腐爛，心理都會扭曲的。是我，怪我，我憑什麼能對她生氣啊？」

我不說話，只是陪劉師傅喝著，如果這樣想，他能好受一點兒，那麼就讓他這樣想吧，哪一對父母不都是如此，就算自己的孩子千錯萬錯，在夜深人靜的時候，他們難道心裡就不會給自己的孩子找理由嗎？

父愛，母愛，那是割不斷的，最有韌性的愛，到死也不會消亡，既然是這樣，又為何不找個理由讓自己好過一些呢？

有些事情，有些愛，你談不了原則，即便是那個承載你愛的人，被全世界所唾棄，你也沒辦法不愛他（她）。

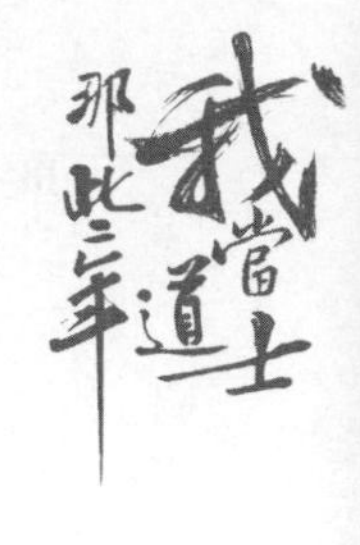

第十章　影碟的內容（一）

我是第二天上午才離開劉師傅家，劉珍夢就和我預料的一樣，到我離開她都沒有回家。昨天，我和劉師傅一直交談到深夜，才各自睡去，因為酒醉，劉師傅說了很多，我都記得，記得他說常常一個人在屋子裡寂寞。

記得他說他一個人弄頓簡單的吃的，都要花一個小時時間，還是在屋裡有東西可吃的情況下。

他也說，劉珍夢偶爾會給他帶吃的回來。

他還告訴我，其實他偷偷放了一個陰魂跟在劉珍夢的左右。

「承一啊，我是沒辦法，這孩子從我給她續命開始，就是電視陪著，沒怎麼接觸過外面的世界，她沒有朋友，更沒有愛情，所以她很喜歡接觸男孩子……承一，你能理解吧？可是，我害怕來娣的身體被她糟蹋了，然後我……」

劉師傅終究沒有說下去，但是我能理解是什麼意思就夠了，他的父愛到底還是沒有超越底線和善良，他知道不能讓自己女兒的欲望糟蹋了關來娣。

我走得不是那麼瀟灑，也瀟灑不起來，所以到附近的菜市場給劉師傅買了一大堆吃的，放冰箱裡，更不嫌累的，搬了一個冰箱到劉師傅所在的三樓，在裡面堆滿了方便食品。

我原本還想去保姆市場，請個保姆什麼的來照顧劉師傅，可惜被劉師傅拒絕了，他說不想有人參與他和女兒的生活。

說這話的時候，劉師傅的表情苦澀，或許有什麼難言之隱，可我卻不想去猜測了，有些事情知道了，無力改變，還不如不知道。

離開的時候，劉師傅送我一路送到了社區門口，他不在意周圍指指點點的目光，畢竟他老得太嚇人了，可他還是執意送了我那麼遠……

在我要上車的時候，劉師傅小聲對我說了一句：「如果珍夢有你一半那麼孝順，我哪怕背負百世的因果又如何？」

我一愣，卻不知道說什麼好，只能對劉師傅笑了笑，然後讓他回去，自己上了車。

或許，在劉師傅的夢中，想要強留的只是很多年以前那個脆生生叫著爸爸的劉珍夢吧，只可惜終究只是強留的……

到了北京，我沒有要任何人來接我，只是自己打車徑直去了承清哥的家。

難為承清哥那麼愛清靜一個人，如今家裡可熱鬧得緊，承心哥、承真、承願、如月、慧根兒，連沁淮都來湊熱鬧，所以，一進門，我看見的就是承清哥的苦瓜臉，一副不堪忍受，卻不得不忍受的表情。

沒有多餘的廢話，難得我們幾個師兄妹聚齊了，當然第一件事，就是要一起看那一張收藏已久的影碟，沁淮這小子倒也會來事兒，在這種時候，主動的避開了。

不是他不好奇，而是這種牽扯漩渦太深的事兒，又是我們師門的事兒，以他的身份的確不好知道太多。

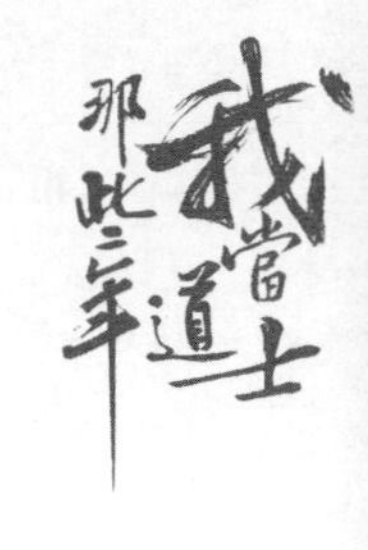

隨著影碟的放映，房間開始安靜了下來。

每一個人都在認真地觀看，時間一分一秒過去，很快影碟就播放完了上一次我看過的內容。

到這裡的時候，影碟出現了短暫的黑暗，接著有畫面的鏡頭出現時，地點已經在另外一個地點了，是在一艘船上，鏡頭有些搖搖晃晃的不穩。

然後我們聽見了一陣兒嘈雜的聲音，這其中我特別分明地聽見了師傅的聲音，但具體在說些什麼，聲音開得再大也聽不清楚，除非用專業的設備，但我們沒有那個。

但江一有吧，我點上了一枝菸，皺著眉頭不由自主的就想到了這個，彷彿只是本能地想到了。

不過，應該沒有什麼吧，江一既然如此坦然地把影碟交給我，那至少說明他沒有看出什麼來。

就在我胡思亂想的時候，鏡頭已經開始慢慢地轉開了，開始拍攝周圍的景象，這是一段陌生的江面，周圍是不知名的低矮群山，青青綠綠的，看起來很美。

我們都仔細地盯著這個地方，但就憑幾個鏡頭，根本認不出這是哪裡，記憶裡也沒有什麼地方和這裡重合，包括從小跟著王師叔走南闖北的承真都一臉茫然。

看來，光憑影碟就判斷師傅他們的足跡根本就不現實。

拍攝了一小會兒風景，又一次是師傅站到了鏡頭面前，這一次沒有和慧大爺的打鬧，師傅就是那麼平靜地站在了鏡頭的面前。

我也不知道是不是我的錯覺，總覺得站在鏡頭面前的師傅雖然一臉平靜，故作輕鬆，實際上有著掩飾不住的疲態。

我雙眼緊緊地盯著鏡頭，發現師傅的頭髮還有些濕漉漉的感覺，衣服卻很乾爽，乾淨的樣子，看著像才洗過澡一般，但是真實的情況是這樣嗎？

我看著周圍的江面，總有一種師傅下過水的感覺。

「承一，這裡的風景也不錯，特意拍攝來給你們看看。」師傅開口的第一句話，就是如此對我說道。

接著，他背著雙手，慢悠悠地踱步到了船舷邊上，鏡頭也就那麼晃晃悠悠地跟著他，師傅望著江面，似乎是在自言自語，又似乎是在對我說話：「承一，離開你也有一段日子了，最近老想起和你小子在竹林小築的日子。」

這一句話原本讓我有些傷感，可是下一句，師傅就話鋒一轉，莫名其妙地說道：「那真是一段倍受折磨的日子啊！」

我一下就愣了，倍受折磨的日子？

而我師兄妹們，同時轉頭看著我，連如月也是，那目光中盡是問詢的意味，弄得我臉一紅，惱羞成怒地說道：「看啥看，好好看影碟，我咋知道這個死老頭兒為啥會這樣說？」

只要看著師傅，我自然就會用上和他對話的語氣來說話，連死老頭兒這種用詞也不自覺的用上了，我甚至還有屁股馬上就會被踢一腳的錯覺，可事實上什麼也沒發生。

師傅還只是在電視裡說著話：「知道為什麼嗎？和你住在一起，就只能吃你這小子做的飯，你完全就沒有掌握做飯的精髓，做牛肉，一定要配上香菜，做魚就一定要有芹菜葉子提味兒，你小子做的是什麼啊？牛肉就是牛肉，魚就是魚？你為啥不把牛肉和魚乾脆扔到水裡

白煮了好？你折磨死我了！」

師傅說到最後，彷彿是有一些激動，幾乎是跳著腳在控訴我的「罪行」！旁邊還有慧大爺的旁白：「額就說咧，吃素好，吃啥是啥，吃肉真麻煩！就像額吃個雞蛋，也不用那個啥東西來配著吃。」

我哭笑不得，臉上一陣兒青，一陣兒白，我是這樣的做菜的嗎？是這樣的嗎？師傅為啥要在影碟裡和我說這個？

他這番話，已經引起了巨大的效果，就比如正在喝茶的承清哥「噗」的一聲就噴了出來，正在吃什麼零食的承真，一下子就被咽到了，連聲咳嗽。

然後，每個人都神色怪異地望著我，嗯，做牛肉不放香菜的小子。

但是下一刻師傅好像就平靜了，自顧自地說道：「做菜看人，所以我要教育你小子的就是，一件事情就好比做牛肉，不是有牛肉就行了，各種細枝末節的配合，才能做出好吃的牛肉，你小子懂了嗎？如果你不懂，你就是把牛肉煮熟了而已，味道也就事與願違了。」

說完，師傅好像很生氣的樣子，氣哼哼轉身走了！

而我卻眉頭一皺，好像抓住了點兒什麼，又沒有抓住的樣子，可我至少明白了一件事情，師傅說這句話，一定是有他的用意的。

接下來鏡頭一轉，再一次出現的竟然是承心哥的師傅，陳師叔！

承心哥也一下子就激動了，在鏡頭前的陳師叔彷彿也有掩藏不住的疲憊，我仔細觀察了一下，他的頭髮也有些濕漉漉的，這是在暗示什麼嗎？

到此時，我幾乎已經可以肯定，這盤影碟絕對不簡單！

第十一章 影碟的內容（二）

站在鏡頭前的陳師叔比我師傅溫爾文雅多了，他看著鏡頭的目光多是溫和和慈愛，就如同承心哥站在他面前一般，他開口說道：「承心，師傅這一走，也不知你可好，姜師兄提出為了慰藉你們，錄製沿途的一些風光給你們，我是贊同的。」

「嗯。」承心哥整個人有些發呆，他不由自主地就嗯了一聲，犯了上次的我同樣的毛病，自言自語地就和師叔對話起來。

陳師叔沒有多說，也和我師傅同樣走到了船舷邊上，然後望著那茫茫的江面還有岸邊青山，輕聲說了一句：「你我師徒遊歷了不少地方，始終未嘗敢忘這大好河山，唔……也需要我們的愛護，承心，你總歸是知道師傅做事的習慣的，這一點很重要，不要忘記。」說到最後一句的時候，陳師叔已經轉過身來面對著鏡頭，眼神很平靜，卻也有一種吩咐的意味，好像是一個家長在教育孩子一件什麼事，讓他下次做事一定要記得一般。

這話聽起來像閒話家常，但仔細一咂摸起來，味兒卻不對，為啥閒話家常，就是讓承心哥注意「環保」的事兒？莫非陳師叔是一個狂熱的環保維護者？

這種想法無稽了一些，自從見了師傅那個手勢以後，我就堅定地認為，他們的每一句話都有用意，所以我不自覺地望向了承心哥，發現他的臉色此時變得很怪異，口中也在喃喃

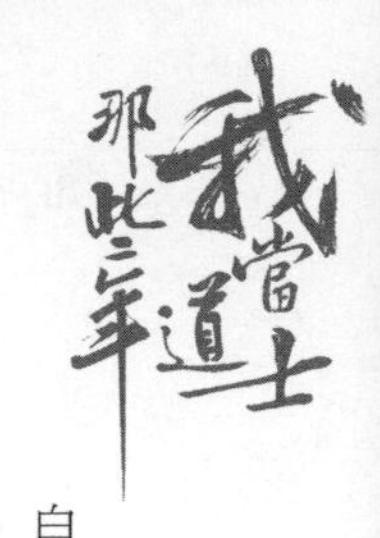

自語著什麼，彷彿是在回憶一件事情，為了確定，不由得自己就念出了聲兒，卻不自知的樣子。

陳師叔說完就離開了鏡頭，然後鏡頭就開始拍攝著周圍的風景，不過拍攝的人並不專業，或者是因為船太過顛簸，所以鏡頭也一直晃晃蕩蕩的，給人一種頭暈的感覺。

這樣的拍攝持續了一分鐘以後，我們都感覺船好像猛烈晃蕩了一下，然後鏡頭就完全黑了下來。

這一段就算結束了，我下意識地去摁了暫停鍵，不知道為什麼最後那一下晃蕩讓我心跳得厲害，到底是浪太大了，還是……

而且，我隱約覺得那一段江面，我好像有一點點熟悉了，但的確又和記憶裡的任何地方沒有重合。

「你們怎麼看？」我神色認真地說道。

如月托著下巴，沒有發表意見，承真和承願自然也沒有什麼意見，承清哥沉吟了一聲，說道：「最後那一個鏡頭太過詭異。」

慧根兒紅著個眼眶問我：「哥，額真的要去辦個養雞場嗎？」

「誒？」我愣了一下，我們師傅都是給我們說充滿了暗示性的話，這慧大爺竟然扯淡說養雞場，慧根兒這愣孩子當真了！

習慣性地把手放在慧根兒的光頭上，我說道：「當然不是，你師傅最大的願望其實是想你好好當一個大和尚啊，他太想你，但是又不想表現出來，讓你心裡難過，所以故意和你扯淡呢。」

的恢復過來。

「嗯。」慧根兒用袖子抹了一把眼睛，自從和小鬼一戰後，這孩子成熟了一些，被逮去學藝一年，整個人看起來也比以前黑瘦了一些，想必也是吃了一些苦，就連到現在也沒完全的恢復過來。

可惜我這個當哥的，沉淪於悲傷太久，也竟然忘了關心關心他。

「哥。」慧根兒忽然開口說道。

「嗯？」

「這次放寒假之前，你可不可以幫個辦個休學手續，大學晚幾年畢業沒有關係，我想跟著你們一起去找師傅。」慧根兒看著我，眼中充滿了期盼與堅定，說起來，這小子今年十九歲，也快二十歲了，連少年的歲月也過了，是一個青年了，即使他比起同齡人，由於經歷，心性因為太過明淨顯得幼稚了一些，可這個不妨礙他能為自己的人生做決定了。

「嗯。」我點頭答應了慧根兒，這次的冒險之旅，是一定少不了慧根兒的。

慧根兒也不說話了，估計心裡還難受著，而承心哥卻咳嗽了一聲，看樣子是有話要說。

他取下眼鏡，用手指淡淡地撣去了眼角的一顆淚珠，然後才說道：「承一，我也覺得最後一下的顛簸是有問題的，可能水裡出現了什麼東西吧。」

我點頭，說道：「這個不重要，畢竟是已經發生了的事情，師傅他們也應該是平安度過了，你還有什麼發現嗎？」

「不是發現，是肯定的事情，在這條江面下，應該藏有重要的藥材或者是植物。」承心哥說話的時候，眼神努力地想表現得淡然，可是微微有些顫抖的嘴角出賣了他，他的內心同樣不平靜。

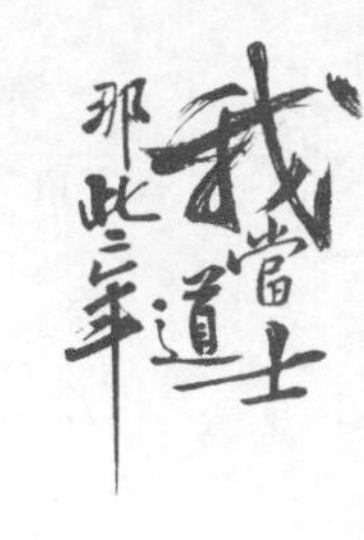

道。

「為什麼那麼肯定？」我皺眉問道。

「只因為師傅那一句話的原話，我們在平時是這樣對話的，師傅老是會跟我說，現在的環境不比從前，但是大好山河還在，只要大好山河在，就總會有那麼一些深藏的靈藥還未滅絕，但是我們醫者仁心，對待藥材也應當如此，那就是要留一線生機。」承心哥慢慢地說道。

「就和龍墓裡那些人的做法一樣？」我揚眉問道。

「是的，接著師傅說，讓我記得他的做法，接上面的話，就不難肯定，在這裡他一定得到了什麼，而他的做法是留生機，說明他得到的東西那裡還有，讓我記得去取。」承心哥異常肯定地說道。

而我們都知道，承心哥這個說法應該就是答案了，這樣連繫起來，是絕對說得通的。那麼我師傅留下的話，我下意識地敲著額角，心中那個答案明明呼之欲出了，卻總是覺得還差一點點契機去捅破那層紙。

「承一哥，承心哥這麼說，我心裡有一個非常不確定的看法，好像也有點兒底氣了呢。」開口的是承真。

我一下子轉頭，問道：「怎麼說？」

承真卻搖頭說道：「現在不確定，我說出來怕你們白認真一場，承一哥，你重新放一次剛才那段兒，我多看看，或者是有答案的。」

「好！」那有什麼說的，我趕緊快退了影碟，又重新放起了那一段兒。

看了一次之後，承真搖頭，沒有說什麼，要求我再放一次，我也知道這種事情急不得，沒有半點兒催促承真的意思，又把影碟放了一次。

就這樣，一直來來回回看到了第五次，承真忽然說點：「承一哥，快點摁暫停。」

我一聽，心裡知道承真一定看出來什麼了，幾乎是閃電般的速度摁了暫停鍵，影碟的影像停留在了一段風景上。

那是師傅和我說話之前，胡亂拍攝的一些風景，鏡頭因為晃動，陡然按了暫停，有些模糊不清的樣子。

承真走到承清哥的大電視面前，眉頭微皺，然後死死盯著那個畫面，一張臉都快貼進電視裡了，我們幾個也屏住了呼吸，憑直覺，我們知道承真的這個線索，應該是非常關鍵！

就這樣，承真幾乎是盯著電視看了一分鐘，然後開口指著江面的一點兒上說：「這裡有問題。」

我也學過一些風水知識，會看一些山脈水流的走勢，因為承真說有想法，我在重放的這幾次，也曾暗暗注意了一下。

卻發現這裡的風水什麼的，稀鬆平常，沒有什麼特別值得關注的地方，承真到底是看出來了什麼問題？

而承真的手指的地方，卻是一個小小的漩渦之處，漩渦一般都理解為江面下的地形影響，她是要拿一個漩渦跟我們說什麼？

我們全部都看著承真，而承真也不賣關子，直接說道：「這江面下是有東西的，具體是什麼我不知道，這裡的『氣』不對！」

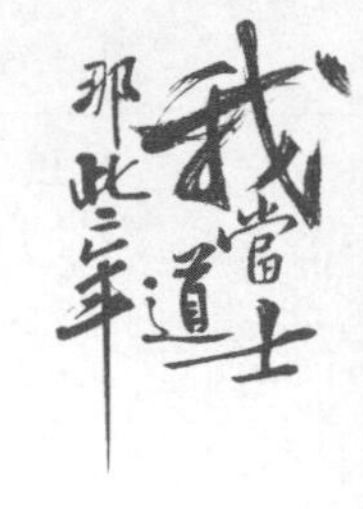

第十二章　影碟的內容（三）

我不太能夠理解承真說的這裡氣不對是什麼意思，畢竟我只跟隨了王師叔兩年，相學這種需要用一生時間去鑽研的學問，我學到的只是皮毛，那屬於核心中的核心，最難學的望氣功夫，我更是只有一個概念，連皮毛也沒有學到。

「怎麼說？」開口的是承清哥，說起來命卜二脈和相字脈有著千絲萬縷的連繫，這種專業性的問題自然是承清哥更感興趣，他是最先開口詢問的。

「其實我的望氣功夫比起我師傅來說，是差遠了，所以看了那麼次，才能最終肯定這水面下有東西。」發現了問題，承真反而不著急了，而是坐下來拿起一包小零食吃了起來。

承真沒別的愛好，就是愛吃零食，但和一般的女孩子比起來，她又多了幾分男孩子一般的爽利，她也不等我們發問，一邊吃一邊解說了起來：「說到底，從錄影裡看風水是絕對不現實的，一般的陽宅可以根據圖紙和周圍的照片大概看一下風水的走勢，但是要布風水局什麼的，絕對是要親自到現場，就算這裡不涉及到望氣，可是也要本人去感受一下風水的流向，才能做出具體的布置，否則也只是紙上談兵。」

我點頭，這個我是深有體會的，一個精準的風水局，的確要去現場感受一下聚氣藏風中，風的流向，才能布置出一個完美的風水小局。

「內宅尚且如此，何況大風水，特別是那望氣的功夫，不到現場，是根本得不到肯定的。就如同你見鬼了，但是你想留證據，用攝影器材去捕捉，根本捕捉不到影響是一個道理，氣也是不可捕捉的，哪怕是完全還原當地風水原貌的攝影設備也捕捉不到。」承真語速很快地說道。

承心哥笑了笑，走過去捏了一下承真的鼻子，語氣有些寵溺地說道：「我說師妹，妳口口聲聲說攝影設備不能還原，又說這水面下有東西，這不是自己打臉嗎？」

承真不滿地瞪了承心哥一眼，承願倚著承真咯咯地笑，因為承心哥被承真瞪了一眼之後，悄悄地做了個鬼臉。

我和承清哥同時白了承心哥一眼，承真卻懶得理會，繼續說道：「要不是有那個漩渦，我就是看不出來啊！你們知道漩渦的形成一般都是江面下的地形導致的，又或者是因為江面下有石頭什麼的，重點是很多普通人不知道，氣場的改變，也能引起水流的漩渦，這種漩渦的特徵和普通的漩渦不一樣，但是也極難分辨，我也是看了很多次這個漩渦的走向，結合起它附近水流的走向，才能最終得出結果的。不然你以為我發什麼瘋，看那個漩渦就好了啊，幹嘛看完整段錄影，我師傅那個死老頭兒又沒有站出來說話。」

我啞然失笑，原來叫自己師傅死老頭快成為我們這一輩的傳統了嗎？只不過承真雖然說得潑辣，但眼裡那一絲黯然，卻是怎麼也掩飾不了的，她也盼望著看見自己師傅。

「原來就和龍捲風是一個道理，那絕對是氣流造成的。」承心哥摸著下巴不懂裝懂地說了一句。

承真白了他一眼，說道：「氣場的改變在某種程度上，確實能引起氣流的改變，就如厲

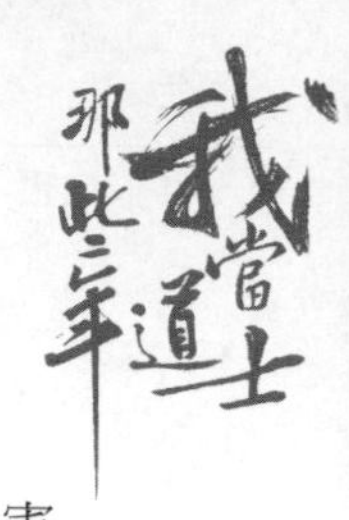

害的鬼物在很多時候出現都是伴隨著陰冷的風，這也是不無道理的，可哪有你以為的那麼簡單？水流的改變，甚至出現特殊的漩渦，這個氣場可是了不得的，我說了你也不懂。」

「我說醫術妳能懂？」承心哥又衝承真眨了一下眼睛，承真火大，衝過來就要掐承心哥……

我懶洋洋地笑著，心裡有一種淡淡的溫馨，可是腦子裡想的卻是另外一件事兒，氣場的改變引發的漩渦，那當年我和師傅去渡餓鬼，那猛地一下消失不見的「渡船」又是因為什麼？氣場漩渦。

在那邊，承真和承心哥鬧騰得太熱鬧，連承願和慧根兒都加入了，如月眨巴著眼睛，看樣子也是想鬧騰一下，畢竟看見上一輩的氣氛太過悲傷，也難說他們不是刻意為之，去沖淡這種傷感。

只是承清哥這個缺乏睡眠古板男卻少不得要維護尊嚴，咳嗽了一聲，不准師弟師妹們鬧騰了。

「像個什麼樣子，要不要跟著承一一起去找蓬萊了？」承清哥說了一句平淡無奇的話。

我卻一下子愣住了，望著承清哥說道：「承清哥，你說什麼？」

承清哥莫名其妙地望著我，說道：「我有說過什麼重要的話嗎？」

「不，不，很重要！」我一下子站了起來，示意大家別吵，然後開始在房間裡來回踱步。

看我忽然這個樣子，大家都停止了打鬧，噤若寒蟬地望著我，深怕弄出一點兒聲響打斷了我的思路，跟著我找蓬萊，牛肉，香菜？走蛟……！

在承清哥的一句無心之言之後，我竟然一下子把所有的事情都串連了起來，我停下了腳步，忽然大聲地說道：「大家跟著我一起找蓬萊，之所以說跟著我，是因為我是山字脈，遇到危險我要擋在大家前面，確保這次行動，所以從某一個側面來說我是這次行動的一個核心。」

承真「啊」了一聲，承願和如月用一種異樣的眼神看著我，慧根兒小孩兒心性重，從沙發上跳起來，說道：「嗯，就是，就是，哥你就是！」

承清哥咳嗽了兩聲，似乎覺得非常為我丟臉的樣子；承心哥歎息了一聲，一副很傷懷的樣子，對我說道：「承一，我沒看出來你原來是那麼自戀的人，思考了半天，原來就是告訴我們，你是核心。」

我×！

我看著所有人，結果除了慧根兒，大家都不約而同地點了點頭，我差點沒被心頭的一口老血給憋死，大聲說道：「我×，我是這個意思嗎？我是說我分析出來師傅的話了，那老頭兒說話也太不靠譜了！他其實是想告訴我，牛肉的菜，牛肉自然是主料，但是沒有輔料不成菜，那麼連繫到找蓬萊，最主要的事情是要跟隨走蛟，師傅應該是在暗示我們，光是找到了走蛟是不行的！」

「怎麼說？」大家的神情都變得認真了起來，開口問我的是承心哥。

「還沒懂嗎？承真說水面下有東西，以至於影響了水面下的氣場，形成了漩渦，承心哥說了師叔的暗語，大概也是說下面有他留下的東西，還提醒承心哥一定要記得，最後再連繫我師傅的話，還不明顯嗎？那就是在暗示我，找到這些東西也很重要，不單單是走蛟。」我

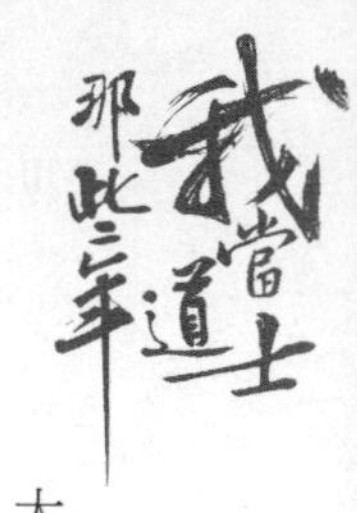

大聲地說道。

這一下，再連繫起來，師傅在第一段錄影裡，比出的手勢，說不定也是要我留意那湖面下的東西，至少也是提醒我去看一看，會有發現的意思。

我立刻把這個想法也說了出來。

這樣，影碟裡藏有的最大謎題，應該就是解開了，我也不得不說，這謎題藏得非常之深，如果不是我們這一群和長輩們生活了那麼久的弟子，根本就不可能有人發現有什麼問題，畢竟他們選擇傳達的方式都是生活中的細節和對話，其他人怎麼可能知道。

而這盤影碟記錄的只怕是他們留給我們的幾個重中之重的地方，要我們特別的注意！

我連接起了所有的事情，大家都興奮了，仔細一想，這樣的解釋才是最行得通的解釋，承清哥比較淡定，畢竟我們大師叔不算做「失蹤」的範疇，他能夠稍微置身事外一點兒看整個事情，他沉吟了一陣兒這樣說道。

「這個說法應該是靠譜的，不過……這樣說吧，雖然說在第一段錄影裡，姜師叔比了一個手勢，我們曾經猜測是小心江一，現在證明不是了，但江一的嫌疑依然不能洗掉，我們還是應該防備他。」承清哥這樣說道。

「那是肯定的，如果江一完全沒問題，長輩們不會選擇這種方式給我們留下資訊。」我點頭說道，我明白承清哥是在提醒我們，不能興奮過頭，而忘記了防備。

慧根兒吐了一下舌頭，說道：「額覺得吧，承清哥和承真姐，那麼厲害，就去算算看看江一咧，不就得到答案了嗎？」

「幼稚！」承心哥和承真姐同時瞪了慧根兒一眼。

江一是什麼人，傳聞中最接近地仙的人，而命卜相受制約頗多，就算是普通人命格稍微大一些，面相稍微特別（貴或者惡）一些，這三脈進行起來都多了很多困難，不要說是一個地仙了。

試想歷史上，皇帝的命貴，一旦稱帝，又有多少術士是敢為皇帝算命看相的？一般都說些奉承之言就罷了，這是因為命格和面相已經「貴」到了一定程度，甚至連繫上了江山大運，這是可以亂算的嗎？更不要說，在歷史上的大能，比當代多多了。

想到這裡，我也不自禁歎息了一聲，歷史總在前進，很多東西也在前進，為什麼我道家卻在後退？還能前進嗎？

可承清哥的話卻打斷了我的思路，他沉聲說道：「而第二，是百思不得其解的一件事情，按照從長輩們的表現來看，他們是不願意我們去尋找什麼的，那為什麼處處留下線索，這一點何解？」

我們都愣了，是啊，師傅的態度從八年前龍墓留字，到六年前忽然遠走，都不曾改變，為什麼到如今卻是處處留下線索，這個問題，怕是值得深思啊！

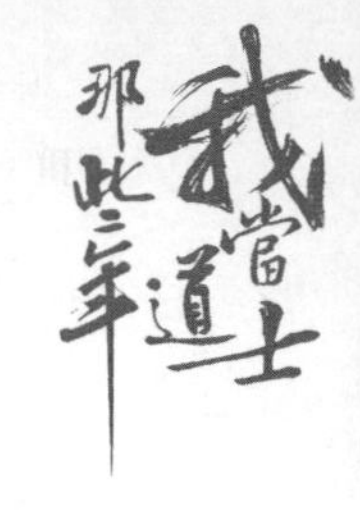

第十三章　解謎與闖入

雖說這個問題值得深思，但畢竟是關於人心裡的東西，即便是我們最親密的長輩，我們光是靠猜測又怎麼可能得到答案？

討論了一陣兒，沒有結果，我們還是繼續看起影碟來，因為心裡對謎題已經有了一個大方向的猜測，所以接下來的影碟內容，我們抱著這樣的眼光去看，自然就發現了很多值得留意的細節，隨著影碟的放映，我們也更加確定長輩們絕對是要我們留意影碟中他們所拍攝出來的幾個地方。

四十幾分鐘的影碟很快就放映完畢，在後來，不僅是我師傅發言，幾乎在場的所有長輩都有發言，王師叔、凌青奶奶，甚至包括慧大爺也給了慧根兒一個暗示。

給讓人感覺到神奇的是影碟記錄的那些地點，如果說開始的湖和江只是稀鬆平常，在後面記錄的幾個地方，就包含豐富了。

其中三個地點，我印象特別深刻，一個竟然是到了地下暗河，而另外兩個，我看著，第一感覺就是根本不在國內！至於是哪個國家，只在其中一個得到了答案，也不知道是不是那個鏡頭故意的，總之我們看見了一個貌似行人的人，從他的穿著打扮來看，那竟然是到了印度！

而印度那裡，是慧大爺給慧根兒留下了線索！

除了這三個地方，剩下的影碟還記錄了兩個地方，原本這兩個地方我們沒有特別注意，可是為了確定線索，重看影碟的時候，我們卻發現了一個驚人的，不，幾乎可以說得上是恐怖的細節。

那就是那兩個地方的記錄，如月眼尖發現，船的背後幾十米處，好像是有個人跟著！

那個鏡頭是拍攝風景的鏡頭，那個細節幾乎是一閃而過，如果不是如月眼尖，根本不可能有什麼發現。

我們又重播了幾次，甚至是掐著時間暫停，終於讓我們肯定了這個細節，而恐怖的點在於，那個人頭只出現了臉的上半部，而且是一閃而過，又沉入了水中，然後再也沒有起來。

另外一個發現人的鏡頭也是同樣如此，那一次是在船的側邊，也是一樣，上半截臉，只出現了一秒不到，又再次沉入了水中。

我們沉默了，而所有人的目光都盯向了我，如月第一個開口：「三哥哥，你說，人？鬼？」

承真問得更直接：「承一哥，人？水裡的屍體？」

我沉思了很久，才說道：「總之從我的判斷來說，現有的攝影攝像技術，是不可能會捕捉到鬼的身影的，但萬事沒有絕對，就好比說凶厲如小鬼點點，它是想要留下什麼影像，而在那一瞬間，它的氣場又爆發到極點，那就是有可能留下具體的影像的，就好比陰氣還能化形為霧，我們的鏡頭是能捕捉到霧氣的。但一般的厲鬼，在它是非常想留下影像的情況下，就算氣場再爆發到極限，也不可能留下具體的影像，只能是一個模糊的，不能具象的影子，

那個鏡頭雖然出現的時間異常的短，但從清晰度和存在度來說，應該不會是鬼。」

如月沉吟著，而承真還在望著我，我沒好氣地說：「當然也不可能是浮屍什麼的，妳見過只露出半個頭的浮屍嗎？」

「那也就是說是人了，承一，你覺得江一有沒有發現這兩個細節？」承心哥皺眉望著我說道，畢竟我們都能發現這個細節，一直保存著影碟，並有著強大的人力物力的部門有可能會沒發現嗎？

我的答案當然是否定的，他們絕對發現了，重要的是接下來我們該怎麼做的問題，有時在坦誠和隱瞞之間倒是真的很難做選擇，一個小小的選擇，或者也就決定了未來的走向。

「我們自然是不會擔心長輩們留下來給我們的線索被江一發現，這兩個人影我覺得是巧合的因素比較重，畢竟長輩們該留給我們的資訊，已經在當時留下了，或者他們也不知道這鏡頭竟然拍攝到了人影，更糟糕的情況就在於連長輩們也不知道被人盯上了，卻被我們無意中發現了……」承清哥的分析顯然更具體了一點兒。

原本我們是想靠著影碟來解謎的，可是就如同我去到龍墓一般，謎題沒有完全的解開，反倒陷入了更深的迷霧裡。

而這其中重點的人物，竟然是江一。

我歎息了一聲，喃喃地說道：「重點是，師傅他們算只留下了湖與江河的資訊，關於更詭異的大海之上，他們是一點兒線索也沒有留下，這更不知道是為什麼？」

顯然，身陷迷霧當中，沒有人能給我答案。

影碟的問題讓我們糾結了兩天，但是有更多具體的問題還是在纏著我們，就算珍妮姐利用人脈讓我們得到了「出航」的自由，但是具體該往哪裡出航，我們卻沒有答案了。

在以前，目標倒也算明確的，就比如，找到走蛟，跟隨走蛟；如今，線索多了，反而是一片迷茫了。

而且由於影碟的問題，讓我們意識到了我們的準備不是太充分，要去的地方太多，有更多細碎的瑣事，還需要分別去辦理，如今看來，錢也有些捉襟見肘的樣子。

所以，我們聚會了兩天，又開始分頭去辦別的事情，至於最難面對的江一自然是交給我去應對，該說什麼，該保留什麼，我心裡自然是有數的，合作已經是必然，但是怎麼一個合作法，選擇權還是在我這裡。

冬天已經快要過去，但是春的腳步依然沒有來，北京比南方冷，這個早晨竟然飄起了夾雜著細雪的雨，比純粹的下雪還要冷，而我卻一大早就出門了，我要去祕密部門見江一，沒有預約的，主動去見，連情緒的拿捏都異常重要。

祕密部門的所在是一個在大北京毫不起眼的建築，掛著一塊根本不會引起任何人注意的部門牌子，就這麼堂而皇之的矗立在街頭，沒人會想到這個部門牽扯了靈異、傳說、各種謎題。

甚至為了掩飾，這裡也有掩飾部門專業對口的人在這裡上班，並且佔據了部門常駐辦公人數的大多數，工作清閒，但一輩子都不會得知，自己其實是身處在一個怎麼樣的部門。

不知道其實也算是一種好事兒吧，我站在清晨人來人往的部門大門口，在啃完了一個煎餅以後，已經培養出了適當的情緒，要準備去江一了。

此時，正是上班的時間！

在走入大門的那一剎那，我那平靜的情緒已經「消失」了，取而代之的是一種刻在臉上的憤怒，如果在十幾年以後，保不準有人看見我這個樣子，會驚呼一聲：「那丫就是憤怒的小鳥真人版吧。」

沒人靠近我五米以內的距離，雖然這個部門通往辦公樓的大路並不顯得寬敞，但對於這種臉上已經明顯寫著別惹我的年輕人，大多數人是不願意招惹的。

當然，只是大多數人，畢竟這個部門裡，不那麼普通的人也有一些，而這些人秉承著低調的原則，雖然不靠近我，但已經在默默地注意觀察起我。

我一切都不在乎，幾乎就是那麼橫衝直撞的闖進了那棟辦公大樓，這裡不是師傅曾經所在的行動部，相當於是一個總部的樣子，我對這裡的環境和人都陌生，但是怎麼找到真正的部門，我心裡還是有數的。

不說話，我一路衝到了最頂層，連電梯都懶得和那些人擠，然後在最頂層那一串讓人眼花繚亂的職務辦公室中，我選了一個旁人壓根不會注意的類似於後勤負責人的辦公室就徑直闖了進去！

這個部門，我心裡清楚，哪怕是在夜間，都會留下至少一個人的，我這麼闖進去，當然驚動了裡面的人。

我「憤怒」地看著辦公室裡的兩個人，而他們則平靜看著我。

因為，從在這個辦公室裡工作的，就已經超出了普通人的範疇。

第十四章　達到目的

面對那兩個人的目光，我很自然的憤怒迎上，我不會忘記反手關門這樣的細節，然後衝到了他們的辦公桌面前，拍著桌子吼道：「我要見江一！我是陳承一，我師傅是姜立淳，師叔是李立厚！」

而幾分鐘以後，我就如願見到了江一，看來這種看似莽撞的憤怒，拋出直接的語言，有時候是異常有效的。

當然，部門有自己的祕密，就比如我見江一的途徑，是通過那個辦公室大櫃子後的一個電梯，而那電梯的啟動還需要輸入密碼。

江一的辦公室在地下，一條有些昏暗的走廊盡頭，如若我不是一個道士，也見習慣了鬼物，我想這樣的地方會引起我的本能恐懼，挺適合拍鬼片的。

如今，江一就在辦公桌的背後望著我，神情一如既往的平靜，只是眼中多了一絲探詢，不過也不是太好奇的樣子。

既然是要演戲，通過憤怒來裝天真，我不介意將這種天真偽裝到底。

我一副豁出去的樣子，跳腳、拍桌子、憤怒、擔心，總之一副二愣子的樣子被我成功塑造了出來，感謝老回給我上的一節演技課！

「既然如此，那麼就說明有人盯上了我師傅他們，你為什麼拿影碟的時候不告訴我？」這就是我說的最後一句話，把這種發現通過憤怒的方式表達給江一，是我想到的最恰到好處的方式。

既能掩藏真正的祕密，也能在某種程度上降低江一對我智商的評價。

果然，江一開口了：「承一，為什麼經歷了那麼多？你遇事還是不能冷靜？」依然是播音員一般的聲音，卻讓我心底繃緊的那根弦稍微鬆開了一些，他至少沒有懷疑什麼，否則按照我對江一的瞭解，他若是不信，應該是用各種語言不著痕跡地開始套話。

「廢話，我師傅有危險，而且是那麼早就有危險了，換誰能冷靜？」我說這話的時候，死死的看著江一，在這種時候我不能迴避他的目光，甚至連流露出一絲逃避都不能，只有這樣才是最恰到好處的。

江一沉吟了，雖然神情仍然平靜，但我感覺得出來，他在斟酌一些要說的話，從一開始到現在，我沒想到有一天，我也能套出江一的話，心中倒是有一些開心，畢竟目的達到了不是嗎？

這樣的沉默繼續了一分鐘，江一開口了：「承一，說起經歷和見聞來，與同輩的年輕人相比，你算是見多識廣的人了。但是，這個世界上依然有很多事情，你是不知道的，就比如水下也有水下的勢力。」

水下的勢力？我開始覺得荒唐！莫非江一等一下還要告訴我其實是真有龍宮這一類的存在嗎？想想，也不是不可能，因為我想到了師祖留言裡的一句話，什麼地方有什麼龍，這句話讓我覺得非常無解！

我臉上自然流露出了迷茫與不信，還有一副你忽悠我的表情，江一倒也不在意，喝了一口茶，繼續說道：「比起陸地來說，水下那個陌生的世界自然祕密是更多的。不過，我說的水下勢力，並不是什麼神祕的事物，有利益的地方就會有人，有人自然也就會形成勢力。其實，不必太過擔心，你師傅他們應該沒有觸及那些人的利益，自然也就不會有衝突，不過在某些時候被這些勢力所監控，也是正常的。關於這個，我想我給你解釋得已經夠清楚了。」

說完這一段話，江一放下了茶杯，靜靜地看著我。

而我在這個時候，長吁了一口氣，終於流露出了放鬆的樣子，然後坐在椅子上，而心裡卻是心知肚明，江一能夠給我的透露的消息，也僅限於此了，我再問也是白問了。

佯裝平靜了半分鐘的樣子，我不好意思地抓了抓腦袋，然後才說道：「老大，對不起，我莽撞了，只是一想到關於師傅的事情，我就……」

這樣的表現自然與我之前的表現是符合的，從前我就是一直如此，至於現在為什麼會變得冷靜和深沉了許多，我找不出原因，或者是因為我防備江一，亦或者是因為一次次失去必然面對的沉澱，把我的衝動與莽撞也沉澱了下去。

面對我的抱歉，江一不置可否地點了點頭，然後問我：「那還有什麼事嗎？」

他就是這樣一個人，明明盼望著與我合作，卻故意反問我，把主動權牢牢的握在了手裡，以前小鬼事件的時候，我不覺得，如今對他留意了起來，才發現，以前我就是一個被他牽著鼻子走的「嫩」小夥兒。

不過，也沒有關係，我原本就是打算與他合作的，他這樣問，我也正好借坡下驢，很乾脆地說道：「老大，當然還有事情需要你的幫忙，你知道的，我明年就準備踏上昆侖之路

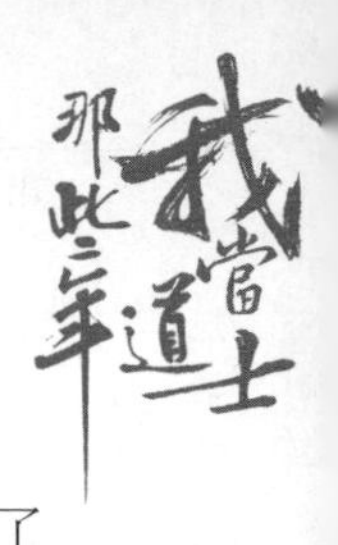

了，我想與你合作。」

「為什麼？不是有珍妮大姐頭幫你們鋪路了嗎？不見得你們會需要我們部門勢力的加入。」江一在任何時候都是不動聲色的，甚至從語調上也是無跡可尋的，可他這問話的方式，讓我感覺到了他的在乎。

我很直接地說道：「珍妮大姐頭當然是給了我們幫助，我想她是因為想讓我們保住龍墓的祕密吧，因為從部門的角度，是想得到龍墓的祕密，和你們牽扯太深的話，龍墓的祕密我們還能保留嗎？」

這話說得半真半假，但也只有這種看似無腦的實話，才是最有說服力的，江一在和我的談話中，第一次有了一絲細微的表情，他微微揚了揚眉，然後低聲說了一句：「呵，珍妮大姐頭啊……」

我卻做出一副迷茫的樣子說道：「說到底，其實在龍墓裡除了一些珍貴的藥材，並不是有太特別的發現，主要是有我師祖的一篇留言，但牽扯的都是他遊歷龍墓的一些往事，我只是感覺只要是師祖的事情，珍妮大姐頭都特別在乎，或者是因為這個原因？」

這種話，等於我說了很多，事實上又什麼也沒說，可是這分量打消江一的疑慮怕是已經足夠了。

果然，江一的神情不變，只是說道：「你的說法也有道理，她和我，一個是代表自己，一個是代表部門，我們所站的立場不同，自然有時也會有碰撞。」說到這裡江一沉吟了一下，我心裡卻心知肚明，若說到撇清關係，轉移重點的本事，江一還是厲害的，能坐到這個位置，實力是重要，但別的原因未嘗也不是可以忽略的。

我不想惡意揣測江一什麼，可是一旦人對另外一個人有了防備，就太難做到平常心，這種心境的境界，怕是只有我師祖才能達到。

我不動聲色，江一則繼續說道：「好吧，合作，但是合作的原因你還沒告訴我？」

「我想去師傅去過的那些地方，你能提供給我嗎？」我很直接地說道，可我明白，若他能提供給我，也就不用等到現在了。

我很想不通的是，既然要合作，既然是想通過我們得到什麼，為什麼不把手裡掌握的都提供給我們？這中間到底是有怎麼樣的顧慮與糾葛。

「你知道的，不能，我個人不能代表整個部門的利益，甚至國家的利益！有些東西是最高機密。」江一拒絕得也很直接。

這倒是在我的預料當中，可我原本想要的也不是這個，這只是一種心理遊戲罷了。

所以，我很激動地說道：「既然是要合作，為什麼不能？通過幾段影像，要找到師傅所拍攝的那幾個地方太難了。」說到這裡，我故意變得神情頹廢，說道：「既然是要出航，尋找蓬萊，我需要大量的線索，偏偏關於這些線索，我一無所知，能依靠的只是師祖留下的手箚，上面記錄的一些可能會有走蛟的地方。而我們又完全沒有任何的出航經驗，甚至連精確的地圖都沒有，我要怎麼行動？」

「幫助當然也是會有的，至少在華夏的範圍內，你們有了我們部門的保障，就可以自由的去到任何地方，而沒人過問。至於精確的地圖，那是小事，如果你們有找到經驗豐富的船上人，有了地圖的配合，這樣的出航倒也不算困難。」江一平靜地說道。

聽到這裡，我的心終於真正的長吁了一口氣，其實在來之前，我就已經給自己設定了一張不到關鍵時刻，絕對不拋出來的底牌，那就是那三條鎖鏈。

如今，江一能主動提出給地圖，那麼這張底牌的確就可以不用拋出來了。

或者，地圖這個細節對於他來說，並不是太重要，即使他能提供的地圖，應該是比沁淮爺爺手裡的更精密，也更機密的地圖，但畢竟我們的身份清白，要做的事情也相當於是另外一個層面世界的事情，絲毫不涉及到任何軍事。

所以，這個細節，他並不是太在乎。

至於地圖的級別，我猜想應該是接近最高級別的地圖，不過範圍應該不是針對軍事而言，應該是針對別的方面，這種地圖的珍貴不言而喻。

打個比喻來說，即使很多年以後，人們的手機上也配備了開放度較高的地圖，可以精確到街道，甚至街道上的店鋪，但這種地圖始終也只是民眾地圖，比起江一提供的地圖來說，這種地圖就好比幼稚園小朋友的知識和碩士研究生的知識相比較一般。

所以說，無論如何，這一次，我的目的在這種方式下，達到了！

第十五章 鎖鏈的解密

江一的辦事效率很高，在我從他的辦公室出來以後，下午，就已經有專人把地圖送到了承清哥的家裡。

江一提出的條件，到此時，我們都已經清楚了，和師傅他們遠行的條件一模一樣，我們這次的行動，江一會派專人跟隨，全程記錄。

「不過，和上一次有微小的不同，那就是必要的時候，部門會參與行動。」這是江一臨時加的一個條件。

而我對於這樣的條件從內心來說是牴觸的，畢竟這是我們私人的行動，如果牽扯到了部門，那就已經變了味道，所以我多長了個心眼，多問了一句：「什麼是必要的時候？」

「就好比，已經明確你們可以找到蓬萊的時候，另外的時候，看具體的情況吧。」江一說這話的時候，根本不容我的拒絕，神情卻很淡定，我卻好像看見了一隻老狐狸在笑一般。

匆忙離開，因為我沒有拒絕的餘地。

同時我也沒有注意太多的細節，如果時光可以倒流，那個時候的我再成熟一點兒，小心一點兒，是否就可以注意到辦公室裡的一個細節呢？

多年以後，我這樣想著，但發現無論怎麼樣，我都不可能發現這個細節，也許也是時機

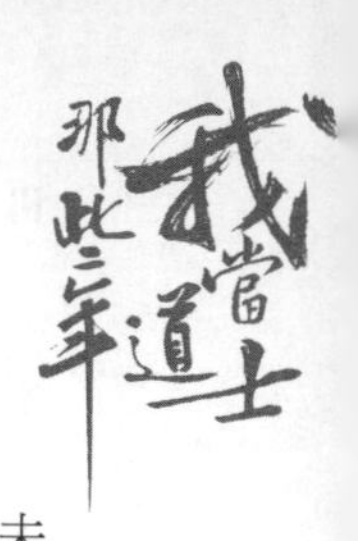

未到，這件驚天的大事兒是不該那個時候的我知道。

地圖送上門的時候，是兩個人搬著一個箱子上門的，在我的想像裡不過是一張地圖，至於那麼誇張嗎？

可當我打開箱子以後，才發現真的不是誇張，因為箱子裡裡面密密麻麻堆砌了上百張地圖。

「你們可以參閱這些地圖，時間最好控制在三天以內，太久了，我們恐怕就不好交代。另外，地圖的內容不得外傳，不得有任何形式的複製。如果，以後這裡面的其中一張地圖，被我們發現了有流傳，你們會比較麻煩的。」在放下箱子以後，一個工作人員如是對我們說道。

話不是很客氣，甚至有一絲嚴厲警告的味道，不過，我們可以理解，這種事情的重要性與保密性，當下自然是毫不猶豫地答應了。

接下來的三天時光，我們自然是研究這一百來張地圖，確切地說，這一百來張地圖都是關於華夏領土內有水的領域。

我不得不感慨這種專業地圖的精確，各種標示與地形比普通地圖精確了不下十倍，打個比喻來說，一張民用的地圖，而且是相對更加精確的地區地圖，就好比是一張老林子的地圖吧，它最多也就標示出來老林子的範圍，細到這是什麼山，那是什麼嶺，可是地形卻不可能精確通過地圖表現出來，就好比在什麼範圍內，有一個深溝，長多少、深多少、寬多少，氣候條件，甚至地質結構！

而這種地圖就顯然會做出這種細節的工作，而且大方向明確。

就好比，江一給我的地圖，就是一張偏他們部門工作方向的地圖，再淺顯一點兒解釋，除了精密地圖必要的標示以外，它的走向是「靈異」還有「神祕事件」。

簡單地說，攤開地圖，我如同攤開了一本總結性的故事書，在這段地點，曾經發生過什麼靈異事件，或者什麼神祕事件，打有問號的就是沒有得到求證的。

這真是讓人驚歎，我沒想到在華夏的範圍內，一張地圖就隱藏有那麼多的祕密。

可是我們工作的重點並不是調查這些靈異事件什麼的，而是要從這些精密的地圖上找出和三條鎖鏈的具體連繫，面對著如此多的地圖，這個工作無疑是複雜而繁瑣的。

但是就好比行路時方向對了，只要往前走，那就一定能找到一個出口一般，在第二天的下午，我們完全解密了一根鏈條，那上面看似雜亂無章的線條，就是一段段的江面和河面！

這些江面河面並不完全相連，從鏈條上也看不出它們的共同點什麼，可是江一給的部門專用地圖卻在無意中幫了一個大忙，這些水面都是有神祕事件發生的水面，具體的神祕事件總結起來，就直指江中有奇異生物。

確定了是哪些地段，剩下的就是把這些地段的細節地圖找出來，並且記錄一些關鍵的資料，我們是不能複製地圖的，不過記錄一些資料影響並不是很大。

讓我遺憾的是，並不是鏈條上所有的線條，我們都能找到對比的地圖，雖然遺憾，但我也知道這是正常的，就拿師傅留給我們的影碟來說吧，其中有一條地下暗河，這個找不到相關地圖也是正常的。

在第三天的上午，我們再次解密了一條鎖鏈，就是上面分布了好多或大或小的點點的鎖鏈，這條鎖鏈粗看，聯想到的就只能是宇宙星空什麼的，如果真是那樣，我們是絕對沒有辦法的。

可是，解讀出來，才發現這些按照一定的位置分布的點點，原來標示的是湖！

江河湖海，剩下的一條鎖鏈，我們卻是沒有辦法了，因為江一給我們提供的地圖是華夏境內的水域，這茫茫大海的航海圖可是不包括的。

所以沒有對比物，我們也只有望著那條鎖鏈大眼瞪小眼，根本分析不出來個所以然。

「或者這一條鎖鏈記錄的祕密最重要，可對於我們來說也是可有可無，根據我們的行動，是要找到走蛟，入海之後，只是跟隨它而已，所以……」我說的是我心底的想法，也是實話。

雖然也有疑惑之處，就好比進入大海之後，明明只是跟隨，專門記錄的路線圖根本沒有任何意義，你不能說每一條成功入海的蛟都走的一條路線吧？那為什麼還要特意記錄呢？

又或許它上面記錄的根本就不是關於大海的？

關於這個疑惑，不能想太多，最終也只能用我的說法來解釋，那就是裡面可能蘊含有更驚人的祕密，但對於現在的我們來說，沒有意義！

三天的時間緊迫了一些，但好歹我們在人手充足的情況下，也算做完了該做的工作，在這樣的忙碌中，我們的行動總算又前進了一大步，比起之前，我們更加有目標和目的地了。

「江河湖海，我們這次的行動就分為三個步驟吧，由易入難，先是湖，再是江河，最後再是海吧。承一的意思是還有一些瑣事要處理，行動的日子就定在五月末，六月初的樣子吧。在這之前，我們各自行動，把一切的準備工作做好，剩下的時間，多陪陪自己的家人朋友吧。」承清哥善於總結，在這一系列繁瑣的事情完成以後，他這樣說道。

最後一句話，承清哥說得輕描淡寫，可是那背後的意思卻不能細想，江河湖海，未知的領域，未知的危險，根據地圖和鎖鏈的比對，我們要去的大多數地方都是有異樣事件發生，誰都不能保證是有命活著出來的，就算有四大妖魂，我們也不能保證什麼。

多陪陪親人和朋友，這也算是一種告別嗎？

這一次短暫的聚會就到這裡了，接下來的時間我們各自忙碌，為了出航，為了各種各樣的瑣事，我也被分配了一些任務，幾乎每一天都有些疲於奔命的樣子。

但我下定決心要在春節之前做完這些事情，我要陪我的家人過一個春節，在記憶中，我陪伴家人過的春節真的不多，這一次是必須的，我希望它不是我們要過的最後一個春節，但我不能保證它不是。

在冬季的嚴寒達到頂點的時候，春的腳步也就近了。

在這一天，我也終於辦完了最後一件事情，踏上了回家的路，是準備要過一段安穩的日子了，可能只有短短的幾個月，在這之後，我又將面對時間不知道多長的冒險。

人生往往就是如此，渴求安穩的人，往往不得安穩，渴求刺激的人，卻往往感覺無聊，細想起來，這也不是巧合，而是因為人們常常看見的不是自己已經擁有的，而是更加看重渴求自己沒有的東西。

如果懂得滿足，人生是不是會幸福一些？再或者，更好的心態只是，我享受每一個追尋的過程，這或許才是真諦。

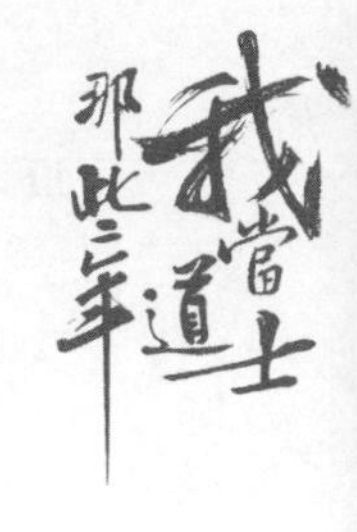

第十六章　出發之前的日子

在家的日子，時間總是有一種慵懶且幸福的味道，當我的大腦放空，什麼都不去想時，恍然也就感受不到時間的流逝。

蓬萊、昆侖、師傅、如雪……什麼都被我收在了心底，在這樣的時光裡，我只是一個想好好陪陪父母的普通兒子。

因為上次的承諾，我大概告訴了一下父母，我即將要去做的事情，有多危險不敢太詳細去說，只是怕他們擔心。

父母沒有說什麼，我大了，道理我都懂，能不能想通，想通了能不能做到，那是我個人的行為，這是父母並不能約束的事情，在這些方面，我的父母比一般的父母開放了很多。

只是在我離開家的前一天，我父親這麼說了一句：「如果找得到姜師傅，記得一定要帶他來和我們吃一頓飯，住幾天，我和你媽也想他，那一天，我們還記得等著他吃魚呢，等過魚冷了，他人也不見了……」

可能是怕我難過，爸爸說著說著就沒有說下去，可我的目光平靜，神情坦然，哪裡又會難過，只因為我不知道路的盡頭是什麼，但我已經在路上了，我哪兒還能顧得上哀傷？

這是我以前不懂的道理，如今懂了，在路上了，還需要彷徨什麼？

爸爸很開心我這樣的表現，拍拍我的肩膀說道：「如果找不到，也別難過，只要能對得起自己的心，放下心事也就好了。人的一生長長的，緣分盡沒盡，誰知道呢？」

這就是一個父親的選擇，沒有阻止什麼，反而是給予鼓勵和安慰，我的心很溫暖。

由於和劉師傅有一月之約，我提前了一個半月離開了家，多出來的半個月，我想去月堰苗寨看一看，儘管在那裡已經沒有了如雪，但那裡有我人生中最重要的幾段回憶之一。

如月在為出航的事情忙碌，所以她並不在寨子裡，帶我去寨子的人是六姐，如雪的走六姐也很難過，可是相比起來，在當時沉淪得最厲害的恐怕只有我。

我在寨子裡待了一個星期，在這其中，我也見到了那個做為新一代蠱女，要被培養的女孩子，波切大巫告訴我，這個女孩兒說起來，也是如雪和如月的遠親。

她很小，才五歲，一張稚嫩的臉上依稀能看見一點點如雪和如月眉眼間的影子。

她還不懂得什麼叫人世間的糾葛，也更不懂得守護的意義，只是每天要面對各種各樣的蟲子與植物，已經讓這個小女孩子哭哭泣泣的不開心了。

也不知道小時候的如雪，是不是這個樣子。

到了要離開的那一天，走在熟悉的寨子裡，是六姐和團團陪著我，六姐夫和飯飯走在我們身後，一個抱著小孩，一個牽著小孩。

一年多的時間，六姐和六姐夫已經有了自己的孩子。

至於飯飯和團團是早已結婚，孩子都已經三歲了。

歲月在沉靜中過去，當年的人都已經得到了自己的幸福和生命的延續，而我和如雪的幸福則永遠停留在了回憶裡。

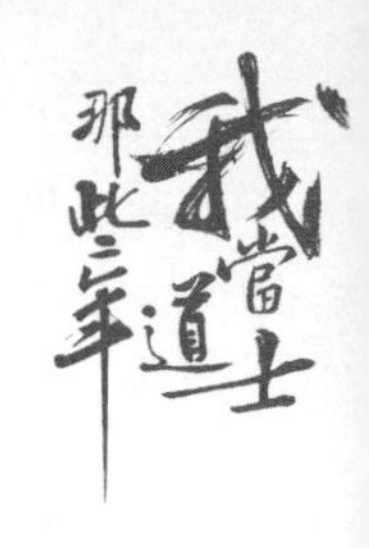

走在那片熟悉的草坪，風微微吹亂了我們的頭髮，六姐習慣性挽了挽耳邊的髮絲，對我說道：「承一，我覺得以你的性格，再來這裡的時候，免不了悲悲戚戚，卻沒想到你比我想像的平靜。」

我歎息了一聲，說道：「要說悲傷和眼淚，早就留在了去年的那座北方小城，如今我要遠行，只是來道別一下，否則我會遺憾的。」

「你比前年來找我的時候，又成熟了許多。就像當年我和你閒聊的時候，你說起紅塵煉心，該如何去煉，我就說過一句話，在得到和失去之間，能讓人快速成熟的只是失去，因為失去的背後往往就是痛苦與苦難，在不斷得到和一片安逸中的心境是不會有多大變化的。」六姐靜靜地說道，然後擁抱了我一下，說道：「一路順風，人生有很多際遇，你在老林子失去了如雪，說不定在茫茫的江河湖海上又能見到她呢？」

團團和飯飯也和我擁抱了一下，祝我一路順風的同時，團團也告訴我：「說不定真的還會遇見，相信童話的人，比不相信童話的人要幸福。承一，你要幸福。」

女孩子總是這樣，無論如何，都會強硬的不接受悲劇，執著沉淪於圓滿，因為她們溫柔弱質的天性，讓她們的內心比男人更渴望歲月靜好的平靜生活，她們還想我和如雪遇見，而我，就當這是一個祝福。

而祝福總是美好的。

離開月堰苗寨，我去找慧根兒，幫他處理好了各種時間上的安排，然後帶著慧根兒直接回到了北京承清哥的家裡。

第二天，我和慧根兒就去了陵園，我們要去看看老回和洪子，順便約見了小北。

人間四月天，向來都是晴好的日子，這一天也不例外，太陽暖洋洋地灑下來，不僅溫暖了我們的臉，也讓墓碑上老回和洪子的照片顯得溫暖生動了起來。

站在墓碑的前面，我們靜靜地給他們敬了幾杯酒，自己也喝了幾杯，我開口對小北說道：「去學藝嗎？」

小北笑問我：「說學逗唱是哪一門手藝啊？」

「山字脈最正宗的製器傳承，你不要拒絕我，更不要拒絕一個孤單的，只想把手藝傳承下來的老人。」我開口對小北說道。

小北沉默了一會兒，很直接問我：「是天津那位嗎？他的名氣可不小，他的性格更是怪異，如果是他，我有點兒難以相信。」

「難以相信倒不是問題，只要你不說難以接受就好。就是他吧，也別把他想得太過怪異，他只是一個愛慘了自己女兒的父親，就是如此。」我對小北解釋道。

「我是不是沒有拒絕的餘地？」小北望著我說道。

「你在顧忌什麼？」我問他。

「我怕我學不好。」小北說得很直接。

「如果是我可能會學不好，如果是你就沒有問題。我等著你學成歸來，否則我的符紙供應就有些緊張了，另外幾位名氣很大的製器人，我不熟。」我半開玩笑地說道。

「如果你是這樣說，那我會開開心心，很認真地去學的。」說這句話的時候，小北拍了拍我肩膀，又喝了一口酒，日光落在了老回和洪子的墓碑上。

天上有一隻飛鳥鳴叫著飛過，陽光依然溫暖，老回和洪子的笑容在這安靜的時光中，彷彿也是幸福的。

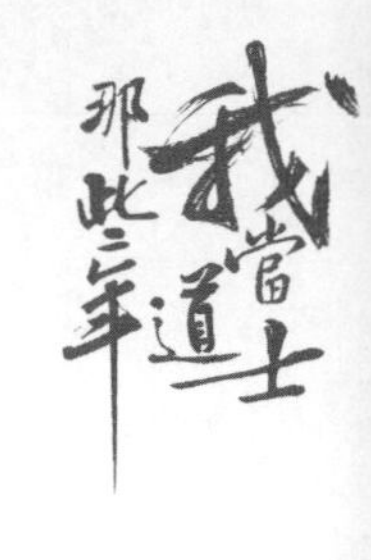

是幸福的吧，沒有遺憾，燦爛如流星一般的死去，是多少熱血男兒渴望的歸途。
天津。
劉師傅的家裡，每一天的日子就簡單了起來。
我可以睡到自然醒，然後再懶洋洋地給已經在書房裡傳授和學習的劉師傅和小北做飯，就如當年在竹林小築的日子，我不也是個做飯的嗎？
他們會忙碌一天，而我會瞎溜達一天，慧根兒偶然會來，在那種日子，我們四個就會喝一杯，談天說地，當然慧根兒喝的是飲料。
劉珍夢也會回家，只不過頻率少得幾乎可以忽略不計，劉師傅每天都在日曆上畫上一道，那是倒計時一般的日子，大多數的時候，畫上去的符號是個叉，偶爾有一個圈，我知道那是劉珍夢回來的日子。
有好多次，我們都忍不住想要講出真相，可劉師傅卻執著的不許，他說：「讓她能快樂一天，是一天吧。」
她會帶男人回來，放肆調笑，也會瘋狂購物，甚至都不拆開，這樣的日子到底於她來說，是什麼樣的滋味，我不想去揣測。
只是會想，如果她知道自己的生命已經在倒數計時，她是會選擇安靜地陪著自己的父親，還是更加瘋狂地歇斯底里？這個已經沒有答案。
歲月依然在靜靜地流逝，很快就已經是夏初的日子了……
這一天的黃昏，劉師傅讓我們陪他喝酒，彷彿是有感應似的，劉珍夢在今天難得很早就回來了，在這個時候，劉師傅忽然酒杯一放，開口說道：「差不多了，時間到了。」

第十七章　那一年的結束與開始

劉師傅說時間到了，儘管早已有預料，可我的內心還是忍不住一陣顫抖，或許你可以接受一個人在不知道死亡的情況下死去的事實，但你可能不怎麼接受得了一個人告訴你要去死，然後就這樣死在你面前的事實。

這種等待需要強大的心理素質，我不認為我是一個有這種心理素質的人。

可是，不死的後果會更嚴重吧？無力阻止，我只能佯裝鎮定一杯接一杯的喝酒，酒在某些時候是個好東西，它可以給人無限的勇氣。我現在只能藉助酒。

經歷了一個月和劉師傅待在一起的時光，加上師徒的情誼，小北對劉師傅自然也是有感情的，而且這感情不淺，面對劉師傅的這個說法，小北比我著急，他一疊聲的問：「沒有其他辦法了嗎？沒有了嗎？」

問這話的時候，小北先是望著劉師傅，劉師傅不語，只是站起來，顫巍巍走到書桌後，在翻找著什麼東西，然後小北又望向我，我只能痛苦地搖搖頭，這個是沒有辦法的。

於是，小北就和我一起喝酒，眼圈通紅。

這樣，一杯接一杯地喝，喝到第四杯的時候，劉師傅把一件兒東西塞到了我的手裡，我沒有看見，憑手感，我知道是那件極品陰器。

然後劉師傅問我要電話，撥通了劉珍夢的手機，明明就是在一個屋子裡，父女卻要通過這種方式說話，確實有些悲哀。

「小囡啊，妳上來一趟吧。」我和小北很安靜，整個房間只有劉師傅那沙啞難聽的聲音在迴盪。

那邊不知道在說什麼，劉師傅又接著說了一句：「我老了，估計活不了幾天了，但是我這裡還有很多財產，我不放心，我準備今天和妳交代一聲兒。」

說完，劉師傅就掛斷了電話，然後拿出一個杯子，倒上了一杯酒，就這麼靜靜地等待著。

樓梯上響起了腳步聲，一步一步地接近這個房間，劉珍夢到此時都不知道，父親的這個電話，其實是真正的「死亡召喚」，而她也正一步一步接近死亡。

有時，無知也是一種巨大的幸福吧。

接下來的事情，我是不太願意回憶的，可是不願意回憶，也不代表你就可以忘記它。

那天的事情，再次回想起來，就像一幕黑白電影，得意的劉珍夢走進房間，劉師傅讓她坐下，讓她陪自己喝一杯酒。

他站在劉珍夢的身後，他拿出了一張手絹，然後捂住了劉珍夢的口鼻……

在那一刻，我忘記不了劉珍夢的眼神，那是一種從得意到不相信，從不相信到望著自己父親瞬間崩潰的眼神，那種眼神讓人看了絕望，她到底是察覺出來什麼了嗎？我根本就無從知道。

面對這麼殘酷的一幕，從某種意義上來說，是父親要了結了女兒，那種什麼也不能做，只能靜靜看著的滋味太過難受，所以還能有什麼思考能力。

「這個藥是曾經解除她痛苦，讓她沉睡的迷藥，她已經兩年沒有聞過這種味道了，或者她想起了什麼吧。」劉師傅第一次說話，給人一種安安靜靜的表情，亦或許是他太過平靜，給了我這樣的感覺。

我和小北都沒有說話，我說過我們沒有辦法思考。

接著，是我要協助劉師傅施法，同樣是喊出劉珍夢的魂魄，有我的靈覺幫忙，能避免她的魂魄破碎。

我已經忘記了那天的細節，我們是怎麼把劉珍夢搬到房間，然後具體施法的。

亦或者是我不願意回憶那恐怖的一幕，在施法的過程中，已經喊出了劉珍夢的一部分魂魄，她卻猛然用巨大的意志力回到了身體，甚至那個被下過迷藥的身體還能掙扎，我模模糊糊地聽見她說：「爸爸我錯了，不要殺我。」

劉師傅沒有心軟，甚至連表情都沒有變化，他加大了施法的力度……

感覺劉師傅是徹底的心冷，然後冷血的樣子，可是只有我知道，劉師傅到最後，還在傾注對劉珍夢的愛，因為情緒上的波動，那一天我發揮得並不出色，可是到最後劉珍夢的魂魄卻無比完整，這能說明什麼？都是劉師傅的小心和盡心。

他也深知自己不能心軟，一旦心軟，他女兒面對的因果會巨大得無法想像，甚至波及到幾生幾世。

很讓人不能接受，卻可以預料的是，劉珍夢的魂魄在被喊出來那一刻，竟然有要變成厲鬼的徵兆，再一次是劉師傅早已準備了一張封印的符，讓我幫助他一同封印了自己的女兒。

結果自然是劉珍夢被封印了，面對我和劉師傅，它是沒有反抗能力的。

把疊成三角形的符籙交給我，劉師傅的眼神都變得木然，他說道：「我和她有什麼誤會，到下一世也就忘記啦，重要的只是你要幫我，找慧根兒超渡了她，慧根兒不錯。」

我接過符籙重重點頭，劉師傅卻好像已經累了，在房間的沙發上坐下，輕聲地說了一句：「幫關來娣回魂吧，我不想說話了，有一張類似遺囑的東西，你讓關來娣看吧。」

說完，劉師傅就閉上了眼睛，倚著沙發似是睡著了……

我的記憶就永遠的定格在了那一刻，劉師傅似是睡著的場景，可這一睡，他就再也沒醒來過，包括回魂過來，喊著要照顧伺候劉師傅一輩子，要孝順的關來娣都沒有叫醒他。

接下來的事情，變得很簡單，劉師傅的遺囑擺在那裡，一切都留給了關來娣，房子還有錢，除了他家的傳承；一切的法器和符籙，他留給了小北。

留給我的只有一句話：「承一，有些感謝，下輩子還你。」

至於關來娣，劉師傅是託付給我照顧的，可是這個時候的關來娣卻根本不需要我照顧了，因為她徹底變得聰明了起來。

至於聰明的原因，我猜測是因為劉師傅這兩年盡心養魂的原因。

後來的後來，我只能說關來娣是一個好女孩兒，也是一個非常自強的女孩兒，她長期供奉著劉師傅的靈位，她利用劉師傅的錢成了女強人，她雖然在清醒後，不待見她的父親，可是該盡的責任，從來都不推脫。

只是在很多年以後，關來娣對我說過這麼一句話：「我有時也弄不清楚我到底是關來娣，還是劉珍夢？我是不是只是替她活得精彩？她不孝敬乾爹，可是在我心裡卻一直想盡一個女兒的孝道，但是一分鐘都沒有盡到，我醒了，乾爹去了。」

所有讓人唏噓的故事，到這裡已經是一個結束了。

那一年，那一天，我和小北在處理完所有的瑣事以後，最終離開了別墅。

小北辭去了部門的職位，要開始潛心消化劉師傅留給他的傳承，在我臨走時，他給了我兩張銀色的符紙，還有很多紫色的符紙。

我拿著符紙也只是苦笑，以我的能力，能畫出一張紫色的符已經是極限了，外加還要帶點兒運氣，銀色的符，我怕是沒有能力去畫，除非師傅還在，我們再合作一次。

我很快回到了北京，在這個時候，一切的準備工作都已經做好了，我們要開始第一步的征途了，這一次是師門全體行動，外加如月和慧根兒，對於我來說，已經算是聲勢極其浩大的一次了。

我們的第一個目標很俗氣，也有很有名，但卻不得不去，為的只是麻痺江一，顯得我們不是那麼有目標，所有第一個地點竟然是那裡。

至於那裡，如今早已成為了一個風景旅遊勝地，長白山的天池。

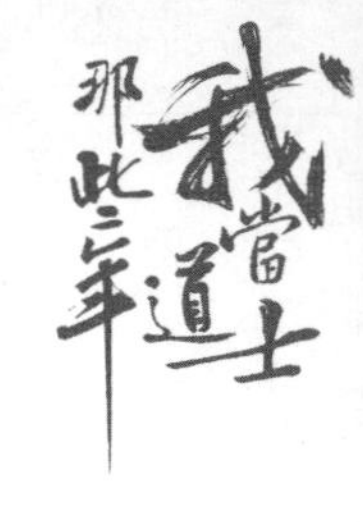

第十八章　出發以及肖承乾的電話

在我們出發之前，江一果然派來了兩個隨行人員，分別叫陶柏和路山。

很普通的名字，人也很普通，樣子沒有什麼特點，屬於丟在人群裡就找不到那種，而且兩個人都很沉默，感覺說話做事有一種一板一眼的古板和機械。

這樣的兩個人沒有人會想到他們的身份那麼特殊，或者這才更具有迷惑性吧。

對於這樣的安排，我們沒有反對的餘地，但不代表我們沒有應對之策，第一步的湖之旅，我們特意多挑了一些無關緊要的湖，為的就是迷惑江一。

不過，那個著名的池子，卻也是在師祖留下的十三湖之中。

我們乘坐飛機來到了北方，再輾轉了兩次交通，終於達到了那座名山的山腳下。

休息了一夜無話，第二天我們就開始攀登那一座著名的長白山，由於已經被開發成了旅遊景點，上山的路很是輕鬆，而且可以直達那個池。

說是輕鬆，但對於我們幾個男人來說，也不算很輕鬆，因為我們身上背負著很重的行李，其中就包括兩套完整的潛水設備，幸好氧氣瓶那種東西，是租借了兩匹馬幫我們馱著的，否則就算我們體力再出色，也得累趴在半山腰。

相對於男人們的勞累，三個女孩子就輕鬆了，背著的幾乎是重量可以忽略不計的行李，一路上看著那瑰麗壯觀的風景，一路上談笑，別提有多愜意了。

從上午出發，到了半山腰的時候，已經是大中午了，我們很乾脆地就隨便找了一個地方，準備對付一頓午餐，外加休息一會兒。

由於行動的時間定在了晚上，所以我們才一點兒也不著急，只是午餐的內容讓人乏味，全部都是方便食品，這倒讓我有些懷念起老林子裡老張一手弄出來的野味了。

「承一，我聽說這池子也傳出來過很多神奇的傳聞啊，但願我們這次有收穫。」在吃飯的時間，承心哥的嘴是閒不住的，一邊吃一邊就和我聊開了。

在那個時代，雖然互聯網已經出現，但卻並不像如今，是一個資訊爆炸的年代，所以有些傳聞只是流傳在當地，偶爾有一些報紙和雜誌會刊登一點兒捕風捉影猜測的文章，就算流傳的途徑了。

由於要來這邊，所以有心的承心哥收集了關於這裡的不少資料，越看越是喊神奇，因為從很多資料上來看，很多人都說，在池子裡目睹了所謂的「水怪」。

不過因為是民間傳聞，這個是不能當做證據來使用的，可是看過太多資料的承心哥已經頗有些走火入魔，恨不得立刻解開水怪之謎，所以時不時都提起來說一句。

面對承心哥的狂熱，如月已經有些無語，她對承心哥說道：「那麼想看水怪？那要不要我把寨子裡的召喚出來給你看看啊？」

在月堰苗寨有一隻守護之蛟，這個對於我們來說不是祕密，陶柏和路山做為部門的人，江一的親信恐怕也是知道這些資料的，所以如月說出來才無所顧忌。

承心哥不理如月的搶白，丟過去一個妳很無趣的眼神，就又開始啃起他的麵包了，一時

間氣氛有些沉默，卻不想在這個時候，一向寡言的路山卻開口了：「陳承一，你要記得，行動一定要在過了晚上十一點以後，那個池子情況特殊，是屬於兩國的交界，有大概一半是屬於別國的，雖然行動有部門的支持，但是我們還是不想被逮到任何的話柄。」

對於他們的存在讓我們覺得束手束腳，但是對於他們的話，我們卻必須要注意。

所以，對於路山的話，我根本沒有半點疑問，很是乾脆地點了點頭，我必須承認有部門的幫助，一切行動都很順利，就連潛水設備這種事情，也早已幫我們準備在山下的林場，除了部門有這種能力，個人怎麼敢想像？

更別提，可以潛水下去探查這種事情了！沒有部門背後的支持，根本不可能做到。

不過，我也想到了一個可能，關於這個池子的傳聞那麼多，部門只怕是早已派人探查過了吧，那我們還會有什麼收穫？

想到這裡，我抬頭問道路山：「關於這個池子，你們是不是也有探查過？有沒有什麼收穫？」

我的問題很直接，面對這種沉默的人，最好的辦法就是直接，免得他用沉默直接忽略你套話的問題，反而起不到作用。

我原本沒有指望路山會回答我，卻不想他倒也乾脆，直接說道：「是有探查過幾次的，但是結果卻是一無所獲，江部長說了，或許你們這一次來，會是有收穫的。」

我們來就有收穫？這算什麼怪道理？我不解江一的意思，不過也忍不住心頭失望，從路山的答案中，我覺得這一次行動，會有收穫的可能性不會大。

卻不想在這時，我的電話卻響了，這個電話並不是我的私人電話，而是為了聯繫不會中斷，江一配給我們的特殊電話，我實在想不到，有誰會在這個時候撥打我的這部電話。

這突如其來的電話，不僅讓我疑惑，也讓所有人都疑惑，猜測到底是沒用的，我很乾脆地接起了電話。

只是「喂」了一聲，電話的那頭卻傳來一個我熟悉的聲音，至於說話的內容是那麼的開門見山。

「承一，在長白山？」

是肖承乾！

我當時就愣住了，其實關於肖承乾他們的消息，我和承心哥在下山的時候就早已得知了，只是當時太過於悲傷，所以聽聞肖承乾沒事兒，也就沒有太過在意。

自然，消息也是從江一那裡得知的，現在回想起來，才覺得無比的怪異。

畢竟當時，我們最後一眼看到那兩夥人的時候，是他們在和四大妖魂大戰，接著，我就進了龍墓，哪知道在我們進入龍墓以後，那一道古樸的長牆和大門就消失了。

接著，在外面湧起了一種灰色的霧氣，包圍了所有的人，再接下來，所有的人莫名其妙地陷入了沉睡，包括四大妖魂也陷入了沉睡，直到我們召喚之時才醒來。

這一睡也不知道睡了多久，只是他們醒來的時候，異常神奇的全部都躺在了老林子的深處，根本就沒有在那個風景如畫的山谷之中了。

這就是肖承乾他們的全部經歷，說出來恐怕沒人能夠相信，連我也覺得太過神奇，莫名其妙昏倒，莫名其妙就出現在了老林子的深處，這一切到底是誰幹的？

而之所以我要說是誰幹的這種事情，是因為還有一個內部流傳的不確定消息說，在那片

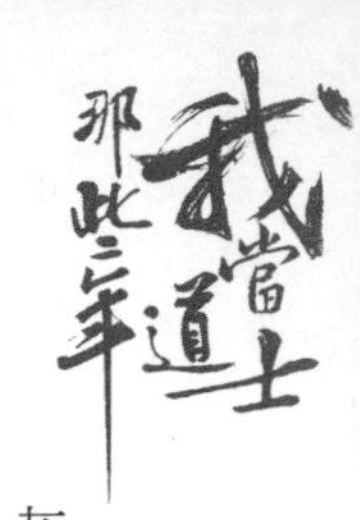

灰霧中，有人模糊地看見了一個身影，是人的，外加一個模糊的獸影，那影子很奇怪，分不出是什麼野獸的身影。

江一的眼線何其多，這些消息對於他來說，完全不用太過費心就能得到，然後就傳入了承心哥的耳朵。

如今聽到肖承乾的聲音，我才想起了這件事兒，發現異常的不可思議，但更不可思議的是肖承乾對我說的話，他怎麼知道我在長白山，甚至還能打通我自己才剛得到的特殊電話？問題太多了，所以我根本無從問起，到了嘴邊，就變成了一句話：「你小子還好吧？」

「你終於捨得問起我還好不好了，從那一次之後，你電話關機，我和你失去聯絡一年多了，你還記得我這個朋友？」肖承乾的語氣有一些酸。

面對肖承乾，我也不想掩飾，畢竟他是我的朋友，我很直接地說道：「我在下山之後，就得到了你平安無事的消息。你知道的，我失去如雪。」

圈子裡的消息總是有特殊的管道流通的，月堰苗寨的蠱女失蹤在龍墓，並不是什麼祕密，而我和如雪的關係更不是什麼祕密。

「我知道！所以，才沒怪你，因為沒怪你，所以才打這個電話。」肖承乾的聲音平靜，可我總感覺這種平靜之下，他的情緒並不是那麼平靜。

或者，是有什麼祕密嗎？我一想到這個，幾乎可以肯定就是有祕密了，這只是靈覺的本能！

第十九章　整個圈子注目的行動

有了這樣的想法，我反而再一次的不知道該問肖承乾什麼了，可肖承乾也不容我說話，直接開口說道：「池子裡面是有東西的，我建議你不要下去。」

「什麼意思？」我一愣，這話來得沒頭沒腦的，難道肖承乾知道的比我們還多？

「字面意思，電話裡講不太方便，承一，你是聽進去了我的話嗎？」肖承乾的聲音略微有一些著急外帶強硬，那語氣根本不容我拒絕。

池子裡有東西，莫非還不是好事兒？至少對於我來說是好事兒。

不過，肖承乾既然說了一句電話裡面講不太方便，我再傻也明白了，這電話裡估計是有什麼監聽的設備吧？

所以我沒有過問太多，也只能非常直接的給肖承乾說了一句：「沒辦法，我必須要下去。」

那邊的肖承乾沉默了一會兒，然後說道：「好，那你等我，我師傅，也就是我姥爺是被你師傅帶走的，我也有理由參與這次行動。」

說完這句話，肖承乾就掛斷了電話，弄得我望著電話有些發愣，怎麼肖承乾要來？他是如何知道我們這次行動的？雖然不是什麼絕密的行動，但我們也沒有到處宣揚啊？

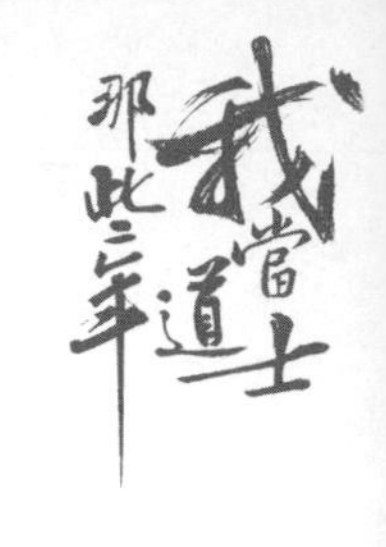

「是誰？是什麼事兒？」我掛斷電話以後，承真就迫不及待地問道。

我望了一眼陶柏和路山，他們的神色平淡，也看不出來什麼，只是這時，陶柏的電話又響起了，他看了一眼電話，叫上路山和他一起到旁邊去接電話了。

直到他們走遠，我才開口小聲而急促地說道：「剛才那個電話是肖承乾打來的，他說他來要參加我們這次行動。關鍵的是，他知道池子下面有東西，他叫我不要下去。」

「什麼？」所有人的第一反應都是這個，顯然我的疑惑也是他們的疑惑，說起來倒也不是討厭肖承乾這個人，也不是抗拒他來參加這次行動，畢竟大家都知道肖承乾和我從某種意義上稱得上是朋友，不過這一切細想起來未免太過莫名其妙。

我們不敢放肆的討論什麼，因為陶柏和路山隨時都有可能回來，各種的顧忌和不信任必然是造成這種壓抑的局面，也如我們猜想，他們只是離開了不到五分鐘，就已經回來了。

坐下之下，陶柏淡淡地看了我一眼，然後就低下頭，彷彿是有點兒不好意思地說道：「行動被洩密了，因為你們的身份，關注你們的人也多，具體後果是什麼，暫時預估不到。至於電話，是因為部門裡有奸細。」

說完，陶柏就不再說話，而是低下頭，大口大口吃起手裡的東西，我喝了一口水，心裡想的是這算什麼？一句有洩密，後果不可預估，部門裡有奸細就給我打發了？

不過，他們的回答從另外一個側面也說明了問題，電話絕對是被監聽的，否則部門不會那麼快就反應，聯繫了陶柏和路山，至少在他們離開之前，我並沒有說是誰打電話，要做什麼？

想到這裡，我冷笑了一聲，很直接對路山說道：「電話部門是有監聽吧？這是什麼意思？派兩個隨行人員還不夠？還得監聽電話？反正電話內容你們也是知道的，那麼等一下會來人加入我們的行動，你們可有意見？」

我的語氣有一些諷刺，在我心裡，就算是他們有意見，該怎麼行動，我們還是怎麼行動，不會受制於他們的。

我這麼說，顯然也引起了承清哥和承心哥的怒火，這種被監視的感覺怕是不怎麼好，反倒是慧根兒挺無所謂的樣子，他的心思簡單，你監不監視，我該怎麼做還是怎麼做，只要不是戒律之外的事情。

至於三個女孩子，只有如月歪著腦袋對我說了一句：「三哥哥，你們還真笨。」言下之意，就是早有預料。

面對我的質問，路山的神情沒什麼變化，彷彿於他來說，和我們是怎麼樣的相處關係都無所謂，他只需要盡到他的職責，他緩緩地開口說道：「誰要加入你們的行動，我們不會干涉，只要不損害到國家和部門的利益就行。至於監聽，也是為了你們的安全，剛才說過行動洩密，後果不可預估，但我們也做出了最壞後果的預測，那就是你們這一次的行動將會成為某個圈子共同矚目的行動。」

說完這話，路山深深地看了我一眼，也不說話了，反而是坐得筆直地看起風景來了。

很官方化的回答，可是信息量也非常大，至少他的話我能得出一個結論，那就是我們這次的行動，說不定已經被整個修者圈子所注意。

呵，真他媽的，我在心中冷笑了一聲，洩密的不會是我們自己人，你們倒是輕描淡寫就揭過去了，而且還為監聽我們找了一個堂而皇之的藉口。

可就算這樣，面對如此古板機械的陶柏和路山，我也沒有任何辦法，只得暫時壓下心中的火氣，讓自己冷靜下來，說起來，那一次小鬼的行動，江一也不老是說部門有奸細嗎？誰是奸細，還沒查出來？

休息了大約半個小時，我們繼續朝著山上前進，出發之前，如月問我：「不等肖承乾？」

「不需要等，他說會來，一定就會出現的。」我淡淡地說了一句。

到達天池的時候，是下午時分，雖說我們不是來遊山玩水的，但一路上那美麗的風景也讓我們震撼，而天池早就已經名聲在外，我們在出發之前看了不少天池的照片，直到真正的到了這個地方，才知道有的美景，一張照片完全不足以拍攝出它的震撼，只有你真實站在了它的面前，你才知道什麼叫做大自然的神奇。

夏季的天池是最美的，整個天池的湖水就像一顆碧藍色的寶石嵌鑲在環山之中，而藍天白雲的倒影浮現在湖水之中，為這顆寶石平添了幾分靈動的色彩。

我深吸了一口氣，望向了整個環形的山坡，有的山坡裸露出大地的本色，而有的山坡綠草萋萋，淡白淡黃色的野花夾雜在其中，混合著大地原本的土色，別有一種滄桑而悠遠的感覺。

我站在最高的坡頂，忽然間就感覺自己在這天地之間很渺小，也一下子就理解了那一句「望天地之悠悠，獨愴然而涕下」的千古絕唱，所蘊含的意境。

「真正的天池就是一個火山湖，湖底的地形是有些複雜的，而且由於是兩國交界之地，探查起來還是頗為麻煩的，希望你們這次能有收穫。」就在我站在峰頂發呆，感慨於大自然的神奇之時，路山忽然跑到我面前說了這麼一句。

說完後，他看著我，眼神頗有深意，這讓我莫名地煩躁，總覺得這個路山不簡單，這眼神已經是第二次出現了，第一次出現是之前他給我冠冕堂皇的講什麼監聽的時候。

我避開他的眼神不說話，態度不算是太友好，但這路山不介意的樣子，忽然又對我說了一句：「我是真心希望你們有收穫。」

我轉頭剛想說什麼，卻發現路山已經轉身朝著陶柏走去，根本沒有再看我。

對於他這句話，我微微皺眉想了想，沒想出任何結果，也就懶得計較了，反正我也不關心他。

我們必須要等到晚上十一點以後才能行動，這中間的原因自然是因為天池地形敏感的關係，我反正也是無聊，拿出一些餌料，掏出一個竹筒，開始餵食如雪為我留下的胖蠶子。

真正要發揮這隻胖蠶子恐怖的戰鬥力，是必須要種蠱的，因為在苗寨一直都有一種說法，真正的「蠱王」和「有靈之蠱」，必須和人類共生，人類的靈氣和精血才能真正的供養牠。

但是，我是不能種蠱的，因為我不是苗寨的人，我沒有這個資格繼承如雪的本命蠱，只能把牠留作是自己的一個念想，沒有把牠收回去，都是月堰苗寨給我這個「老朋友」面子了。

看我認真地餵著蠱蟲，如月走過來挨著我坐下了，她說道：「三哥哥，這小傢伙你還餵得不錯，白白胖胖的，可惜不能種蠱，否則應該會長出……」

說到這裡，如月不說話了，畢竟這胖蠶子會發育成什麼樣的形態，是她們寨子的祕密，

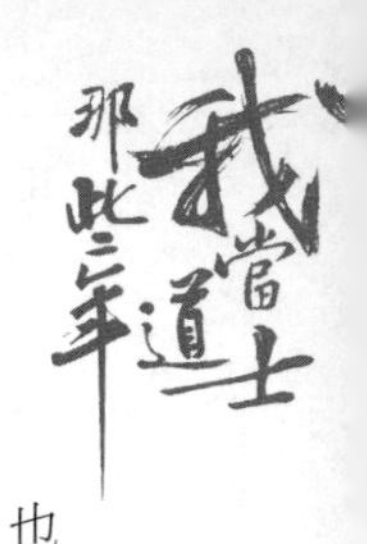

也不方便給我多說。

「在老林子裡，有時休息的時候，如雪就給我說過，這小傢伙要怎麼去飼養，怎麼去相處，有什麼注意的地方。反正我也沒指望這小傢伙會幫我戰鬥什麼的，我只是把牠當成一個寵物來養著，讓牠陪著我。」說話的時候，胖蠶子已經從竹筒裡爬了出來，顯得有些楞乎乎的小腦袋在我的手心來回摩挲著，跟我挺親密的樣子。

那個憨態可掬的樣子，讓我忍不住嘴角就掛上了一絲微笑，如月也笑，說道：「沒想到牠還挺認可你的。」

「不然呢？牠肯定以為如雪把牠拋棄了，所以才和我這個新主人那麼親密，不然就沒飯吃了。」我幽幽地說了一句，如月沒再開口。

在美景之前，時間的流逝彷彿已經是不重要了，當我感覺到冷，為自己披件衣服的時候，才發現已經是月上中天的時分，而在我的身後遠遠響起了腳步聲……

第二十章　不可告人的祕密

對於身後遠遠響起的腳步聲，我沒有回頭，因為不用回頭，來人已經開始大聲地說話了：「看來我這一次還真是及時，你還沒有下水。」

是肖承乾，所以我也就不用回頭了。

對於肖承乾的到來，所有人都知道了，所以沒人感覺到驚奇，包括陶柏和路山也沒有多說一句，沉默得緊。

肖承乾幾步走到我身邊坐下，說笑道：「你可是在等我？」

「等你？不至於！是因為要等到晚上十一點以後才能行動，這夜裡有些冷。」說話間，我看了看手腕上的手錶，現在的時間是十點零三分，還有不到一個小時，我就要下水了。

至於下水的另外一個人選，暫時定下的是承心哥。

肖承乾無所謂地站起來，說道：「因為地方太敏感，所以下水的機會也只有一次，不等我也是正常。不過，我既然來了，那就借一步說話吧。」

說完，肖承乾朝著無人的一邊走去，我跟上，卻被陶柏攔住了，他還是低著頭，用那種有些不好意思的語氣對我說道：「你們不能到那邊去說話。」

「什麼意思？」我的臉色沉了下來，如果說遮遮掩掩的監視我還能接受的話，這種明目

張膽的限制人身自由，我絕對不能容忍。

我的態度尚且如此，肖承乾的態度更直接，他喝道：「別拿著雞毛當令箭，一邊兒去，再擋著我我不客氣了。」

面對我和肖承乾的態度，陶柏的頭低得更低了，聲音更顯得怯怯的：「你們不要避著我們說話，我會很難做的。」

他那樣子就如同一個底氣不足，有些怕人的孩子，可是身子並沒有讓開半分，而且還讓人不好意思再發脾氣，於此同時，路山也走了過來。

「怎麼回事兒？」路山開口問道，承心哥他們也注意到了這邊。

我臉上的表情不怎麼好看，有些煩躁地點燃了一根香菸，我明白肖承乾身上一定有我想要知道的祕密，而且他準備告訴我。

可陶柏和路山卻這樣攔著，難道真的是要逼我和他們動手？

肖承乾估計也是大少爺脾氣發作了，面對陶柏，一下子掏出一個特別電話，砸在了他的身上，說道：「自己打電話給你們上頭，問問他們准不准我和承一單獨說一會兒話。」

路山不動聲色，而陶柏卻默默撿起了電話，走到一邊去打電話了，他還就真的這樣做了。

一枝菸的功夫，陶柏回來了，把電話交還給肖承乾，然後扯了扯路山的衣袖，兩個人退了回去。

整個過程，陶柏一句話也沒有說，但是態度已經很明顯，顯然上頭是准許我和肖承乾單獨溝通的，這讓我更是一肚子疑問，好在我和肖承乾終於有了單獨溝通的時間，等一下問清楚就是了。

和肖承乾默默地走了很遠，到了另外一個山頭，我們矗立在山頭，夜晚的山風很冷，吹得我和肖承乾頭髮飛揚，清幽的月光倒映在天池，顯得整個天地都很安靜。

「為什麼會准許我和你單獨談話？」我開口了。

「所有的勢力都是盤根錯節的，也沒有什麼明確的黑白之分，我既然都能知道你行動到了哪一步，並且弄到你的祕密電話號碼？你覺得准許我和你談話很奇怪嗎？」肖承乾笑著說道。

我沉默，忽然覺得關於這個再問下去就是傻瓜，肖承乾應該不會有那個耐心給我講解勢力是如何糾纏的，誰是部門裡他們的人，我只需要知道，肖承乾他們那個組織的勢力可以影響到部門就是了。

「你還記得那個荒村嗎？我們第一次見面。」肖承乾忽然開口說起了這個。

我點點頭，那荒村裡的一切我又怎麼可能忘記？

「那個時候，我們是坐直升機直接到荒村，然後取得了紫色植物，帶走了楊晟，你可還記得？」肖承乾繼續說道。

我當然也記得，楊晟離去的那個背影，至今仍是我最清晰的記憶之一，但肖承乾深深地望著我，言下之意並不是那麼簡單。

我先是有些奇怪地望著肖承乾，接著我就想到了一個可能，還有那個時候，師傅模模糊糊的給我提起過的一些話，我一下子明白了什麼，有些震驚地望著肖承乾：「你們背後是部門在支持嗎？」

「多的我就不能說了，唯一能告訴你的，就是支援我們的勢力可不單單只有一個，有些東西從六〇年代開始陸續發現，一直就有人很狂熱，很狂熱……」說到這裡，肖承乾就真的沒有再說什麼了。

其實我無意去管那些勢力的目的是什麼，又是如何糾纏在一起的，我唯一關心的一個問題就是江一，我問道：「整件事情和江一有關係嗎？」

「他？我不知道，你覺得以我現在在組織的地位，我能知道這些嗎？」肖承乾搖搖頭，很直接也很無奈地說道。

是啊，且不說我師傅帶走了他們師門的許多長輩，就說以肖承乾是一個小輩的身份，他能接觸到的核心祕密也是有限。

我默然了一會兒，才開口說道：「既然如此，背後這麼多複雜的事情，在明明知道我的電話有監聽的情況下，為什麼還要給我打電話？」

「就是我給你說的那個原因，讓你不要下水，水裡有東西，如果你再莽撞地帶上來，後果怕很嚴重。」肖承乾認真地說道。

「水裡是什麼東西？」問到這裡的時候，我已經想到了一個可能，有些難以置信地看著肖承乾。

「有那個東西在的地方，永遠都不可能太安寧，老村長就是最好的說明，所以也就一直留存了，你說水裡有什麼東西？」肖承乾認真地看著我說道。

「紫色植物。」得到了肖承乾肯定的答案，我反而平靜了，我隱隱有些明白，師祖留下那三條鎖鏈是什麼意思了，但同時心中也疑惑得緊，為什麼陶柏要給我說水下沒有發現什麼東西？

「既然如此，你知道了還要下水嗎？這天池裡傳說有水怪，可不是天然長成的，而且水下謎題眾多，就比如那些水怪潛藏在哪裡？它們如果和老村長一樣厲害，你覺得在水下有反抗的能力嗎？更不要說，那紫色植物如果你帶上來了，會引起多少虎視眈眈的勢力垂涎，以你們的力量根本無法保住它！你交出去了，難道又能保證是落到了對的人手裡嗎？唯一的辦法就只是毀掉它，但水下有紫色植物的事情既然我都能知道，你覺得知道的人有多少？你去毀掉它，你就是眾矢之的！當年，你師傅也沒有做到這件事情。」肖承乾很認真地給我說道。

「你說什麼？」我一下子震驚了，望著肖承乾，我就知道肖承乾一定是有祕密的，沒想到他還知道那麼多。

「這件事情，就像是一個局，利用你來完成罷了，你進退都沒得選擇，唯一的辦法就是和部門牢牢綁在一起。你以為你師傅當年不知道在荒村裡藏有紫色植物嗎？如果當年我們沒有出面帶走紫色植物，你師傅怕也要陷入這種進退兩難的選擇。」肖承乾給我這樣說了一句。

我吃驚地看著肖承乾，當年還有這樣的隱祕？可是……我的問題一下子脫口而出：「為什麼是要利用我們老李一脈？」

這中間難道還有什麼不可告人的祕密嗎？

面對我的這個問題，肖承乾忽然就笑了，對我說道：「你身為老李一脈的人，難道你還不知道你們這一脈，不，確切地說是我們這兩脈最大的祕密，還有那段歷史嗎？」

第二十一章　入水

什麼祕密？什麼歷史？我完全的迷糊，壓根就不知道，只是有些茫然地看著肖承乾。

肖承乾無奈地歎息一聲，說道：「看來你師傅，說起來也就是我師叔，是下定決心讓你們這一輩小的，告別某些紛紛擾擾啊，我如果說出來，等有一日找到長輩的時候，特別是你師傅的時候，他會痛揍我的吧？」

我聽見就笑了，然後望著肖承乾說道：「那你的意思是不準備說了？你不怕我現在就痛揍你？」

「你？你揍我能有師叔揍我痛？」肖承乾不屑地斜了我一眼，然後我們兩人同時放聲大笑起來，這話裡包含了一個異常美好的願望，就是能找到長輩，有什麼理由不笑？

笑完以後，肖承乾異常嚴肅地看著我，然後手搭在我的肩膀說道：「承一，既然這件事情你不知道，我也不敢輕易告訴你，至少現在我摸不清楚我那神奇的師叔葫蘆裡面賣的是什麼藥，也就不敢亂說。我唯一能告訴你的就是，由於當年的一段歷史，所以昆侖之物，一般都是我們兩脈為表面上代表的處理人，而且也只有我們兩脈能夠不受影響的接近昆侖之物。」

「所以，你認為這是一個局，我被利用了，然後就急忙阻止我？」但事實上是這樣嗎？

明明就是我們自己要追隨長輩的腳步，踏上這蓬萊之路，何來利用？可是，肖承乾說的情況……

我有些糊塗，對於肖承乾也不想隱瞞，既然他要參加我們這一次的行動，當下，我就把我的疑惑說了出來。

可我一說，肖承乾也糊塗了，他愣了半天才說道：「真有那麼一條鎖鏈，記錄了一些地點？」

我很認真地點頭！表示這行動要去哪裡至少我們是自主決定的，如果是利用的話，有些說不過去。

「那或者是巧合吧？我也不知道！總之，這一次我帶著祕密的消息，來找到你參與這一次行動，從某種程度上來說，已經是違背了組織的利益了，從即刻開始，我也不是那個大少爺肖承乾了，反倒像一隻喪家之犬，嗯，這樣的形容也不知道對不對？」肖承乾苦笑著說道。

「為什麼？」我揚眉問道，放棄自己的身份地位，只為和我們這一群說起來無甚勢力的人行動，這行為用現代的話來說有些二。

「因為那個組織不再是我的家了，早就已經變味，而人總該是有些追求的，有些時候下定決心，破釜沉舟的去做了，反而自己也就解脫了。」肖承乾不欲暴露組織太多，就這麼跟我說了一句。

我對那個組織，確切地說和我師門有著千絲萬縷連繫的組織的一切其實並不感興趣，我拍拍肖承乾的肩膀，那一切也就盡在不言中了。

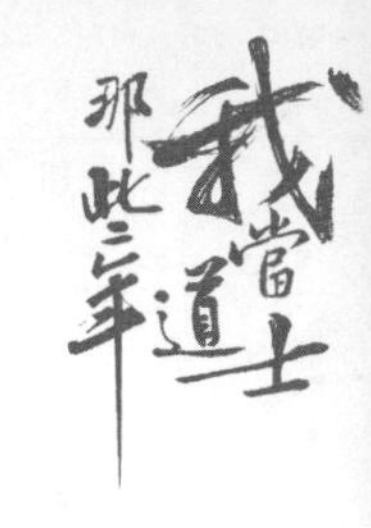

肖承乾感激地一笑，看了看時間，說道：「沒多久了，做點準備吧。我還真怕你不收留我。」

「別說得那麼酸，好嗎？你是見阻止不了我下水，反正祕密也已經暴露了，乾脆一不做二不休，我想你們組織也樂得你加入我們，不是嗎？」我轉身往回走。

肖承乾在我身後笑笑，說道：「是啊，你的堅決讓我覺得我自己也該堅決，老是因為千般顧忌，百般危險的退縮算什麼？至於他們，當然樂得有一個人加入你們，否則你覺得我會那麼順利到這裡來嗎？」

我揮揮手，肖承乾這話裡的滋味我是聽得出來的，從一個組織裡真正的大少爺跌落到棋子的身份，和失寵的小孩又有什麼區別。

「承一，你打算怎麼做？」肖承乾追上了我。

我根本就毫不猶豫：「毀了它。」

「呵呵，你這個愣子，還真有勇氣。既然這次我也決定破釜沉舟，那我和你一起下水吧。」肖承乾輕描淡寫地說道。

我看了肖承乾一眼，同為山字脈，他和我一起下水，怕是比較有優勢，想到這裡我點了點頭。

那一段時間的忙碌，自然也就包括了潛水訓練，我不敢說自己是一個合格的潛水夫，不過在水中的注意事項，還有基本的潛水，應該對於我來說是沒問題了。

我穿著潛水服開始做一些下水前的運動，而肖承乾還顯得比我輕鬆，我很詫異，這大少爺還真的會潛水，其實我還擔心這大少爺在水下抽筋呢。

肖承乾彷彿是知道我的想法，看了我一眼，說道：「到世界各地潛水，專門的潛水教練，都是我玩膩歪了的活動，你一個大窮人，是不能理解這種上層生活的。」

看來肖承乾這充滿了優越感的毛病又開始發作了，我白了他一眼，直接扔給他一句：「我×！」

一切的準備就緒，陶柏和路山也不知道從哪裡划來了一條小船，已經在等著我們了，我和肖承乾默默地上船，在我們身後，所有人都帶著擔心的目光看著我們，這種擔心有擔心我們安危的意思，也有擔心水下其實會一無所獲的意思。

我和肖承乾的談話還根本沒有來得及告訴他們。

坐在船上，船兒悠悠朝著湖心划去，路山一邊划船一邊對我和肖承乾說道：「別小看這條船，因為所處位置特殊，還有一些別的原因，這裡可不是能輕易划船的地方，是部門給予你們的方便。」

我不明白路山忽然說這個到底是個什麼意思，也懶得理會他，至於肖承乾他那種傲性的性格，他看不上眼的，根本就不屑理會。

卻不想路山在這個時候，從他隨身的包裹裡又拿出兩件東西，帶著長長的線，讓我們綁在潛水服上。

那東西不用路山說明，我也知道是一個什麼玩意兒了，水下錄影設備，看來這一次的行動真是監控嚴密到了極限。

「什麼玩意兒？」肖承乾怒視著路山，顯然這大少爺要發火了。

陶柏在一旁有些害羞地說道：「是最先進的設備，就算是國際市場上，民用組織，包括

專業的電視臺也弄不到這個設備，它能清晰拍攝到……」

「誰要你給我解釋了？我是問你們是啥意思？」肖承乾怒極反笑，面對著那樣的陶柏，也只能這樣，一開始我以為陶柏長得普通，可仔細一看這小子頗有些小清秀，加上害羞畏懼的表情，你都不好意思發火，感覺跟欺負一個小姑娘似的。

這讓我想起何龍那個嬌滴滴的漢子，他一心學習姑娘的一舉一動，讓人感覺是如此怪異，可人陶柏那才叫一個渾然天成啊，且不讓人覺得反感。

我承認我又在緊張的時候胡思亂想了，連路山解釋什麼為了你們安全之類的放屁話，我都不在意，肖承乾還想發火，可是我拉住了肖承乾，很是乾脆地把那個攝像設備綁在了身上。

肖承乾見我那麼做，雖然覺得奇怪，但是還是歎息了一聲，跟著也把這玩意兒綁在了身上。

路山見我們沒有反抗，也就不再囉嗦了，至於陶柏依然怯生生的低著頭，躲在路山的背後，讓我和肖承乾看得真是有些無奈，弄不明白江一為什麼派這麼一個人來加入這樣的行動？

小船在湖面划動了七、八分鐘，已經離岸邊有了一定的距離，路山不再划船了，他對我們說道：「就在這裡，再過去一些就是×國的領地了，就不是那麼方便了。」

這個地方並不是完全放鬆的，在這大夜裡的，那邊偶爾還會出現一兩點電筒的光照，只不過由於提前做了工作，那邊不怎麼理會我們罷了。

說是這裡，那就下水吧！

我也乾脆，背上了氧氣瓶，把吸氧嘴咬在了嘴裡，很直接的就下到了水裡，接著肖承乾也跟著下來了，在入水的瞬間，我眼前是一片黑暗，模糊的只看見水面蕩漾的月光，從身體上傳來的唯一感覺就是一片冰冷將我包圍。

這天池的水還真涼，這就是我唯一的想法。

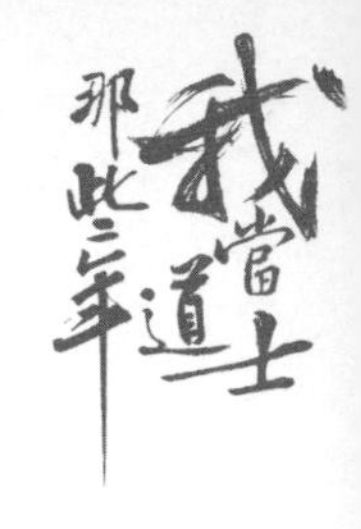

第二十二章　失望與迷霧之間

夜晚的天池已經是一片沉沉的黑，月光就是唯一的照明物，更別提在這黑沉沉的水下了。

我和肖承乾一前一後的朝下潛著，身上的攝影機也開始工作，它提供的照明加上我們手中水下手電的照明，倒讓我和肖承乾的視野比較清楚。

從表面上看，這湖面的水碧波蕩漾，是如此清澈，可是到了水下，透過手電筒的光芒，我們才發現其中水中有很多灰塵類的東西漂浮著，是因為是火山湖的原因嗎？

我的地理一向抱歉，對這些並不是弄得很清楚，我唯一知道的一點就是這湖底下的火山是活火山，噴發的可能性非常大，另外就是這天池的水估計是雨水形成的，總之它也會流淌出去，可是沒有什麼進水口，可水位常年都保持在一個水準，想起來也頗為神奇，不過這些都和我的這次行動沒有太大的關係，而且這些謎題只能靠科學家去猜測吧。

一入水，我和肖承乾都是興奮無比的，畢竟這個池子充滿了各種神祕和傳說，我們就像進入了一個嶄新的冒險世界，可是事實上，我們朝著湖底下潛了一會兒，水周圍傳來的壓力就讓我們不能繼續下潛了。

我在心裡暗暗罵了一聲，說起來我和肖承乾身上穿著的都是相當專業的潛水服了，可也已經到極限了。

而把手電筒往身下打去，仍然是黑沉沉一片深不見底的水下，意味著我和肖承乾離下潛到底還有很長的距離！

這和我們的計畫根本就不一樣，我心中有些憤怒，我不相信這一群人會不知道天池的資料，想到這裡我對肖承乾打了一個手勢，然後就開始往上划去。

幾分鐘以後，我和肖承乾就冒出了水面，我取下吸氧嘴，還有護目鏡，然後抹了一把臉上的水，大口喘息了幾下，在水下那體力的流逝根本不是陸地之上能比的。

而且這一次的下潛也非常無聊，除了黑沉沉的水中漂浮的灰塵，還有偶爾游過的幾條冷水魚，根本沒有任何發現。

其實在路上，承心哥就給我說過一些這池子的典故，他告訴我這池子裡在以前其實是沒有任何生物的，因為自然條件什麼的限制，反正我也沒聽懂。

我只記得承心哥這樣說過一句，後來這池子裡出現了一種冷水魚，味道很不錯的樣子，傳聞是交界的另外一個國家在這裡放養的。

「到底是放養，還是掩人耳目的說法，我其實是不能確定的，幹嘛要在這池子裡養一些魚呢？」承心哥歪著腦袋，當時的目光是盯著陶柏和路山的。

只是陶柏一向是躲躲閃閃的，至於路山那個人雖然寡言，後來卻被我們發現是一根老油條，面對承心哥的問題，他也一臉好奇的問：「是啊？為什麼忽然有魚了呢？說是別的國家放養的，別的國家也不會就這種事情跳出來辯解啊？」

然後，承心哥就無語了，其實作為祕密部門，怕這些事情要比我們清楚得多吧。

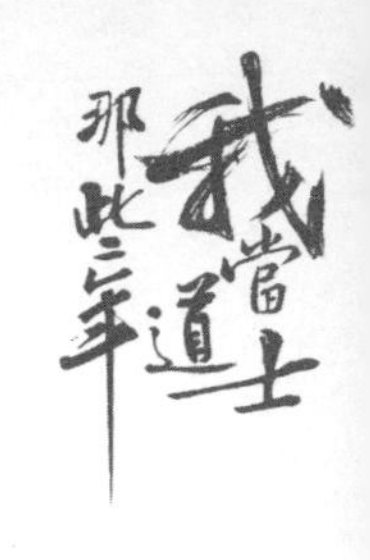

「咋忽然要上來了呢？」肖承乾在我耳邊喘著氣，然後有些奇怪地問道，畢竟我們下潛的時間不長。

我望著肖承乾說道：「我覺得我們被耍了，或者這裡早已經是禁地，可能為了別的原因，帶我們來這裡敷衍我們一下。」

我是從下潛的深度還有承心哥的話判斷出這一點的，可是現在卻沒空對肖承乾解釋，一直在水面「浪漫」泛舟的路山已經發現了我們，並快速地划著船朝我們靠近。

船很快就停在了我們的身邊，我和肖承乾伸出手，魯山和陶柏很自然的就把我們拉上了船，拉我的是陶柏，讓我震驚的是這個傢伙看起來又羞澀又膽怯，但力氣著實不小，我自己幾乎都沒使什麼勁兒，他就一人把我拉上去了，要知道我身上還背著沉重的氧氣管啊。

到船上，即便是有風吹著，我還是感覺比水裡的感覺溫暖多了，一邊用毛巾擦著濕漉漉的頭髮，我一邊就接過了路山遞過來的溫熱薑湯，給自己灌了幾口。

路山這個人雖然讓人無法琢磨他內心的真實想法，但在細節上你不能不承認這個傢伙的體貼周到，幾乎根本不用你操心什麼，一切他都會為你置辦得妥帖。

「怎麼忽然又上來了？有發現了？」路山神色平靜，淡淡地問了一句，臉上帶著不太明顯，恰到好處的關心，顯得他很真誠。

面對這種人，我覺得所有的情緒都寫在臉上，恐怕太過危險了，我也平靜地說道：「上去再說。」

路山也沒多問，就應了一聲，至於那個害羞陶，就更不要指望他能說出個什麼了。

我們離開了天池的範圍，在長白山的某地，有一個所謂的觀測營地，也是部隊邊境的祕密駐紮點兒，我們今夜在路山的建議下，就去那裡休息了，畢竟那裡離得也不是太遠。

在一間溫暖的營房中，我和路山相對而坐。

我目光帶著一點兒壓迫的望著他，而他卻異常平靜看著我，然後才沉吟著開口說道：「你提的要求，我抱歉，真的不在我能行使的權力範圍內，你要怎麼辦呢？」

我的身後坐著的是我們那一大票人，在趕路的過程中，就已經得知了我的一切判斷，此刻望著路山的神情都不算太友善，刻意隱瞞，讓我們抱著希望白跑一趟的事實，任誰面對這個事實，都不太會有好臉色。

特別是肖承乾，幾乎都快開口威脅路山了，只是被我壓制住了。

一到這裡，我就比較開門見山，直接對路山提出了自己的要求，明天我要再探天池，而這一次我需要的非常專業的潛水設備。

面對我的要求，路山就是如此拒絕的。

「呵……」肖承乾冷笑了一聲，看樣子是準備發作了，不管他組織的鬥爭是多麼嚴酷，可這傢伙，畢竟養尊處優了二十幾年，脾氣不是一般的衝，很像多年前在師傅的庇佑下那個我——二愣子陳承一！

我站起來，一隻手摁在了肖承乾的肩膀上。

然後承心哥站出來開口說話了。

在那個年代，要收集一點兒具體的資料，不像現在有所謂的搜尋引擎，是非常麻煩的，而且我們也沒有刻意去收集這方面的資料，而是把目光落在了那些傳聞上，其餘的一切都是依靠部門，才造成了這種被動的局面，承心哥覺得自己有責任去解決這種被動的局面。

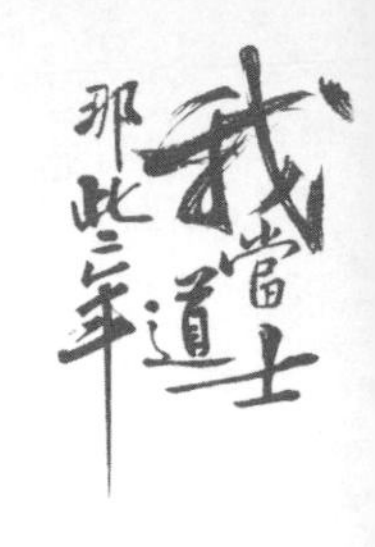

所以，他站了出來，推了推眼鏡，然後對陶柏和路山說道：「我沒有別的意思，我只是比較好奇，你們難道不知道天池的深度嗎？」

路山看了一眼承心哥，沉吟不語，陶柏在路山的身後，又是低著頭，怯生生回答道：「其實是知道大概的，平均深度有二百多米，最深的地方有三百多米。」

這樣直接回答的陶柏，看起來有些傻愣愣的，不過路山也沒阻止，很顯然這也是阻止不到的。

「既然你們知道，為什麼不提醒我們，憑藉我們現有的潛水設備，根本不可能仔細地探查到天池的每一個角落，連粗略的搜尋都做不到？」承心哥走過去，手放在路山面前的桌子上，身體有些前傾地望著路山。

路山不說話，而承心哥則繼續說道：「早知道了這樣的結果，或者你們的確是有什麼不方便的地方，你們真的可以直言的，這樣即使我們失望，也不會怪你們什麼，可讓我們白跑一趟是什麼意思？」

「如果，我們阻止你們的話，你們難道就甘心了，就認為不會有什麼陰謀了？」路山依然平靜，連說話的語調都那麼平靜。

承心哥呵了一聲，然後站直了身體，很直接地說道：「那麼明人不說暗話，你們不要說你們帶我們來這一趟，就是為了讓我們死心，怕是有別的目的吧？不提供一切的設備，是有什麼交換條件吧？」

對的，這才是問題的關鍵，這件事情才和肖承乾一開始急急忙忙阻止我們的原因對上了號！

第二十三章　莫名的機會

面對承心哥的問題，路山沉默了，過了很久，他才說道：「沒有，沒有任何的交換條件，目的就只是為了讓你們死心而已。」

我們都沒想到路山竟然來了一個那麼近乎於無賴的回答，一時之間竟然找不到什麼話來接應，一口悶氣憋在心裡，是半晌也發不出來。

「啪」的一聲，肖承乾拍了桌子，然後說道：「是的，我們沒辦法強求你們什麼，但你們也不要干涉我們行動的自由，深度潛水的設備，你以為我搞不到嗎？那就這樣吧。」

說完，肖承乾就拂袖而去，而事情到了這一步，再說下去也是無益，剩下的人倒沒有像肖承乾那麼發火，只是保持著沉默走出了這間營房。

我是最後一個走的，在要跨出門的瞬間，聽見陶柏在我身後有些小聲地說道：「這一切，我也只能彙報給江部長了，沒有辦法了。」

我聽得是又好氣又好笑，說了一聲「請便」，便走了出去。

一天奔波讓我們很疲憊，出來之後，就各自走去房間睡去了，可是我因為失望，輾轉反側也睡不著，乾脆披件衣服，走了出來，決定在營房前面的小樹林散散步，緩解一下心情。

月光如水，灑在這安靜的小樹林，我點上一枝菸，默默地抽了起來，肖承乾給我的消息

應該有絕對的把握是真的，那水下真有紫色植物。

但是除了紫色植物還有什麼呢？這就是一個謎題，更關鍵的在於，這個消息是如何確定的呢？肖承乾沒說，但我估計他也說不出個所以然，只是單純的知道這樣一個祕密，然後又判定，其實這一次事情我是在被利用，進退不得。

更讓人鬱悶的是，如果只是被利用，倒也還好了，我至少可以得到足夠的支援下水，接下來要怎麼做，可以走一步看一步，路山的話又是什麼意思？徹底否認了肖承乾的利用說……這中間還有什麼祕密嗎？

一切的一切就像一團亂麻，讓人理不順，更是剪不斷，我陷入了沉思，一枝香菸燒到了底，直到燙到了我的手指，我才低呼了一聲，反應了過來。

手指上的餘痛還沒消，我就聽見了小樹林裡傳來了腳步聲，我是一個道士，深夜在這種地方，最不怕遇見的就是鬼物啊什麼的，接著才是人，最麻煩的倒是怕遇見什麼野獸之類的。

所以，聽見了腳步聲，我也沒什麼反應，反倒是倚在一棵樹下，靜靜地等待著。

今晚的月光夠清亮，那個人影漸漸地在我前方出現，然後越來越清晰，看得我心中更加疑惑，竟然是路山！他來這裡做什麼？莫非他也是一個心煩不能睡著的人嗎？

我看著他沒有開口，可是他就像什麼事兒也沒發生過一般的給我打了一個招呼，不鹹不淡，然後就沉默了，彷彿我們是在街上遇見，打個招呼而已。

這詭異的時間點，和這比較偏僻的環境根本不在他的注意範圍以內。

我憑直覺感到這是一個喜歡把主動權掌握在自己手裡的人，他就打個招呼，挨著我站住了，什麼話都不說，他就是在等我問他，這樣不才更有主動權嗎？

我對路山談不上什麼好感，而從小到大，一直以來的經歷，讓我已經越來越厭煩被別人牽著鼻子走了，所以我真的也就什麼也不問，再點上一枝菸，默默地抽完，很隨意的給路山道別了一聲，就要走出小樹林。

一米，五米，十米……我計算著距離，或者這是我的一個機會？又或者路山想告訴我什麼？我又躊躇起來，但腳下的速度卻沒有變，我告訴自己走過前方那棵大樹，如果路山沒有叫住我，我再回頭去找他。

眼看著前方那棵大樹越來越近，還有一米距離的時候，我的身後先是響起了一聲咳嗽的聲音，然後傳來充滿了探詢的兩個字：「聊聊？」

我的臉上浮現出一絲笑容，第一次有一種完全自主，不再受制於人的暢快感，但回過頭的時候，我卻已經是一臉迷惑。

在早幾年的自己，是根本做不到這種戴上面具一般的欺騙，陳承一是一個直來直去，脾氣都不會掩飾的二愣子，只不過幾年過後，才發現在這個世間，安全感往往需要來自一些偽裝，唯一能對得起的只能是自己的一顆心。

潔白無瑕環境裡的潔白，永遠都算不得珍貴。

真正的珍貴的是在一片渾渾噩噩，烈火焚身，淤泥遍野的世間熔爐中，敲開身體，心是白的那種潔白。

漂浮的思緒中，路山已經走到了我的面前站定了。

他看著我，第一次臉上的神情不再是那種天塌下來都不變的平靜，而是一種玩味般的不

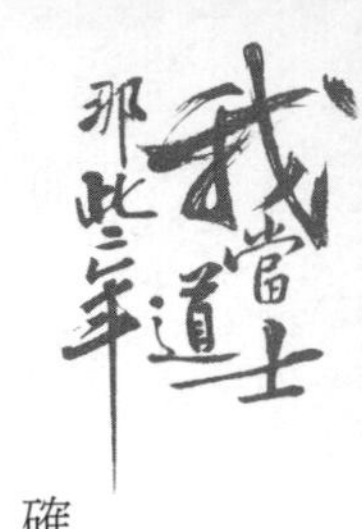

確定。

他開口的第一句話是對我說：「你是在裝傻?還是真傻?」

「看你高興怎麼認為吧。」其實我必須得承認，有時候和路山說話是很累的，沒人願意和猜不透心思，甚至連目的都不表露一絲的人說話，那種感覺就像是自己赤裸裸的站在別人面前一樣。

「我好像不太能得到你的信任。不過，那沒有關係，誰都需要一層必要的偽裝。」路山的神色又恢復了平靜，又是那種讓人厭煩的不知道他在想什麼。

「但願你告訴我這些，下一句話不是要告訴我，你是特務，然後需要我也去當特務。」我開玩笑的調侃了一句，其實我對路山的偽裝和他的祕密沒有半分興趣。

我感興趣的事只在於，這一次的行動有沒有轉機，這個轉機是不是路山能帶給我的。如果真的按照肖承乾說的那樣，他風風火火地尋來兩套設備，我們能不能下水都是兩說。

「我是華夏人，心也是華夏心，自然不會是特務。我只是想說，我出門的時候，陶柏已經睡熟了，我們沒有給江部長彙報後來的情況，只是在你們的探查結束後，對江部長說，因為下潛的問題，你們沒探查到什麼，處於鬱悶之中，還沒對我們提出具體要求。」路山慢慢地說道。

這話的信息量很大，我需要慢慢消化，因為唯一字面上的意思，不過是路山隱瞞了在營房裡的我們的要求罷了，值得推敲的信息量來自於路山這樣做的目的。

由於不瞭解這個人，我能猜測的實在是有限，倚著樹，雙手抱在胸前，我說道：「然後呢？是想讓我感恩嗎？快點收回心中那不現實的想法？」

這話是我故意用來刺激路山的，傻子都知道路山沒有必要這樣做，他是江一的人，討好我有什麼好處？

「呵呵，你說話真有趣，我還是想說，我出來的時候，陶柏已經睡著了，另外這個營地很簡陋，你們幾個人要出去一趟，也沒關係，而且在今夜一整夜，我們這邊有什麼異動，那邊國家的人也都會當沒看見的。」路山慢慢地說道。

而我的眼睛瞇了起來，我承認我對路山的話開始感興趣，對他這個人也好奇起來，我沒說話，路山則繼續說道：「船還綁在那裡，要天亮才有人去收回。最後，我想說的是，要找到什麼，不一定要下潛很深，下面的環境不是很好，可不是游泳池那般平整，溝溝壑壑的，說不定就藏有什麼不同尋常的傢伙。」

說到這裡，路山忽然轉頭望著我笑了，然後說道：「信息量夠了嗎？」

我也笑了，對他說道：「好像還差點兒，至少八、九個公里的湖面，水下資訊不明確，給我兩個晚上我也探查不完，找不明白啊。」

「這個啊。」路山為難地抓了抓腦袋，然後說道：「其實你看看往東南方向找，會不會好一點兒？注意的不是水中，而是泡在水中的岩壁，這樣可就清楚了？再不清楚，覺得時間緊迫的話，也別浪費人才，不管是穆承清，還是季承真的本事都不是蓋的，定個稍許精確點兒的位，還是能做到的。」

的確，是能做到的！

聽到這裡，我站直了身子，拍了拍衣衫，然後沒有對路山說謝謝，說謝謝沒有意義，我只問了一句：「你要什麼？」

路山沒有說話，而是笑著對我說道：「你也要小心點兒，不是說不在最深處，就沒有危險。」

我沒回答，只是定定看著路山，危險不是我怕，就能躲掉的，沒有什麼能夠阻擋我的腳步，我現在只想確定他要什麼。

「如果可以的話，下面有什麼，請你有機會盡可能詳細告訴我，如果有特殊的地方，或者特殊的物品出現，請你一定不要為我錯過。」路山終於也直接了一次。

第二十四章　水下的眼睛

這個要求可夠奇怪的，水下的特殊環境，特殊物品給他留意著，他指的是什麼？面對我探詢的目光，路山有些躲閃，顯然他不想回答。

「你是說，如果有特殊的東西，那是要帶上來交給你的嗎？」我開口問道，顯然他如果讓我帶紫色植物給他，我是絕對不可能做到的，楊晟的事情在我的心裡留下了深深的傷口，所以我下意識地抗拒這植物有任何的途徑流傳。

「你放心，你們要做什麼，還是誰要做什麼，哪怕是想當神仙，我都一點兒興趣沒有。特殊的環境，特殊的物品不一定有吧，也許也有，你下去看見了自然就能理解。」路山這話說得莫名其妙，甚至有些懶洋洋的，彷彿他很疲憊，說完，他就像個沒事兒人一樣的，雙手插袋，朝著小樹林外走去。

他的聲音飄進我的耳朵：「你最好抓緊時間，就剩下半夜了而已。」

我不再發呆，轉身就朝著小樹林外飛奔而去，速度簡直是我能拿出的極限速度，跑到營房的邊緣，我開始放慢了腳步，盡量讓自己的呼吸平穩，就真的只是像一個晚上睡不著去散步一般的人一樣，回到了自己的房間！

事到如今，我要對抗的是一個極具力量的部門，我不敢放任自己有半點不小心。

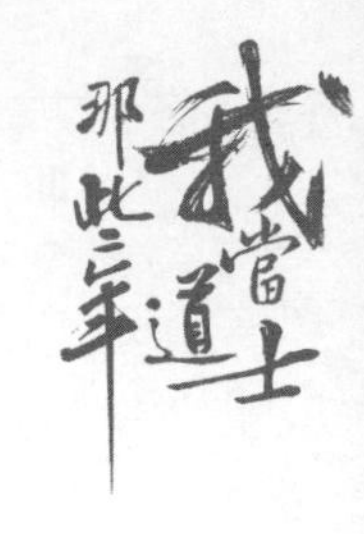

進了房間，我才敢大口喘息了幾聲，然後幾步跑到和我分在同一個營房的承心哥面前，幾下把他搖醒了。

待到承心哥清醒以後，我們又分別的，悄悄地把所有人都叫來了，然後在有些困倦的大家面前，把事情告訴了大家。

「可信嗎？」承心哥的第一個發言。

「這小子該不會有什麼陰謀吧？」肖承乾第二個說話。

而我面對他們的疑問，只說了一句話：「你們覺得我們還有選擇嗎？不想空手而歸，就只能賭那麼一次了。」

為了精確定位，承清哥要開卦，至於承真卻說只能去了具體的地點，她才能用自己的定位法，算是輔助承清哥吧。

我們也不打擾承清哥，換了一間房間等待，十幾分鐘以後，承清哥給了一個大概的位置，他對我說道：「由於是關聯自己和同門的事情，這個結果是否非常準備，有待商酌，不過大概範圍總是能保證的。」

「大概範圍也就夠了。」看著認真嚴肅的承清哥，我忍住想笑的衝動，他還穿著睡衣，腦袋上戴著一頂尖尖的睡帽，睡衣睡帽上都有大個大個的卡通圖案，這是什麼樣的睡覺愛好？偏偏他還是一個行事一板一眼，常常很嚴肅的大男人。

就如路山告訴我的，這裡非常簡陋，要混出這裡是一件不算困難的事兒，在得到結果，收拾了一番過後，我們二十分鐘不到，就沒有驚動任何人的混出了營房。

輪流背著沉重的潛水設備，我們一路朝著天池疾走，在這種時候，時間無疑比金錢的價值更大。

到了天池，承真又用祕傳的定位法幫我們仔細定位，但由於倉促和某些限制，她得出的結果，比承清哥的範圍也沒有縮小多少，但是對於我們來說是夠了。

更讓人放心的是，定位出來的東南方向某一處，是靠著我們華夏這邊的，這倒也省去了不少麻煩。

依舊是我和肖承乾下水，承心哥和承清哥划船送我們到某個點，女孩子在岸上等待。此刻，已經是凌晨三點多，周圍異常安靜，連對面那些巡邏得很勤快的傢伙也不見了，我耳朵裡迴響的只是船槳撥開水面的流水聲，讓一整個湖面的清幽月光都蕩漾開來。

由於心裡著急，沒有人說話，直到我要準備下水之前，肖承乾才憋不住問了我一句：「承一，會有收穫嗎？」

「結果也不會再糟糕到哪裡去。」我的話意思很明顯，已經是沒有收穫了，還怕再一次的沒有收穫嗎？

入水，依然是一陣冰冷將我重重包圍，打開水下手電筒，這水面下看見的和我們剛才看見的也沒有太大的區別，在光照裡漂浮的灰塵，一個黑暗而絕對安靜的世界。

沒有過多的耽誤，我和肖承乾開始下潛，定位的範圍是××米左右的深度，這個深度絕對是我們能夠承受的！

到了指定的範圍，我和肖承乾開始沿著岩壁搜尋，由於照明的範圍有限，我們移動的距離也有限，四十多分鐘過去了一無所獲。

但只要氧氣瓶能夠支撐我們，時間還充足，我們就不會放棄，所以，這一次我們誰都沒

有表現出急躁，而是更加耐心的搜尋。

或者由於太過投入，又或者在水下一切的感知都遲鈍一些，我和肖承乾在搜尋的過程中，完全沒有注意到有什麼異常，直到我直覺有種莫名的毛骨悚然的感覺，我才一下子反應過來，拉一把肖承乾。

肖承乾莫名其妙地看著我，我卻也不知道解釋什麼，就做了一個安靜聆聽的表示，然後我們這時才察覺在絕對安靜的水面下，有輕微的水流聲，而我們周圍的水波動也開始不對勁兒，能造成如此波動的應該是一個龐然大物！

我和肖承乾對望了一眼，心中感覺到莫名的恐懼，對於未知的事物，就算我們見多識廣，也逃不脫那人類的本能！

下意識地我就拿著手電筒開始四處照，但是周圍依舊是一片黑暗回應著我，只是在光照中，能看見水的波動更加明顯。

沒有看見什麼恐怖的事物，可這樣的情況卻讓我更加沒有安全感，也就在這時，我感覺我的身體被急遽的拉動，我一轉頭，是肖承乾在不停地晃動我的手臂，在手電筒的燈光下是一張顯得有些驚恐的臉。

面對我疑惑的眼神，肖承乾不停地示意著下方，我拿著手電筒一照，首先映入我眼簾的就是一雙大而亮的眼睛，帶著一種沒有感情的冰冷和默然。

或許是因為這眼睛能夠反射電筒光的原因，還是什麼，總之我和肖承乾能夠看見的就是那麼一雙在黑暗的水面下映射著黃光的眼睛，在一片黑暗中是如此顯眼，也是如此恐怖，此刻，它正朝著我們快速地接近著。

「我被陷害了？」這是我的第一反應，第二反應就是想罵一句「我×」，可是在水下註定我什麼也罵不出來，我和肖承乾唯一的反應就是要立刻逃跑，在水下，我們不認為自己有什麼優勢，就算在陸地上也沒有吧，一雙眼睛就跟兩探照燈似的了，那眼睛的主人身體有多大？

所以，我和肖承乾開始貼著岩壁拚命地上浮，根本不敢再去看那雙怪眼。在水下，不要說這種未知的怪物，就算面對一隻身體不算最龐大的鯨魚，也會給人無限的壓力，這就是體積上絕對的壓迫所帶來的，不能抗拒的壓力。

貼著岩壁上浮，只是為了能夠第一時間上岸，可是原本我們下潛的並不算非常深的距離，在此刻卻顯得異常漫長，我們恨不得有八隻手，八條腿來協助我們快速地上浮，可現實是我們只有兩隻手，兩條腿！

沉重的氧氣瓶無限的拉低了我們的速度，可偏偏那是不能丟棄的，至少在這個深度，還有這種急遽消耗體力的情況下，我們無法丟棄。

而那波動越來越大的水流，也讓我們根本不敢停留半分去甩掉氧氣瓶，情況真是糟糕到極點，我頭皮發炸，根本不認為我有那個能力，還能和所謂的水怪過幾招。

我能聽見水的波動聲了，就來自於我身後，這樣的情況只能說明，那個大傢伙恐怕已經快要和我們處於同一水平線了，等一下剩下的就是直線距離了。

要怎麼辦？上浮還有一段很長的距離，難道今天就要這樣葬送在水下？

我和肖承乾在慌亂的上浮中也沒有注意什麼方向，只知道貼著岩壁和上浮而已，我們也不知道我們左右的亂移動到了什麼範圍。

可也就是在這種危急的時刻，在我手電筒光的照射下，我看見了另外一番景象！

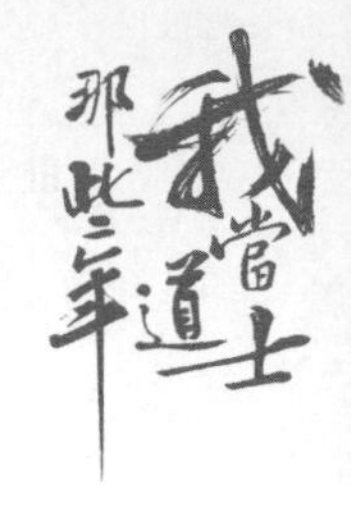

第二十五章　水怪與洞穴

這個一個發現讓我激動，意味著我和肖承乾的生命得到了保障！

剛才一味的上浮，我都沒有注意到這些，直到剛才手電筒光的無意一照，我才看見我們身前的這一片岩壁上面分布了好些大大小小的洞，怕是有十幾個吧。

原本這些洞的存在並不是多麼的奇特，在水下常年的泡著或者各種原因，岩壁本就不是光滑的，上面有類似於洞的凹坑，也太正常的。

而我手電筒光下的那些洞穴卻不同，我一眼就看出那是真正的洞穴，在水下我也不能和肖承乾說明什麼，只能拉著肖承乾朝著一個入口處不大的洞穴拚命地划去。

肖承乾一開始沒鬧明白我要做什麼，待他用手電筒光一照，頓時也激動了，不用我拉他了，他自己也開始朝著洞穴拚命地划去。

我和肖承乾看到了希望，可是我們身後的水流聲也越來越大，我和肖承乾此刻的情況就如同一部外國電影的名字——「生死時速」一般，生死就在一線間，爭搶的只是時間。

洞口越來越近，可是我們也感到了身後那種莫名的壓力，我們根本就不敢回頭看，就是身後那龐大的壓力都讓我們感覺到了怪物就近在咫尺！

「嘩」的一聲，我幾乎在水中做了一個跳躍的姿勢，躍進了我看中的那個洞穴，那個洞穴就只有一人高，在我的估算下，怪物就絕對進不了這個洞穴的。

在進入洞穴以後，安全感才重新回到了我的身體，那是一種帶著懶洋洋的放鬆之感，可是我又怎麼敢輕易放鬆，這一秒，我進入了洞穴，可是肖承乾還沒有進來。

我打著手電筒回頭一看，見到的場景讓我此生都難以忘記。

映入我眼簾的首先是正拚命朝著洞穴划來的肖承乾，在他身後不到五米遠的地方，出現了一張巨大的臉，在這種距離之下，我終於看見的不再是兩隻冰冷的眼睛，而是一整張臉！

那是一張呈灰褐的臉，異常的巨大，如果非要形容，那就是那一張臉比肖承乾的整個人都還要大，而肖承乾也是一個一米八以上的漢子啊！

那一張臉我無法具體描述出來說像什麼，勉強可以說整個頭型有一些像烏龜，但是比烏龜扁平，看起來有些滑溜溜的。

這樣的臉對比起來，它的眼睛也不算特別的大，而嘴唇那一部分則不像烏龜，更像是一張魚嘴，在嘴的兩邊有長長的鬚！

由於這個傢伙太過巨大，我能看見的也就僅限於此，可是讓我感覺到恐懼的根源卻不是它這一張大臉，而是它此刻張大了嘴，要朝著肖承乾狠狠地咬去。

我不知道這個烏龜魚，或者是魚烏龜到底是個什麼樣的存在，但在我的印象中，除了少許的魚類，大部分的無論是烏龜還是魚，嘴裡都不可能是一口白森森的牙齒，可是這傢伙卻有牙齒，而且和鯊魚那一口鋒利的尖牙不同，這傢伙的牙齒，上下四顆獠牙特別的突出，特別是下獠牙，我說我看起來這傢伙怎麼有些「地包天」！

可是，現在顯然不是去想這個的時候，我吼了一聲，幾乎是憑藉直覺，一把就把肖承乾

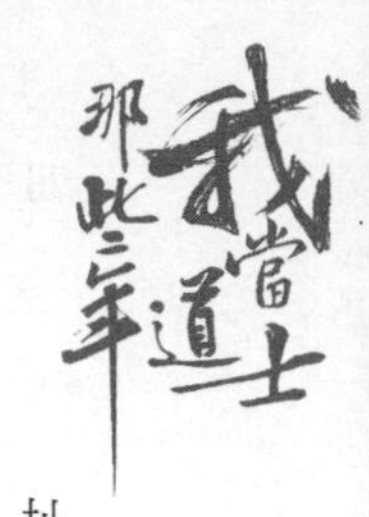

扯了進來！

我聽見了一聲讓人牙酸的「哢嚓」聲，接著洞口一陣震盪，忽起的激流把我和肖承乾朝洞裡推進了好幾米！

肖承乾驚惶未定地看著我，而我則驚惶未定地看著洞口出現那一張臉，那一雙沒有感情的冰冷眸子還在死死盯著我和肖承乾。

整個洞的直線距離不過五、六米，我和肖承乾被水流一下子推到了「洞底」，傳來了兩聲清脆的氧氣罐撞擊岩壁的聲音。

好在水中總是有緩衝的，加上距離的關係，這一撞並沒有讓我和肖承乾身後的氧氣罐破裂！

我和肖承乾算是虎口逃生，終於安全之後，我們下意識地就開始大口的呼吸，而罐中的氧氣則急遽的減少，我意識到這樣不對，趕緊提醒肖承乾調整呼吸。

畢竟整個洞還是浸泡在水中，我們也不知道要在水底待多久，如果沒有了氧氣，我們就死定了，除非那種真正達到地仙級別的大能，用入定的姿態才可以在水下待較長的時間。

肖承乾也意識到了這個問題，開始和我一起調整呼吸，盡量減少氧氣的消耗。

大概過了一分鐘，我們才從那種驚魂未定的狀態中平息了下來，心情也跟著平復了下來。

此刻，那個怪物並沒有離去，在手電筒光的映照下，那雙眼睛是那麼明顯，明明知道我們這兩條「小魚」它已經沒有辦法吃到了，卻還不肯離去，難道我要誇它一句，真是一隻有耐心的好怪物嗎？

或者，出去揍它一頓？我沒頭沒腦地想著，顯然經過了最初的恐懼以後，這張臉已經不能再激起我太大的反應了！

我舉著手電筒，開始打量起這個洞穴來，這才發現我和肖承乾並不是身處在洞底，而是因為這個洞穴是傾斜向上的，角度還有些大，所以我和肖承乾才會撞到。

這個發現，讓我和肖承乾稍許有些興奮，畢竟出路被那個怪物堵上了，我們還有路可走，就是最好的結果，不然在水下耗的話，氧氣一完，我們就得跟著完蛋！

但願不要是一條死路！

我是一個說幹就幹的人，抱著這個想法，我就要開始朝著洞穴的上方划去，可是卻被肖承乾一把拉了下來！

我詫異地看著肖承乾，他卻指著洞穴之外，給我不停比著手勢！我朝著洞穴外看去，原來那個怪物的臉已經慢慢地開始朝後退去，難道它是不打算死守了？

莫非肖承乾想要出去？我肯定不會贊成這樣冒險，因為誰知道怪物是真的離去，還是只是在附近游弋等著我們呢？

我對肖承乾搖頭，肖承乾很無奈，然後又是費力地給我比手勢，我好容易才看懂，肖承乾是表示，我們一起去看看這個怪物到底是個什麼樣子！

肖承乾這麼一說，我也來了幾分興趣，畢竟天池裡有水怪的傳聞流傳了那麼多年，親眼目睹的人不知道有多少，卻總是因為這傢伙來無影去無蹤，沒留下什麼確切的證據，科學上也拿不出什麼有利的證明，只能勉強用一些科學猜測去解釋它的存在不合理啊，或者不存在，是人們產生幻覺了之類的，如今我和肖承乾真真實實的看見了，不仔細去看看這個怪物

長什麼樣子，簡直有些對不起自己。

抱著這樣的想法，等著怪物稍微離遠了一些，我和肖承乾就開始小心翼翼朝著洞口靠近，並且相互攙扶著，緊緊地抓住一些岩石前行，不然萬一那怪物發狂，引發的水流把我們推出了洞穴，我們找誰哭去？

不過，在這時，我也感慨運氣也真是夠好，畢竟幾年，甚至十幾年才能一見的水怪，被我和肖承乾第二次來就遇見了，我們是不是應該去買一張彩票？

五、六米的距離很快就到了，小心翼翼的站在了洞口，怪物果然只是在附近游弋，而我和肖承乾藉助手電筒，終於看見了怪物的全貌，然後我們愣在了當場！

原來，竟然是和我們想像的完全不一樣！

在我的想像中，這個傢伙應該是類似於蛟龍的存在，要不然就應該是一個恐龍什麼的變種，曾經著名的×湖水怪，不是有人給出過假想圖，也是這種造型嗎？

可是，這天池水怪根本不是一個遵循規律存在的傢伙，它更像是一種生物進化了的存在！

第二十六章 屍骨

在手電筒的光芒映照中，我們眼前看見的是一個無法形容的怪物，確切地說我必須承認它是魚，因為魚的尾鰭什麼的明顯特徵還存在於這個怪物的身上。

但是它的身體已經朝著一個未知的方向發展，就比如在魚腹的前後位置，分別對應長出了四條看起來軟綿無力的爪子。

而以魚腹為分界線，它的前半截延長，相對於身體變得瘦且細，成為了一個類似於脖子的存在，顯得頭部更加凸出，後面截的魚尾部分，確切地說更像一條長長的尾巴，在水中擺動。

至於魚腹那一部分，沒有太大的改變，就是看起來圓圓的且絕大，如果只看漁腹加前半截，陡然一看，倒有些像烏龜，魚腹部分是龜殼……

這樣的描敘也許不嚇人，也不會讓人有壓力，可我和肖承乾光是這樣看著就產生了巨大的壓力，沒人能在一個體長接近二十米且魁梧的傢伙面前不產生壓力，況且它就在離我們不到五十米的距離游動。

我和肖承乾都看傻了，那目瞪口呆的樣子就如同看見了外星人，我滿腦子就一個想法，投魚於天池中是為什麼？為了養這個傢伙，還是安撫這個傢伙？

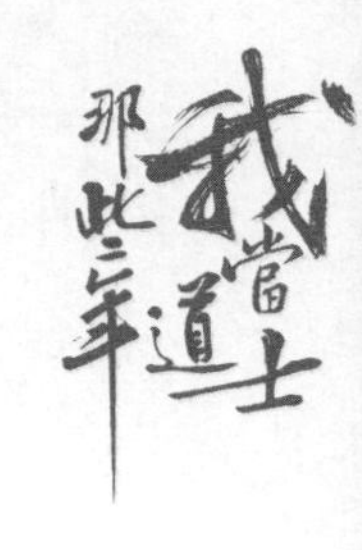

無奈那一個層次的祕密我是接觸不到的，高層的態度和決定也不是我能左右和干涉的，這一條水怪絕對不是天池唯一的祕密，在天池底下，那錯綜複雜的地形，萬年不變的水位，還隱藏著什麼？

我陷入了一種世界之大，我所知卻那麼有限的感慨中，卻不想那一直在游弋的水怪緩緩地就停下了，然後猛地一個轉身，朝著我和肖承乾所在的位置衝了過來！

我一下子頭皮發炸，在生活中就算是一個胖子朝著你飛撲過來，那都是一件絕對有壓力的事情，更何況是那麼一個傢伙。

我和肖承乾幾乎是下意識地就朝後飛退而去，但是那激蕩的亂流沖得我和肖承乾身體都有些不穩，好在我們扛住了！

那一張大臉又停留在了洞口，我和肖承乾卻惶恐地對望了一眼，再也不敢停留，朝著那傾斜朝上的洞內奮力划去。

在只有手電筒燈光照射的黑沉洞內，我和肖承乾都分外沉默，剛才那一幕現在回想起來，恐懼的感覺更加明顯，只因為一切都說明了一個問題，這個怪物是有智慧的，它剛才想殺我們一個出其不意！

如果它有一定的智慧，我們暫時預估不到是多高，那麼不留證據的事情也好解釋了，或者是刻意的迴避？加上當局者說不定摸到了怪物行事的一些規矩，再刻意掩飾？

我不能去細想，因為這個怪物明顯就是在進化，這樣放任下去會進化到什麼程度？還是說這樣放任它的存在有別的深意？

我皺著眉頭陷入了自己的沉思，周圍有什麼變化我都沒有在意，卻在這時感覺身子一輕，額頭一痛，原來在不知不覺中，我已經浮出了水面，進入了洞穴裡沒有被水浸住的部分。

而肖承乾已經爬了上去，望著犯了這種低級錯誤的我，似乎是有些無奈，伸出手來拉了我一把，讓我順利爬了上去。

倚著洞壁，我和肖承乾大口喘息，水下的活動本來就耗費體力，加上呼吸不如陸地自由和幾次驚魂未定，我們是需要休息一下。

「這裡的空氣沒有任何問題，看來我們夠幸運，這裡並不是一條死路，又處於定位的範圍內，我們誤打誤撞，說不定已經找對了地方。」休息了幾分鐘以後，肖承乾開口對我說道，笑得挺愜意，已經完全無視了洞外有水怪，而我們時間緊迫的事兒了。

這小子倒是樂觀，我隨手撥弄了一下濕淋淋的頭髮，站了起來，脫掉了腳蹼，卸下了氧氣瓶，和身上雜七雜八的一些物件，只穿著潛水服對肖承乾說道：「既然是如此的話，那我們就抓緊時間吧，水怪都遇見了，還沒找對地方，那一個衰字都不足以形容我們了。」

說完，我就打著手電筒朝前走去，到了沒有水淹沒的地方，這個洞穴的坡度已經陡然變緩，行走起來沒有任何的困難，而肖承乾也趕緊做了同樣的事情跟上了我。

整個洞穴非常乾燥，也異常安靜，目測不存在任何可見的生物，打著手電筒行走在其中，只需要注意一下腳下的坑坑窪窪不至於把自己絆倒就是了。

洞穴不長，可是七彎八繞，我和肖承乾走了二十幾分鐘，才看見了一個有些許光亮的出口，我們趕緊朝著出口急走了幾步，接著我們就發現出了這個小洞以後，我們竟然來到了一個可以說是巨大的洞穴了。

站在這個洞穴，我和肖承乾同時深吸了一口氣，因為這個洞穴的構造有些奇特，整體是一個半圓形，有五十米長，四十多米寬的樣子，整個洞穴壁異常的光滑，除了我和肖承乾所在的這個方位，其他的地方再沒有任何的支路，而在二十幾米高的洞頂之上，有一道裂縫，很窄的裂縫，月光就透過那個裂縫照射進來，這也就是我和肖承乾看見的些許光亮。

這樣的場景多多少少有一些神祕之感，所以我和肖承乾才同時深吸了一口氣，我們心知肚明，如果我們沒有找對地方，那麼這裡就是一條死路。

「滴答」一聲滴水的聲音傳入了我和肖承乾的耳朵，這沒有什麼好值得大驚小怪的，既然有縫隙，那麼滴水下來是再正常不過，不過，我留心聽了一下，那一聲聲音應該是水滴落入水中的聲音，難不成這裡還有水源，有些難以想像。

時間還算充足，我也沒急著探查這個洞穴，而是把手電筒留在了我們出來的入口，讓它一直亮著，因為在剛才打量四周的時候，我就發現了，我們所處的位置，密密麻麻分布著十幾個入口，而我們的潛水設備還留在我們的來路，如果我們想原路返回，為了避免走錯了洞穴，就必須這樣做。

「承一，你覺得我們是在哪裡？」在我做完這一切之後，肖承乾開口了。

「山腹中，但至於具體是在哪座山腹中，七彎八繞走了那麼遠，我也不能確定了。」說話間，我讓肖承乾舉著手電筒，朝著那個縫隙照了一下，那裡有些許的樹根，倒是一個完美的遮擋。

「算了，也懶得知道，我們去看看能不能有什麼收穫吧？」肖承乾是一個不愛去思考太多的莽撞性子，就一如我當年，說不在乎也就真的懶得去管了，舉著手電筒就往前走。

我默默跟在肖承乾的身後，仔細地打量著這個洞穴，隨著我們朝裡走得深入，我就已經看見了，在洞穴的靠裡處，真的是有一潭水，黑幽幽的顯得很深的樣子，藉著月光和電筒的光芒，我看見在水潭邊好像有一些東西，而在水潭的靠裡之處有一根貼著山壁的突出石柱，不過我沒太在意，只當是自然形成的。

我和肖承乾快步跑向前，顯然我們是被水潭邊的東西所吸引的，只是跑到了之後，在手電筒的光照之下，我們看清楚了水潭邊的東西，才倒吸了一口氣涼氣，我們做夢也想不到會是這樣的東西！

枯骨，水潭邊的東西竟然是人的枯骨！而肖承乾手電筒照著的赫然就是人的頭骨，黑洞洞的兩個眼圈，已經灰白的牙齒，在這樣的環境下，乍一看，竟然有一些恐怖！

怎麼會有人的屍骨出現在這裡？我和肖承乾百思不得其解，而且我們還發現，這些屍骨沒有留下任何的衣物，莫非是裸體來到這裡的？

地上雜亂，我和肖承乾忍住心中那種毛毛的感覺，仔細地搜尋著，再次驚恐地發現，這地上的七、八具屍骨沒一具是完整的，全部都缺少了四肢的部分，這又是怎麼一回事兒？

而我還有另外一個發現，就是在這堆屍骨中，我發現了一枝鋼筆，剛撿起來，還沒來得及仔細看，忽然就覺得脖子一涼，彷彿是有什麼東西在我身後呼吸……

難道是我的錯覺？可下一刻，我和肖承乾的臉色都變了，因為洞裡竟然真有人的呼吸聲，還有一聲輕笑！

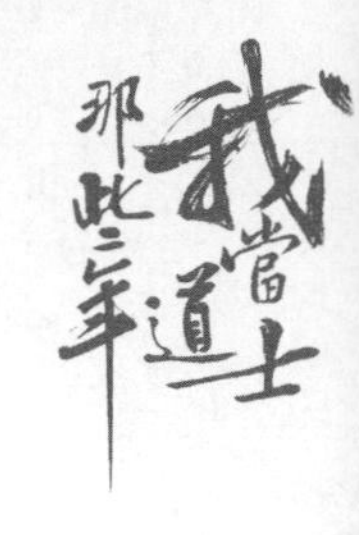

第二十七章　洞穴裡的祕密揭幕

我和肖承乾同時轉身，我們第一時間就判定了這輕笑的聲音不是人發出來的聲音，人的聲音是聲帶振動發聲，是很具有實質感的，這聲輕笑之聲那麼飄忽，只有一個可能，是鬼聲！

這下怕是有些搞笑了，堂堂兩個山字脈的傳人，在這個洞穴裡遇鬼，就算身上沒有任何的法器、符，和輔助工具，可也自然是不懼的。

從最初聽見的稍許慌亂中走出來，我和肖承乾反而是鎮定了，乾脆轉身，直接就看背後是什麼玩意兒，然後就在第一時間看見，在我刻意放上手電筒的那裡，有一個「人」趴在那裡望著我和肖承乾笑。

我和肖承乾是不會怕什麼鬼物的，只不過在看見的瞬間，臉色還是變得難看，只因為那個「人」長得很是怪異，但具體哪裡怪異，我們也說不出來，硬要說的話，總感覺是身材比例不太協調的樣子，頭好像大了一些。

具體我們看不出來是因為那個趴著的人是沒有四肢的，原本應該是四肢生長的地方，在我們眼裡看來血淋淋的，甚至那些鮮血還流淌在地上，就像四肢剛被撕掉。

儘管如此，它還堅強的朝著我們蠕動過來，臉上帶著怪異的笑容……

「這應該是一個受害者？」只是被它的慘狀刺激得臉色難看了一下，肖承乾還是很快就恢復了，雙手抱胸，語氣淡然地對我說道。

「沒有任何衣物，保持著死前怨氣最重的那一刻，竟然冤魂不散在這洞穴裡，那的確是受害者。」我也是同樣的姿勢，淡淡地回應著肖承乾。

如果是普通人看見這一幕，只怕已經嚇昏過去，一般的道士只怕也會選擇逃跑，化形如此「生動具體」的只能是怨鬼，不好對付，可我和肖承乾卻無所謂，很淡定地討論開來了。

鬼這種東西，遇見它越是淡定無懼，被它有機可趁的機會也就越小，在不是它債主的情況下，被它害死的可能性還是很小很小的。

見我們不為所動，那個怨鬼的眼中閃過一絲怨毒，儘管我們和害死它的人半毛錢關係都沒有。

不過，這種怨毒我也能理解，既然是怨鬼，行事難免偏激，是帶著「恨」的色彩看這個世界，你要說怨鬼有什麼很想要的東西，我可以很肯定的告訴你是「生命」，因為它們沒有，所以，它們對於能活著的，體溫是熱的，帶著鮮活呼吸的生命都是自帶仇恨的。

這就是人類刻進靈魂的東西吧？得不到永遠在騷動，變鬼也是一樣！

怨鬼還好說，有一些理智，還能接受天道約束，只不過怨氣大了一些，如果這玩意兒是個厲鬼，李鳳仙那種類型的存在，我和肖承乾怕就是要動手了。

比起我來，肖承乾到底要性急一些，深吸了一口氣，閉上了雙眼，再睜眼時，身為道家人的氣勢自然也就釋放了出來，沒有真正的道家人不修玄功，不修那在我看來都有些太過摸不著的內丹之術，多年苦修，我和肖承乾的境界或許在前人大能看來是微不足道的，但一身

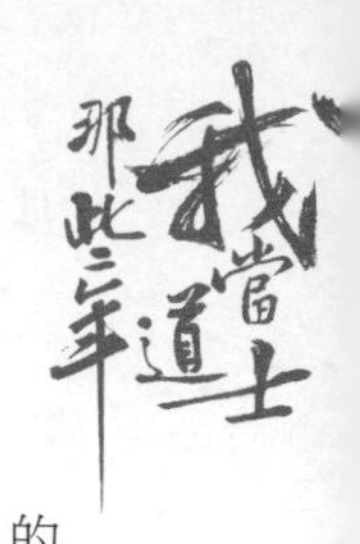

的氣勢如果不能壓制鬼物，那也算白修了。

所以，這時的肖承乾毫無保留地釋放自身的氣場，隨隨便便掐了一個手訣，那怨鬼的眼中就閃過了一些畏懼，竟有了一絲退意。

「我們的心思原本就不在你身上，沒發現你也就罷了，可你偏偏要出來嚇人一嚇，發洩心中怨氣，不發現也就罷了，發現了你也就不要想跑。」肖承乾嚴肅地說道，那樣子倒頗有一副替天行道，斬盡世間一切邪物的正義道人模樣。

只有我知道，這小子骨子裡受組織洗腦太多，正邪在他心中沒有什麼約束力，他的道在以前長長的歲月裡，是偏向極端的「我」之道，只有終點的目的，沒有分歧的岔路那種。

我不認為這小子忽然就正義凜然了，他是有目的的。

所以，我默默地在旁看著，其實此刻，我已經察覺到了這洞穴裡除了我們眼前這個，還有至少四隻這樣的存在。

肖承乾這麼一齣，另外四隻怨鬼也現身了，同樣都是一副慘不忍睹的模樣，齊齊地出現在我們的面前，只是面對絕對的「壓力」，它們的眼中不敢流露出怨毒，反倒是一副悲苦的模樣。

我摸著下巴，心說奇怪，人沒有四肢是如何痛苦的事情？看它們的樣子，應該是被粗暴的卸下四肢，然後放任在這裡死去的，這種死法何其痛苦，為什麼只是怨鬼，而沒有化身為厲鬼？是什麼樣的力量在壓制著它們？

我還在想著這個問題，那邊肖承乾已經開口了：「可是想求得一場超渡？怨氣纏身的滋味並不好受？」

那邊五隻怨鬼齊齊地點頭，我再次發現一個問題，既然這裡的屍骨有七、八具的樣子，為什麼怨鬼只有五隻？

此刻，我是傻子也能知道肖承乾的目的了，開口說道：「許你們一場超渡沒有問題，但是你們至少也要告訴我們發生了什麼吧？」

肖承乾贊許地看了我一眼，這個洞穴裡的事情太過奇怪，加上極有可能就是我們尋找之地，我們一時半會兒沒有發現什麼有價值的線索，而把線索落在它們身上倒是一件不錯的事兒。

再說，超渡這些可憐的怨鬼，本也就是我的本意。

面對我提出的條件，那五個怨鬼的臉上悲苦的神色更重了，而在下一瞬間，洞穴開始變得模模糊糊起來，然後在我和肖承乾的眼中變得明亮……

我和肖承乾沒有抗拒，保持著受這種影響的似睡非睡的狀態，接受著可以說是眼中，也可以說是腦中的一切。

這是一個比較神奇的事情，因為我從來沒有遇見「語言如此不通」的鬼物，肖承乾估計也是一樣，所以才選擇了這一種比較危險的方式。

從肖承乾和這鬼物對話開始，我們就發現這個問題了，那鬼物傳達到我們腦中的語言，竟然是「嘰哩呱啦」的一片，根本聽不懂具體的意思，好在人和鬼的交流，更接近於意識交流，感受交流，所以我們能清晰的感受它的情緒，還有它想表達的一些簡單意思，就好比它能聽懂我們的意思，可是無法用我們的語言和我們交流。

如今我們提出了條件，要知道洞穴裡發生了什麼，它們就只能採取這種方式，就好比是

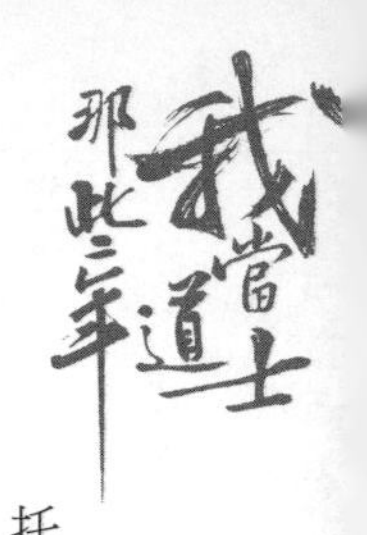

托夢的一種方式，把它們回憶裡發生過的事直接表現在我們眼前，可是比起托夢，這種方式顯然更耗費靈魂力。

至於我和肖承乾必須全身心的放開靈魂防備，才接受這種交流。所以，這就是一個危險的方式，對雙方都是有著極大的牽制的，但好在我和肖承乾對這一切有把握。

就這樣，我們陷入了一場特殊的「夢境」，只保持了心底的一絲清明，如同兩個看客一般，開始身處在夢境中那個明亮起來的洞穴。

在完全適應了以後，我們肖承乾終於能清晰的看清楚洞穴的一切了，但只是一眼，我和肖承乾的內心就震撼了，因為我們沒有想到，只是第一眼，我們就能看見如此震撼的一幕。

因為洞穴裡在此刻在東南西北四個角落都點著熊熊的篝火，把整個洞穴照得透亮，而在篝火包圍的中間場地，竟然跪著一群人。

一群怪異的人！

他們戴著看起來有些嚇人的青銅面具，喊著奇怪的語言，此刻正朝著洞穴的水潭方向膜拜！

這是在做什麼？這群人是什麼身份？那一刻，我心中的一絲清明都差點兒不穩，發現我又幸運的陷入了一個新的謎題！

第二十八章 曾經發生過的

可是我現在卻不能激動，任何主觀意識太過強烈的念頭，都會導致這樣的交流失敗，我只有沉下心神，用一種真正淡定的旁觀者角度來看著這一切。

詭異的火光跳動，完全陌生的語言在吟誦著某種祈禱之詞，猙獰的青銅面具，完全裸體的男女，身上畫著看似惡鬼的圖騰，在人群中間還有一個身高不到一米五五，頭髮灰白的老者在合著祈禱之詞的節拍，不停跳著一種充滿侵略性和原始意味的舞蹈……

看著這一切，如果不是心頭那絲清明提醒著我，這是這個洞裡真實發生過的場景，我會以為我回到了原始部落，不然就是身處在某個神祕恐怖電影的拍攝現場。

終於那漫長的祈禱完畢了，所有跪著的男女都站了起來，這個時候，我才驚奇地發現，為什麼一直以來我都覺得這些人不對勁兒，就如剛才看見那幾個怨鬼一樣！

他們很矮，非常矮，那個跳舞的老者就算是他們中間的高個子了，大多數男女的身高都不超過一米五，戴著猙獰面具的頭很大，脖子顯得有些細，身體都一種發育不良的感覺，四肢較細，肚子都微微有些凸出。

這些是什麼人？我腦子亂麻麻的，此刻那跳舞的老者站在中間說著什麼，那語言異常陌生，我走南闖北，不說會說很多語言，但對華夏大地上的語種多多少少有一些瞭解，即使遇

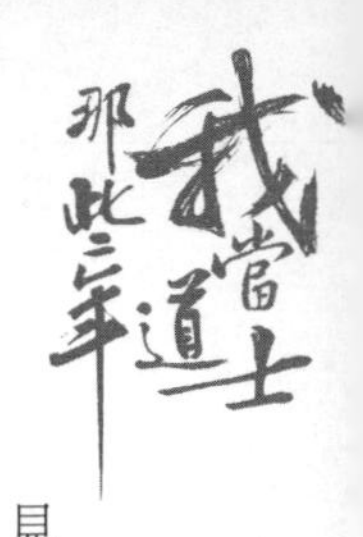

見有一些不會說，也聽不太懂，但也大致知道是屬於哪個地方的方言或者哪個少數民族的語系。

但這老者說的我全無頭緒，因為那發音方式於我來說，實在是太陌生了。

我的眉頭緊皺，靜靜地看著這一切，那個老者在激動地講完話以後，朝著洞頂的那個縫隙一指，接著我就看見從那個縫隙中強塞進來了一個全身被捆綁的人，然後一條繩子把他慢慢地放下來。

接著，第二個，第三個……

一共放下來了七個人，最後，又有幾個戴著青銅面具的人拉著繩子從縫隙中滑下來，推著那個七個全身被捆綁的人到了水潭旁邊！

這七個人和洞裡的人應該是屬於同一個地方的人，他們都有那標誌性的大腦袋和細脖子，看起來像侏儒的身材，但是比侏儒個子稍微高一些，這七個人沒戴面具，所以他們的長相我也看得很清楚，和亞洲人的長相沒有什麼太大的區別，唯一的區別，也是讓人印象無比深刻的區別就在於他們全是灰色的眼眸，看起來異常的冰冷無情。

那為什麼是這七個人？我心裡有感覺，接下來或許要發生殘酷的一幕，喉嚨有些發乾，只能想一些無關緊要的問題轉移注意力。

但這無意中的一個想法，卻讓我真的注意到了一個細節，那就是這七個人的個子比洞穴裡的其他人高多了，目測男的有一米六左右，女的也有一米五左右，已經算是人類的正常身高了，難道因為身高的原因，然後就得到了那淒慘無比的下場嗎？

轉眼間，那七個人已經被推到了水潭邊，然後被強制性摁倒，用一種奇怪的四肢完全張開的方式被固定躺著，然後四肢上分別繫上了繩子。

然後，那老者又上前說了一些什麼，人群開始歡呼，然後爭先恐後地去拉動那些繩子。

我有些想閉上雙眼，自古就有五馬分屍這種酷刑，但這樣以人力來拉動繩子的方式卻比五馬分屍這種酷刑看起來殘酷得多，畢竟五馬分屍的速度很快，受刑人不用承受太多的痛苦，死亡就意味著結束，在這個現場人還是活著的，卻被這樣生生地拉扯著四肢，從開始執刑起來，就一直發出那驚天動地的慘叫，伴隨著那些拉動繩子的人那種興奮的歡呼之聲，配合著不停跳躍的火光，那種場景就像是地獄！

可是我不能閉上雙眼，否則這種交流就會被中斷，我只能硬生生看著這酷刑的執行，看著七個受刑人的四肢被極不規則地扯斷，卻不能死去來解脫這種痛苦，鮮血流淌一地，慘嚎聲不斷……

接著，那些被扯斷的四肢連著繩子都被扔到了水中，那個神祕的老者上前來，朝著水潭再次跪下，用一種激動且瘋狂的語氣說了一些什麼，又拜了幾拜。

在他身後，他的族人也和他一樣，跪下拜了幾拜，然後這些人就開始像畏懼著什麼一樣，紛紛沿著從縫隙中垂下的繩子，逃命般跑出了這個洞穴。

火光還沒有熄滅，那七個受刑之人就這樣被解開繩索扔在了這裡，不停地發出痛苦的慘嚎，到後來因為失血過多，只能發出呻吟的聲音，無比虛弱……

儘管這樣，我看見還有人掙扎著想離那個水潭遠一點兒，可是又怎麼可能做得到？而且在這裡也不會有人來救他們，他們面對的是生生等待死亡，還有未知恐懼的絕望。

我不是傻子，從這些冷酷的「灰眼人」的行為來看，這水潭裡一定有什麼讓他們崇拜且

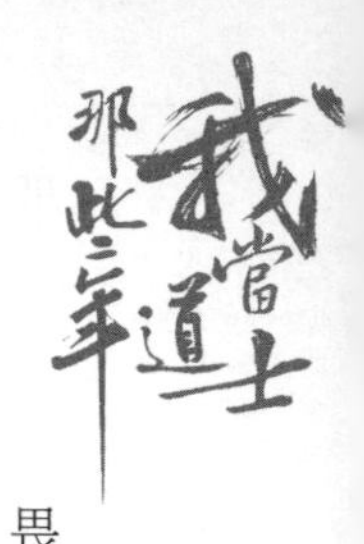

畏懼的東西，所以我才能判斷，這七個人一定還要面對未知的恐懼。

這樣想著，我把目光投向了水潭，水潭很安靜，剛才被鮮血染紅的水面也已經淡去，恢復了原有的黑沉沉的顏色，看不出有什麼來。

我也不知道自己是怎麼想的，既然水潭裡沒有任何發現，就觀察起那根沿著山壁而突出的石柱來，一路目光向上，卻真的讓我發現不同尋常的東西，而這個發現卻是真正的讓我心神一下子不穩，這種交流中斷了。

可是我已經沒有辦法去在乎了，我在那根石柱的頂端看見了一捧紫色，微微散發著一種神祕的螢光，卻還沒有看清楚這種交流就被中斷了。

但沒有關係的，我從還處在那種神祕交流的肖承乾手中一把拿過了電筒，然後朝著柱子的頂端照去，發現那隱藏在黑暗之中的柱子頂端，那一抹被黑色掩蓋的神祕紫色還在那裡，依然是有著非常微弱的紫色螢光，因為洞裡的黑暗，它們又長在柱子靠裡的地方，我一開始進洞竟然沒有發現它的存在。

原來，這些灰眼人根本不是在膜拜水潭，而是那膜拜那一捧長在柱子頂端的紫色植物，山洞頂有一些滲水，偶爾就會滴落一滴在那紫色的植物之上，它就是這樣存活的嗎？

我的臉色變得難看，在此時心中只有一個想法，我到底要怎麼上去？

卻不想，在這時，肖承乾發出了一聲恐懼的喊聲，一下子也從那種意識的交流中醒轉了過來，驚魂未定地望著我，大口喘氣。

我沒有急著把發現紫色植物的事情告訴肖承乾，而是問他：「你怎麼了？」

「承一，太恐怖了，這水潭有可怕的東西，我們離開這裡，快點離開這裡！」肖承乾的情緒有些不穩，而那邊的怨鬼在肖承乾驚醒的同時，臉上再次流露出了悲苦的神色，還有同樣的恐懼！

我忽然有些了然，變為厲鬼自然是要對自己的債主肆無忌憚地恨，這些被殘忍殺害的灰眼人卻因為畏懼不敢恨，只能怨，所以才沒有成為厲鬼！

是什麼讓他們如此畏懼，自然就是水下的那個存在，從肖承乾的表現來看，那水下的存在就一定是一個了不得的傢伙！

可是我不能離開，紫色植物也是昆侖遺禍中的一種，師祖曾經表示過，這種果在他身上也有因，我身為老李一脈的弟子，怎麼能視而不見？

我把手摁在肖承乾的肩膀上，示意他冷靜下來，這時才發現我手上還捏著那枝鋼筆，心中一下子就有了一個更大膽的想法，但在這之前，首先自然是要安撫肖承乾。

「肖承乾，你不要那麼激動，你至少也得給我講講你看見了什麼吧？」我開口問道。

肖承乾這時才稍微冷靜了一些，有些疑惑地問我：「你沒有看見？」

「因為我發現了另外的事情，以至於太激動，中斷了這種連繫。」我平靜地給肖承乾解釋道。

肖承乾深吸了一口氣，然後對我說道：「還記得我們進來之前，遇見的那隻巨大的怪物吧？在這水潭裡，有一隻更奇怪的怪物在裡面！」

我一下子愣住了，這水潭裡還有怪物？這麼小的水潭，怎麼可能存在如此巨大的怪物？

第二十九章　師傅的足跡（上）

我這個人想像力有限，雖然對水潭裡有何種怪物好奇，但是也從未試想過自己去猜測它是什麼，如此小的水潭，長寬也不過二十多米，我根本就不會聯想到在這裡也會出現那種巨大的怪物，怕是想轉個身都難吧？

我是相信肖承乾的說辭的，只是一時半會兒難以去接受，只能訕笑著去想，難怪是天池，這附近的特產是水怪！

不過，這些都不可能嚇住我，在我看來至少現在這個洞穴安靜，水潭更是波瀾不興，水怪這玩意兒休不休息不好說，在天池裡至少也是幾年才露一次面，我不相信我和肖承乾運氣好到連續遇見兩次水怪。

唔，這裡要說危險的話，怨鬼倒有三、兩隻……

所以，想到這裡，我把我的想法對肖承乾說了，肖承乾吞了一口唾沫，望著我說道：「你確定它不會出現？」

「不確定，但從數學的機率上來說，它出現的可能性很小，我們雖然是道士，也要相信被科學中被證明了的真理不是？」我異常嚴肅地對肖承乾說道，我沒有告訴他的是，從小到大，我學的最糟糕的就是數學，以至於我一度懷疑，我是在上體育課的時候學的數學，也感謝我當年不是被李師叔看中，收進命卜二脈，否則他會被我氣得吐血的，畢竟這兩脈多少是要要求一些數學基礎的。

「可這破洞子裡還有什麼啊？什麼也沒有了！我們做個小法事，為它們消了怨氣，開個引路訣接引了它們，就走人吧。」肖承乾不以為意地說道，說話間跳了兩步，刻意離潭子遠一些。

「這洞子裡還有什麼？你不是對我說了嗎？有它！」說完這話，我扯著肖承乾，打著手電筒的光芒朝著洞內那個石柱上射去，光芒就正好落在了那叢紫色的植物身上！

「我×，它在這兒？」肖承乾一下子就震驚了，然後有些語無倫次的對我說道：「我以為它在水裡的，不然也就長在岩壁上，我以前在荒村，我去荒村，你知道吧？我兩個師叔下去採這個紫色植物，我以為它是水生的。」

「它就在這兒，看來我們是找對地方了。」我冷靜的對肖承乾說道。

「承一。」肖承乾深吸了一口氣，然後嚴肅地叫住我。

「嗯？」我很好奇這傢伙幹嘛又忽然嚴肅起來。

「我知道你的態度，是一定要毀掉它，但我不得不提醒你，我們那一脈一直都有一個說法，包括圈子裡的高層也有一個說法，那就是這植物裡包含有長生的祕密。」肖承乾聲音低沉的跟我說道。

道家的終究追求是什麼？形而上的長生！逆天而修也是為了跳脫輪迴苦海，長生二字，不單是對我道家人，就算是對普通人也有莫大的吸引力！

可是，長生嗎？我的腦海中浮現出了一個恐怖的形象，泡脹的身體，掉下的爛肉和不停

生長的新肉交雜著的臉——老村長！
又想起了那斗篷下的人臉，已經完全的殭屍化！不，如果那樣是長生的話，我寧願快快樂樂的過幾十年，沒有遺憾地閉上雙眼，而靈魂得到更高層次的昇華，這比長生有意義！
所以，我對肖承乾說道：「一定是要毀去的，原因出去以後再對你說。」
「其實，你不用和我說原因，你也有不知道的事，關於這紫色植物於圈內的人，於我華夏的某些部門，高層都不是什麼絕對機密。特別是見識過楊晟的瘋狂以後，我覺得你毀去我也不會特別反對，那就毀去吧。」肖承乾語氣有些飄忽地對我說道。
「你知道一些事？」我揚眉問道。
「出去再說，而且我好像想起了一點兒關於那些灰眼人的事。」肖承乾認真地對我說道。
紫色植物我們是決定要把它毀去了，可是肖承乾是堅決不肯靠近那個水潭，他言之鑿鑿地告訴我，我是不知道那個長相奇特的怪物的樣子，否則我也不會靠近水潭。
不過，在那之前，我還有一件事情必須要做，是那枝遺留在這裡的鋼筆讓我想起了這件事情。
一枝鋼筆遺落在這裡，那就說明這裡是有人來過的，說不定就是師傅他們，既然怨鬼在這裡徘徊了很多年，它們一定知道一些什麼，所以問它們應該能行。
我把我的想法告訴了肖承乾，肖承乾也激動了，然後我們一起去和那幾隻怨鬼溝通，表達了我們的意思，那幾隻怨鬼在明白以後，讓我們看見了那麼一幕，感同身受地去感受到了它們後來看見的一些事情。

那也是一個平常的沒有月光的夜晚，和今夜比起來，洞穴更加黑暗，七隻怨鬼在洞裡徘徊（是七隻），和往日相比並沒有什麼不同。

是沒有什麼不同的吧，在這個洞裡於怨鬼們來看，存在的只是無盡的怨氣和被困終日的孤獨，看不見輪迴的希望，得不到超渡的解脫，一日復一日。

可是，固執的以為卻往往有出錯的時候，在那個夜晚，偏偏洞穴裡來了十幾個人。

怨鬼們忘記不了他們是怎麼出現的，因為在他們之前，在怨鬼們受刑之後，這個洞穴就再也沒來過陌生人，包括它們的同族——灰眼人。

那些人和我和肖承乾一樣，是從那邊岩壁裡的十幾個洞穴中的一個鑽出來的，也和我們一樣，手裡拿著能發光的奇怪東西，就這麼突兀地出現在了這個洞穴。

由於是加入了怨鬼自己的主觀意識講述，我和肖承乾感受到的就是這樣情緒，可是那種傳入腦海中的直觀畫面，卻並不是那麼的平靜。

我們先是聽見了喧嘩的人聲，然後看見我師傅第一個鑽入了這個洞中，接著是慧大爺，我師叔們、凌青奶奶、肖承乾的外公——吳立宇，還有幾個我不認識的老者，最後是兩個看起來就不像修者很陌生的中年人，只不過，不知道為什麼，其中一個看起來有些眼熟，我卻怎麼也想不起在哪裡見過他。

看見這一幕，我和肖承乾的激動根本沒有辦法形容，從師傅他們失蹤那麼多年以來，我們根本就想不到能夠通過這種奇特的人鬼交流方式，清晰看見他們曾經走過的足跡。

這麼多人進洞，人氣自然是旺盛的，特別是其中幾個人，感覺氣場就不一般，怨鬼們自然就選擇了躲避，躲在了洞中的各個角落。

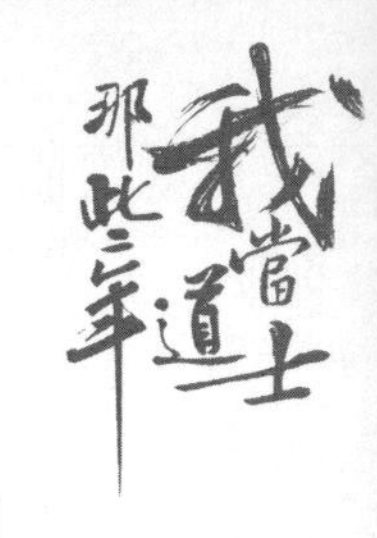

而我師傅他們進洞以後，和我們一樣，開始了探查，但好像我師傅運氣不佳的樣子，他們只發現了人骨，沒有發現隱藏在柱子頂端的紫色植物，然後他們的表情上流露出了失望的感覺。

是失望嗎？我從那老頭兒的眼中根本感受不到具體的失望，我發現了一個細節，他其實悄悄深深地看了那個柱子一眼，卻又像沒事兒人一般轉身了。

在這其間，吳立宇就站在我師傅旁邊，想說一些什麼，卻也奇特地不說了，跟著我師傅一起轉身，也跟什麼都沒發生一般。

「看來我們不是找錯了地方，就是這裡的該有的東西，已經被別人取走了，走吧，不是每一個地方都有收穫，我們才能達到目的。」師傅大聲地說著話，率先朝外走去。

然後我的幾個師叔笑了笑，第一個就跟上了師傅。

看著這一幕我的感覺有些奇怪，總覺得這個老頭兒有些太過匆忙了，根本和他以前那種看似瀟灑，漫不經心，實則很仔細的，注意每個細節的性格不同，按說這麼重要的地方，還有屍骨在這裡，他不應該多長幾個心眼嗎？

難道這老頭因為太過思念我，導致智商變低？

事實應該不是這樣的，我睜大了眼睛，深怕錯過一個細節，就算這些怨鬼的靈魂力不錯，也再沒有力量和我們進行第三次這樣的交流了，所以，這裡的細節就尤為重要。

有人提議走，有人呼應，事情看起來就那麼定了，包括肖承乾那一脈的人都沒囉嗦，跟上了我師傅的腳步，朝外走去。

但在這時，那兩個陌生人中的一個，忽然開口道：「這裡有屍骨，說明這裡也應該有什麼祕密，就算與此行的目的無關，我也要把這裡大概畫下來，並記錄一些細節。」

他說完這話，我師傅轉身，然後我注意到我師傅的眼神稍微變了一下，接著盯著那個人臉色就難看了一些！

當時，我師傅他們已經靠近來時的洞口，那個說要記錄的人站在原地沒動，背對著水潭有十幾米！

第三十章　師傅的足跡（下）

那個水潭裡，肖承乾說有怪異生物的存在，所以那個記錄之人站那個位置不由自主地就讓人緊張，但事實卻不是這樣，因為下一刻我就明白了師傅為什麼臉色難看的原因。

是因為師傅和那個人相隔著有三十米左右的距離，而有二隻怨鬼同時朝著那個說要記錄的人靠近，而另外一個人，就站在那個說要記錄的人旁邊兩米左右的地方，當時正在說：「那你快些記錄，別讓姜師傅他們久等，我幫你打手電筒。」

而那個人身邊也有三隻怨鬼在靠近。

師傅冷笑了一聲，說道：「我倒是小看了你們。」下一刻就已經掐起了手訣。

但這兩個人本身就不是修者，沒辦法靠著自身強大的氣血和氣場逼走怨鬼，師傅的動作再快，也快不過鬼物的動作，那五隻怨鬼臉上出現了一種絕然的神色，然後毫不猶豫地撲向了那兩中年人。

被鬼纏上的結果自然不必多說，不是陷入無窮的幻覺，受到驚嚇，就是直接被上身。

那個記錄之人立刻就出現了鬼上身的症狀，神色一下子變得扭曲，另外一個卻莫名其妙地因為手電筒掉到了地上，去撿手電筒，然後再莫名其妙地摔了一下，竟然巧合地避開了這一劫。

是巧合嗎？我旁觀著這一切，皺著眉頭，卻也看不出端倪，而師傅此刻已經上前救人去了。

師傅出手，區區兩隻怨鬼算什麼？但師傅出手的過程，卻讓我思考了起來，按理說怨鬼上身，上身時間很短的情況下，跟被上身人的靈魂萬萬是不可能出現交合難分的情況的，在這種情況下，出手可以「重」一些，用最直接的手訣逼出怨鬼，或者直接滅殺怨鬼，被上身之人只要稍微休養一下也就好了，畢竟時間很短，沒有傷及靈魂。

按照我師傅的性格，和我們老李一脈默認的道，是萬事會留一線的，滅殺是不可能，但是逼出怨鬼那是簡單之極的，為什麼師傅會很麻煩地綁繩結，護魂，然後再用最麻煩的貼正陽符驅鬼之法，開始驅魂。

一張黃色的正陽符，要驅走兩隻怨鬼顯然是不可能的，師傅在一點一點的加強力度，彷彿就是在一點點的給怨鬼施壓，讓它們退出來。

我簡直不明白師傅是在搞什麼，這樣慢吞吞地驅趕兩隻怨鬼？有必要嗎？

但若說我師傅要害那個記錄之人，我也是決計不信的，只因為要害他的話，不用第一步就給他綁繩結護魂了。

在場的人，懂行的不少，至少吳立宇懂，慧大爺和我師傅合作多年，他多少也懂一些，可是包括佛家弟子慧大爺在內，都選擇了沉默，在一旁靜靜等待著。

所以，我得出了結論，師傅是在故意拖延時間，或者是他想做些什麼！

這樣想著，我更加注意觀察師傅動作的每一個細節，這時我發現師傅在一次又一次往那個人身上貼符的時候，另外一隻手卻貌似無意地在地上撥弄著什麼。

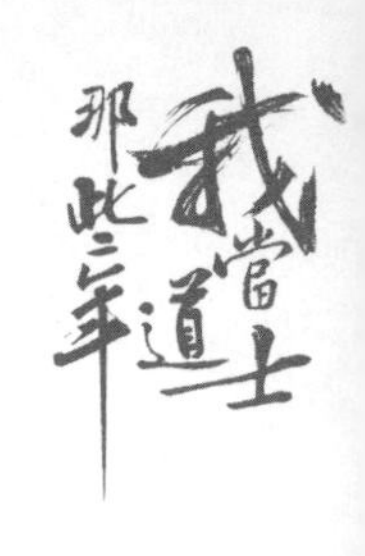

這個動作……我沉吟著，一開始綁繩結的時候，就無意中做出了這個動作，我確定！

強壓住內心的興奮，我沉默地看著這一切，但接下的事情就乏善可陳了，師傅為那個人驅趕出了兩隻怨鬼，然後很鄭重其事地收了兩隻怨鬼，扔給了慧大爺，讓他超渡，怨鬼引發的小變故到此就結束了。

「背上他，先離開這裡，在洞子裡休息一會兒，就走罷。」師傅說話間，把隨身的黃布包用塑膠布緊緊包裹好了，然後綁在了身上。

其實看見這一幕，我比較想笑，這老頭兒穿著貼身的潛水服，為啥顯得越加猥褻呢？可是他不管是出現在現實中，還是虛幻中，他帶給我的踏實和安全感，總是不變的。

面對師傅的提議，其他人自然是沒有意見，但另外一個莫名其妙避開怨鬼的中年人卻有些躊躇的樣子，他說道：「姜師傅，這裡是出現了奇異事件的，當真不探查一下？」

師傅回頭「嗯」了一聲，然後大步走過去，二話不說就一腳踢在了那個人的屁股上，說道：「什麼奇異事件？無非就是你們囉囉嗦嗦，惹得兩隻鬼物上了他的身！這有什麼好奇異的？你跟著我們是隨行記錄，不是要編寫《奧祕》雜誌，知道？這些屍骨和鬼魂，你難道還沒反應過來，這裡有東西也早就被取走了？」

那中年人被師傅一頓搶白，竟然沒有再反駁，而是沉默地閉嘴了，師傅站在洞穴當中，背著雙手，環顧了洞穴一圈，看似無意，可我卻留意到了，他顯然是看到了另外五隻怨鬼，然後轉身，歎息了一聲說道：「罷了，緣分沒到，也就不得結果，安心地走，安心地過，卻總是有希望的。」

這句話我懂，他看似是在感歎這個洞穴沒有機緣，其實是在說給另外五隻不得超渡的怨鬼聽，它們安心等待說不定還是有機會的。

在這個時候，一直老神在在，半閉著眼睛的慧大爺忽然睜開了眼睛，刻意看了一眼那個被背著的人，然後才問我師傅：「有用？沒事兒了？」

「還能有什麼事兒？有用沒用，我做了我該做的，接下來看命！命裡該遇見的，拉走了也還是會遇見，命裡不會遇見的，杵在跟前兒也沒辦法。」師傅淡然地說道，倒弄得他身後那個背負著傷者的中年人一陣兒緊張。

「那是，命裡該他遇見怨鬼，留下機會給你們出手那麼一次。」慧大爺難得沒跟我師傅扯淡，認真地說了一句。

師傅「嘿嘿」地笑了兩聲，不再言語，徑直走進了他們來時的那個洞子……

一切的事情到這裡也就結束了，我從那一幕裡清醒了過來，深吸了一口氣，師傅和慧大爺最後說的話，我心裡一下子就明白了是什麼意思，是慧大爺在問我師傅，這樣做一些小動作到底有沒有用，而師傅告訴他隨緣。

顯然，這兩老頭兒相處了大半輩子，我師傅的小動作瞞不過慧大爺。

也就如他們之間的暗語瞞不過我！這兩老頭兒以前就是這樣啊，下棋的時候，兩人聯手作弊，常常就在我面前，看似說別的事，其實是在說棋，破壞著觀棋不語真君子的鐵則。

所以，這種小兒科，我不明白才怪！想到往事，我的臉上浮現出了一絲微笑。

但相比於我很快的恢復，肖承乾卻是愣愣地站在洞中，我回頭一看他，這小子的眼角面上全是眼淚。我們都是這麼走過來的，亦師亦父的情感，比親情還要厚重一些，因為那是伴隨著小時候的全部記憶，精神裡的最大支柱，這樣一見，情不自禁，沒有什麼值得嘲笑的。

我是傷感多了，生生經歷了一個拿起放下於心底的過程，所以才能克制得住自己的情緒，走過去，拍了拍肖承乾的肩膀，我什麼也沒說。

肖承乾卻一把擦了眼淚，望著洞頂的縫隙說道：「我說呢，眼睛的老毛病還是犯了，一在黑的地方待久了，就忍不住掉眼淚。」

這算哪門子毛病？跟小時候師傅胡扯我噴飯病一樣扯淡，可是，有些話卻不必說穿。

等肖承乾稍微平復了一會兒情緒，我對肖承乾說道：「師傅給我們留了線索，先把它們渡了吧，接下來再說。」

肖承乾點了點頭，顯然他還沒有說話的心情，而那五隻怨鬼聽說我們要渡化它們，臉上卻流露出了激動的神色。

在這裡日復一日，年復一年的等待，被怨氣折磨，接受渡化，哪怕渡化的結果是不得輪迴，也強過這樣無盡的絕望。

說起來，它們沒有另外兩隻怨鬼幸運，得高僧渡化，純正念力加身，只怕受的劫難都會少一些，這倒讓我感慨機緣的難以猜測。

「為啥我要做這種事情，道士渡化只是半吊子，慧根兒那小子呢？明明和你一起出發，怎麼不見人？」肖承乾忽然問道。

我卻淡淡一笑，說道：「這小子估計還得一個月以後再出現了，到時候，這小子應該更厲害了吧。」

第三十一章 線索與跌落

原本我這樣說，是想在肖承乾面前也裝一下神祕，找一點兒他追問我的成就感，卻不想他只是「哦」了一聲，全無好奇心，甚至連我師傅留下線索這句話也無好奇心，還偏偏一副「兄弟，我信任你，你說啥就是啥」的模樣，讓我完全無語，也就只能和他一起超渡起那些怨鬼來了！

雖說道士超渡跟佛門的超渡比起來，算是拿不出手，但超渡兩隻怨鬼對於我們來說還是不成問題的，最後，在開了引路訣之後，怨鬼隨引路訣所指引之路，紛紛離去，一場超渡也算完成。

洞穴這一次是真正變得有些冷清起來，肖承乾撥弄了一下還有些濕淋淋的頭髮對我說道：「沒想到我有一天也會心軟，許怨鬼一場超渡，為自己積一點兒功德。早些年讓我遇見，少不得抓住了培育成厲害的跟隨！」

我笑笑，一邊朝著洞穴中的某處走去，一邊對肖承乾說道：「這種事兒還是少做，你看看上次和你們合作那個邪修的門派，哪一個死去之前得了好？那副鬼氣森森，皮包骨頭的模樣，大白天走路上都能嚇哭一小孩，更別提自身和鬼頭糾纏，常年陽氣不足，到老之時，全身冰涼，三伏天裹兩件羽絨服都不能暖和。」

肖承乾跟在我身後，無所謂地說道：「凡事有度，過猶不及。我們這一脈從來就是在這個度上走著，不偏不倚，倒也能混，分什麼做得與做不得的正邪，不累啊？」

「那是在走鋼絲，一件事兒的度哪是那麼好掌握的。」說話間我已經在洞穴中的某個地方停留了下來，從肖承乾的手中拿過電筒，開始在這一片兒的地面仔細照了起來。

地面上蓋著薄薄的一層泥土，想是灰塵積壓太多形成的，讓我不得不俯下身去撥開這一層泥土，找尋的速度也就慢了起來。

可肖承乾也沒閒著，嘴上問著我：「你我本是同脈，上次在老林子裡竟然吃了你的一個虧，但念在某些原因上，並沒有對你出手報復。那何龍一脈無不是量小之人，我還尋思擔心著他們會尋你麻煩，畢竟你在那北方小城待了一年。」

我一邊在地上尋找著，一邊說道：「他們也不是傻子，你們有不出手的原因，難道他們沒有？其實我也不知道是為什麼，或者有人暗中保護我？」

在說這話的時候，我想到了珍妮大姐頭，只不過如果是她真的在暗中保護我，按照她的性格，看我那副模樣，怕早衝出去揍我十頓八頓的了。

「我們是因為這中間有人警告，是江一，還有……得，不說了。」肖承乾有些懊惱，貌似自己說漏了嘴，可是我卻一點兒都不在乎，江一不出手才是怪事，而且在此刻，我好像已經發現了一些端倪。

心中有一些興奮，我趕緊招呼肖承乾來幫我撥土，肖承乾一聽有門，也積極地跑過來，和我一起忙乎起來。

五分鐘以後，我們的面前，電筒的燈光下，出現了一幅紅色的，看起來異常怪異的圖，肖承乾沒看懂圖，只是輕輕抹了一下那紅色的圖，放在指間聞了一下，又看了一陣兒，感慨道：「真夠奢侈的，最好的畫符朱砂，中間加料不少，我一聞，能聞出公雞王冠子上的血味兒。」

這個話吹玄了，如今這世道哪裡找得到真正的公雞王，按照等級，一隻鳳眼大白公雞都是難找，我師傅就是本事通天，也沒那找著公雞王的本事，不過這朱砂裡有特殊加料，那鮮紅的顏色才能經久不褪倒是真的。

這麼「奢侈」，怕也只是為給我留下這個資訊吧？我沉吟著，師傅說看命，可命裡，我的腳印還真就覆蓋上了他的腳印，這師徒緣沒盡。

「承一，這圖是啥意思？」肖承乾抓了抓後腦勺，見我沒回答，他又追問了一句：「這就是你師傅留給你的？」

「沒錯，啥意思，懂得人自然就很簡單，我也不給你解釋那麼多，就簡單說一下吧，其他的湖我們就不用去了，就這裡，還有這裡，是我們必須要去的地方。」是的，師傅給我留下的是一幅圖，而這幅圖在有一段時間內，我做夢都在念叨著它，這幅圖就是師祖留在鎖鏈上的那一幅代表著十幾個湖泊的圖。

如今師傅在這個洞穴裡，再次留下了這幅圖，位置全部都對得上，不同的只是，師祖的圖全部用點來表示湖泊，而師傅留下的這幅圖，大部分地方已經有一個鮮紅的叉，只有包括我們所在這個地方的三幅圖是和師祖一樣的點。

這樣的表達方式從根本來說，簡直是一點難度也沒有，以前和師傅生活時，這種「單細胞」動物一般的表達方式，我就早已經熟悉，就好比一天之內我要晨練、抄道德經、做飯、

洗衣……等等，師傅頭一天晚上就會把我第二天要做的事兒，寫在一張紙上，做過了，就給我打個叉，總之，我一天之內，沒得一個「全叉」，是萬萬睡不了覺的。

想起這樣的往事，我心裡還頗有些小時候就有的「怨氣」，媽的，每天看叉叉，考試全叉叉，回去好被他揍。

再一次笑著想起這些事兒，這幅圖的意思自然也就解出來了，打叉的自然就是沒有探索價值不用去的，打點的，一定就有什麼遺留的事情。

只是這三個地方嗎……我看著其中最大那一個點，心中有些忐忑，那裡嗎？師傅小時候講來嚇我，美其名曰鍛煉我膽量的地兒，不就是那個點所在的湖嗎？

我沉思著，肖承乾就打斷了我，說道：「既然你也知道是啥意思了，也明白接下來要去哪裡了，那就把這裡的事兒辦了吧，雖然我看是沒多大的希望，可你不試試又怎麼會死心？」

肖承乾說的話，讓我回過了神，慢慢地走到了那個水潭邊，用手電筒照著那根石柱，仔細地觀察了一下，是沒希望嗎？

石柱不是絕對光滑的，反而是坑坑窪窪，凹凸不平，由於貼著岩壁突出出來，有點兒像是一棵稍微有些彎曲的大樹，這樣的石柱於肖承乾這個公子哥兒也許是沒什麼希望，但於我這種從小在農村長大，掏鳥抓魚的「皮蛋」還是有希望的。

這樣想著，我把手電筒交給了肖承乾，對他說道：「你幫我照著，我爬上去。」

「啊？你沒開玩笑。」肖承乾一愣。

「你覺得我像是開玩笑嗎？」說話間，我隨便做了幾個熱身的運動，就朝著水潭走去。

「得了，承一，你別開玩笑，你爬那柱子，大不了摔水裡，我倒是不怕！怕的是你一下水，萬一遇見那玩意兒……」肖承乾很是「三八」的提醒著我。

我頭也不回，從師祖開始就留下來的因果，就算是刀山火海我這做徒孫的也責無旁貸，師祖留下的鎖鏈，師傅留下的影碟和這個洞穴的圖形，一切一切的彷彿都是在告訴我——這就是該做的，有些事兒就是大義。

在肖承乾那絮絮叨叨的提醒還沒說完的時候，我就已經踩入了潭水之中，我以為這個水潭跟河溝一樣，多少是有個岸邊的，是傾斜的，漸漸變深，可事實嘲笑我是多麼的沒經驗，一腳踩下去，整個人都跌落了進去。

「噗通」一聲，一種刺骨般的冰涼就包圍了我，我第一個感覺就是這和天池的水差不多冷，甚至還要冷一些。

由於沒有防備，這一下跌落進來，我感覺自己的身子就如同溺水的人一般，在無限的下沉，心中卻不知道怎麼的，陡然就炸起一股來自靈魂的毛骨悚然的感覺。

水不試不知深淺，這種沉淪我一點兒都沒有看見到底的希望，這個水潭是有多深？下面好像要寬廣得多，在一片黑暗和迷糊中，我咬緊牙關，拚命地轉移自己的注意力，不去想那危險的感覺。

即使，我知道我的靈覺很多情況下，根本不會出錯！

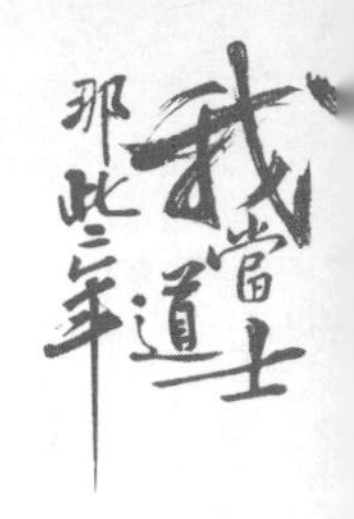

第三十二章　盤蛇漸迷陣

終於跌入水中的力量已經消去了，我也停止了那度秒如年的下沉，身體開始上浮。

在重新掌控了身體之後，我幾乎是本能地不假思索地就拚命向上，隨著「嘩啦」一聲，我終於浮出了水面。

跌入水中的那種暫時失聰，無聲的感覺已經隨著我上浮出水面而消逝，我耳邊又響起了肖承乾那著急的囉嗦聲兒：「承一，你沒事兒吧？你傻啊？你咋就掉下去了？怎麼回事兒？我看著可擔心。」

我無語筒甩了甩腦袋，這肖大少爺，沒熟之前，挺酷挺跩的一人，怎麼感覺越來越熟了之後，這個性裡有揮之不去的話癆感呢？就像東北坐大炕上，專門等人嘮嗑的老太太似的。

心中那股危機感揮之不去，我也不想和肖承乾過多解釋什麼，悶聲說了一句：「這水潭很深，我估計這山體有一部分是空的，直接通過這個水潭通到了天池，如果是這樣的話……」後面的話其實我想說，如果是這樣的話，你說那樣的怪物是真的可能存在於這個水潭當中的，但我沒說，此刻心中充滿了莫名的危機感，再提這個我怕自己會頂不住內心的壓力，逃跑般上岸。

所以，我很乾脆地對還在消化我的話，有些呆的肖承乾說道：「你就在這裡，記得打好手電。」

說完後，我朝著水中游去。

整個洞穴安靜，就只剩下我「嘩嘩」的手臂划動水面的聲音，石柱在水潭的最裡中間處，按照這個水潭奇葩的形狀，我無論從哪裡下水，要游過去的距離都是差不多的。

原本這點距離對我來說不算什麼，可我也不知道是怎麼的，在這水中總是感覺有一股被「窺視感」，那種感覺壓得我喘不過氣，在游動的過程中，感覺自己的腳心都抓緊了，反而愈發游得慢了起來。

肖承乾的手電筒光也一直是照著我的，此刻他也無聲無息，我想他是見過那所謂的怪物水怪，所以也和我同樣的緊張吧？

這種氣氛未免太過壓抑，每划動一下，我都感覺心裡鬆了一口氣，因為距離又近了一些，但同時心裡又重新繃緊了一根弦，因為很怕這水面忽然就響起一聲巨大破水而出的聲音，或者在水下，我就被什麼東西給拖下去了。

在這一生中，我走過了或者游過了不知道多少個三十米的距離，可沒有哪一次讓我如此緊張惶恐過，那種感覺就跟戰戰兢兢的走刀山火海差不了多少。

時間在漫長難熬地流逝，一分一秒……終於，那根石柱就在我眼前了，我身後傳來了肖承乾歡呼的聲音：「承一，快，就要成功了。」

他這麼陡然一叫，嚇了我一跳，差點手腳不協調地沉了下去，可是我能怪肖承乾嗎？顯然是不能的，他也是在為我開心，終於快要到了……

我平復了一下心情，深吸了一口氣，然後開始猛地衝刺這最後的距離，終於，我的手觸摸到了那個石柱，安全感又重新回到了我的身上。

跟小時候爬樹差不多，難的就是在水裡可不是在陸地上，有好的著力點，所以爬上石柱的第一下，很費勁，但我還是成功地爬上了石柱。

抱著石柱，踩著石柱的一個凹坑，我才發現這幾十米的距離，游得我好累，喘了一會兒氣，我開始不停地向上爬去，肖承乾很是負責地照著我的每一步。

只是越怕我就感覺越不對勁兒，因為在上爬的過程中，我總是感覺到有一點兒倦意，但這種感覺又如此熟悉。

這種倦意，我可不會覺得是我想睡覺，如果按照修者的理解，出現這種莫名的倦意，一般只有三種情況，第一，是鬼物想要人陷入幻覺。第二，是幻陣開始發揮作用。第三個可能在如今幾乎可以排除掉，那就是妖物想要迷惑人。

這三種情況無論哪一種情況，都是值得警惕的，上爬了不到五米的我，自然也是心生警惕。

但那熟悉的感覺是咋回事兒呢？我忽然想到了一個可能，對肖承乾喊道：「老肖，打著手電筒在我周圍照一下，特別是那些凹坑，仔細點兒。」

肖承乾同樣沒問為什麼，就是哦了一聲，手電筒的光芒就在我周圍照射起來，我仔細地觀察著，忽然就發現其中的一個凹坑，鑲嵌著一塊類似於骨頭的東西，顏色與石柱太過相近，所以乍一看，或者在無心之下經過都不一定能發現。

原來真的如此啊，我對肖承乾說道：「好了，老肖，你還記得幻陣中的盤蛇漸迷陣嗎？」

「什麼老肖啊，我還年輕著……」肖承乾本來在對我喊他老肖不滿，忽然聽我提起這個，一下子聲音就憤怒了，喊道：「我咋會不記得，在我小時候，就沒少吃過它的苦頭，我姥爺在一根專門的柱子上布陣，然後讓我沿著柱子旁的石梯上去，不准破陣，就這麼上去，說是為了鍛煉我的心性，我×！我不知道摔了多少次，老子這輩子最恨的就是這個陣法！」

我苦笑，這肖大少爺的經歷可真是和我出奇的像啊，只是我沒他那麼高端，還什麼專門的柱子，我師傅是在大山裡隨便找了一棵大樹，就布上了這盤蛇漸迷陣，然後讓我去爬樹，然後我也不知道摔了多少次。

當然理由是和肖承乾姥爺的理由一樣，鍛煉心性！

因為盤蛇漸迷陣是我們老李一脈（如今該算上肖承乾他們一脈）一個特有的陣法，據說是能幾乎完美模仿出鬼物妖物迷惑人心智的一個陣法，為了鍛煉我們不為迷惑所動，心中始終守得清明的心性，這盤蛇漸迷陣幾乎是每一個星期都要去爬一次，是「必修課」，說是爬上十年，自然心性的堅定就會提高很多。

當年，也是有極大的效果的，否則在餓鬼墓，我不可能那麼冷靜的一下子就判斷出攔路鬼的存在。

不過，這個陣法嘛，破陣也頗為奇怪，想到這裡，我對肖承乾說道：「老肖，我知道為什麼只有我們兩脈能靠近，取得這紫色植物了，這柱子上有盤蛇漸迷陣。」

「你說什麼？」肖承乾先是一愣，聲音充滿了驚奇，接著他語氣「沉痛」地說道：「哥們兒，那你就對自己狠點兒吧。」

我無語，是只能對自己狠點兒了，這樣想著，我左手緊緊地抱著石柱，把右手挪到了嘴

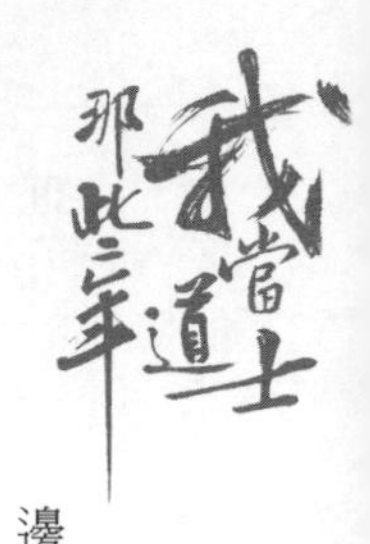

邊，然後對著中指狠狠咬了下去！

盤蛇漸迷陣是一個幻陣，乍一看只是一個鍛煉心性，不會產生什麼實際傷害的陣，但你以為它是一個低級陣法，厲害點兒的人能夠隨便破去，威力也很小，那就錯了。

打一個這樣的比喻吧，你可以把盤蛇漸迷陣想像成一條身體不能動，唯有腦袋能動的毒蛇盤踞在樹上，你經過牠身體的時候，自然只是感覺到蛇身的冰冷，但不會產生實質傷害，但是到了蛇頭，那就是致命的地方了……

有多致命，師傅沒有給我詳細地說，只是告訴我這個陣法是師祖壓箱底的陣法，守護什麼東西最是厲害不過，至少在這世間，要有比我師祖還厲害的人才能破陣！嗯，師傅當年在大樹上布陣，陣眼守護處，守護的是一個鳥窩，我曾經暗想，師祖知道了，會不會立刻回來揍師傅一頓，壓箱底的陣法就這麼被糟蹋了！

這就是真正的盤蛇漸迷陣，爬了那麼多年，我說有一種熟悉的感覺呢！

知道是它，破陣也就方便了，也許對於別人來說，這盤蛇漸迷陣難破，可是對於我們後人來說，這盤蛇漸迷陣，只需要我們在陣法的三處位置加陣眼，抹上我們的中指血就夠了。

原因？師傅曾經給我說的是——原因不明！

不過，要生生的咬破自己的中指，總是很疼痛的，所以肖大少爺才會那麼「沉痛」的跟我說，對自己狠點兒……

一路上爬，一路破陣，這盤蛇漸迷陣於我來說，幾乎就等同於沒有，這倒讓我輕鬆了不少，小時候爬樹的底子還在，這麼高的石柱也攔不住我，很快，我就到了柱子的頂端……

而水面，依然是一片黑沉的安靜。

第三十三章 恐怖的遭遇

石柱的頂端是一個方圓一米左右的平臺，很是接近洞頂的縫隙，月光照在平臺之上，那一捧散發著微微螢光的紫色植物，隨著洞頂微弱的風輕輕地擺動。

我不想承認我有稍許的恐高症，站在幾十米高的石柱之上，頂端又是那麼的狹窄，讓我心裡發緊，盡量不往下看，我緩慢的蹲了下來，肖承乾的電筒光芒此刻已經不能完全照到這裡，不過藉著月光，這裡的一切倒是看得清清楚楚。

那一場解開老村長心結的幻夢我不會忘記，而夢中看見的紫色植物我也不會忘記，直至今日，它的每一個細節還異常清晰的呈現在我的腦海裡，在看見這石柱頂端的紫色植物那一刻，我就發現了一個問題，這一捧紫色的植物和河底的那一捧有一點細微的區別。

區別就在於這一捧紫色植物的邊緣幾處竟然結有怪異的果實，這果實不大，大概就是我大拇指的大小，呈圓形，紫色的外皮夾著一種異樣的紅色，看起來頗為不協調。

應該是同一種植物吧，區別只是有沒有結果，我在這捧紫色植物的邊緣，看見了幾片枯萎的葉片，還有那結果時特有的莖幹，難道……

我腦中想像出了一幅畫面，紫色植物結果了，成熟了，果實附近的枝葉枯萎，然後果實掉落進潭水之中，接著，被水裡的生物吃掉……

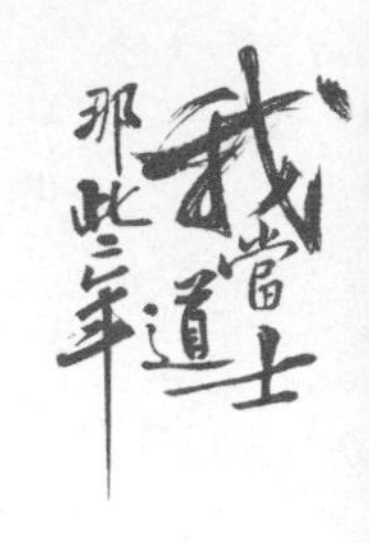

如果是這樣的話，天池裡的水怪形成怕就有了合理的解釋！這種植物的功效，我也有了一定的認識，想想死去的老村長臉上的新肉與爛掉的肉吧，再想想水怪那龐大的身軀！

這種植物應該能瘋狂促進細胞分裂，但人和動物畢竟有區別，它把人造就成了殭屍一般的存在，卻把動物造就成了怪物。

這植物就是一種誘惑，它有強大的再生能力，可是這種來自於魔鬼的誘惑，我實在是無福消受，在弄清楚事情的原委以後，我毫不猶豫的伸出手來，決定要把這紫色的植物連根拔起！

我的動作不快，我很小心，我不讓這植物留下一點點根鬚，到時候春風吹又生，畢竟我不知道它的生存能力如何。

我忘記了我是處在石柱的頂端，一心一意做著這件事，連時間也忘記了，直到肖承乾在下面吼道：「陳承一，你這傢伙在上面幹嘛？快半個小時了。」

我這才反應過來，抱歉地衝著肖承乾一笑，喊道：「就快好了。」但因為說話，小小的分散了一下注意力，差點打滑，我用手支撐了一下，卻一不小心壓碎了一顆果實。

原本這只是小事，可下一刻一股異樣的香味卻莫名飄散開來了，那是一種濃厚的果香加上一種奇特的，我說不出來的香味，不停地刺激著我的鼻子，這種香味帶給人的不是嗅覺上的享受，而是一種強烈的饑餓刺激，和味蕾的極度活躍。

我不停咽著口水，手掌上那個被壓得破碎的果實，在我眼中無異於極其豐盛的大餐，而我是那麼的餓，我下意識地就撚起了那個果實，就想往嘴裡送。

「我×，承一，你帶了香水下來摔碎了啊，這洞裡怎麼這麼香？我發現我餓了，你這是啥牌子的香水啊，還有這種功效？」肖承乾的聲音咋咋呼呼的傳來，卻一下子讓只想瘋狂吞掉果實的我瞬間清醒過來。

一下子冷汗就布滿了我的額頭，我沒想到這果實竟然有這樣的誘惑，連我靈魂深處的意志都可以動搖，太厲害！如果我吞下去的話……

我來不及給肖承乾解釋什麼，說了一句：「下來再說。」然後在心裡默念靜心口訣，牢牢的抓住那捧紫色的植物，就開始沿著石柱往下爬。

這樣的植物，不是把它扯掉就算了，火能焚盡萬物，必須帶出去，用火來解決它。

下來比上去要稍微輕鬆一點，我下行的速度也很快，心中那股子危機感揮之不去，我不想在這個洞中過多耽誤，只想快點完成所有的事情，然後出去。

十分鐘不到，我就已經爬到了石柱的下端，離水面只有三米不到的距離，望著黑沉沉的水面，我的身上莫名就起了一串兒雞皮疙瘩，我深吸了一口氣，然後收攏雙腳，從石柱上一躍下水。

這樣藉助腳的蹬力，我可以躍遠一些，也就少在水裡待一些時候。

「嘩啦」一聲，水波蕩漾開來，我盡量放空自己的腦子，什麼都不想，逮著紫色植物，奮力朝著岸邊划去。

希望可以平安無事吧，希望可以……但只是入水了一分鐘不到，我的心就被那種強烈的緊張感和危機感牢牢抓住了，我情不自禁地就在水中驚恐地瞪大了眼睛，甚至快忘記了划水的動作。

這種強烈的危機感已經影響到了我的思維和心志，這是我出生以來從來沒有過的情形。

泡在冰冷的水中，我都害怕到出冷汗了，緊咬著牙還是奮力向前，此刻那並不遙遠的岸邊已經變成了我眼中的天堂。

肖承乾老神在在地坐在岸邊等著我，他還沒有意識到什麼，可我在水中卻幾乎已經快絕望了，岸邊的人也許感覺不到，可我卻明明白白感覺到了，這水在異樣地波動，來自水下。

此刻，我還能做什麼？我有些絕然的一笑，然後奮力把手中的紫色植物拋到了岸邊，就落在了肖承乾身後不遠處。

肖承乾猛地站了起來，那樣子也變得有些驚疑不定，有些神經質的望著我喊道：「承一，你幹嘛？」

呵，他畢竟也是山字脈的傳人，如果靈覺不出色，也不可能被他的姥爺重點培養，肖承乾怕是也感覺到了危險。

可我能說什麼？我一邊努力地朝前游著，一邊大喊道：「不要碰那個植物的果實，如果誘惑到你了，念靜心口訣，然後用火毀去這個植物。」

「媽的，承一，快……」肖承乾忽然明白了過來，衝著我大喊了起來，可是他只喊了一聲，眼中就流露出了一絲絕然的情緒，然後忽然開始掐訣踏罡起來，可是有用嗎？

我也不知道有沒有用，我只能奮力朝前划著，但是在下一刻，整個水潭那種奇異的波動已經消失了，一切變得安靜起來。

可那一刻，我卻毛骨悚然，全身的汗毛都起立了，接著，一聲來自水面下的巨響忽然傳到了我的耳中，就像整個水潭都破碎了一般。

「嘩」，我感覺到了身後那驚人的氣勢，快讓我喘不過氣來，我此刻唯一的反應就是麻木地轉頭，映入我眼簾的是一個巨大的身影，散發著濃烈奇異的腥氣，一雙比牛眼巨大許多的冰冷雙眼此刻就冷冷盯著我。

它是個什麼玩意兒？是條蛇嗎？這就是毒蛇典型的進攻方式，豎立起身子，準備進攻敵人，可是它又不是一條蛇吧，蛇的背上怎麼可能有長長的背鰭，不然它就是條「帶魚」？

我已經沒心思去光棍了，帶魚是不可能有這種帶著紫色條紋和奇異色彩的鱗片的，這是典型的蛇鱗，可是它還有和那天池水怪一樣的瘦弱前肢，和龍爪是不同的，它伸出來的前肢就像兩條枯枝，看起來無力，卻分外猙獰！

我愣在那裡，我想我完蛋了，這樣的怪物要怎麼對付？

而我還來不及多想，那怪物身子一動，帶起巨大的水花，一下子把我推得老遠，然後又開始下沉……

我的頭在那一刻，被巨大的水花打到，然後忽然的下沉，整個意識都模糊了一瞬，潭水在那一刻不停地灌進我的鼻子和口腔，一下子嗆到了我，又讓我瞬間清醒了過來。

水的浮力又把我拖出水面，我很驚奇，這個怪物竟然沒有在第一時間進攻我，但是浮出水面的一剎那，我卻更加恐懼了。

我看見那個怪物瘋狂地朝著石柱爬去，那恐怖的大半個身體都出現在了我的眼前……

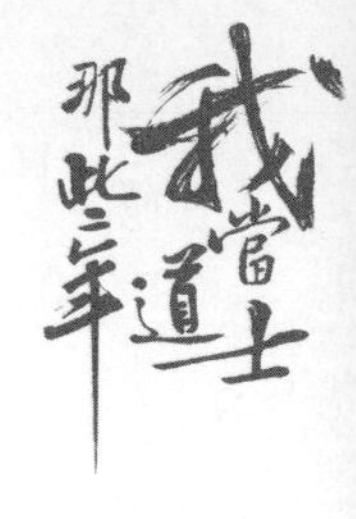

第三十四章　生死之間的糾纏

這是一條巨蛇，不，巨帶魚？也不是，由於它露出了大半個身體，我清楚的通過肖承乾隨手放在地上的手電筒看見它的身體某一些地方是腐爛的，露出了些許森白的骨頭與新鮮的紅肉，夾雜在一起，只是一瞬間，我就想起了某一個存在——老村長！

這樣的紫色植物，不管是果實還是葉片，果然都不是這世界的生物能承受的。

我能說它是殭屍動物嗎？我覺得這個形容詞真的太過於詭異了，這一秒過後，我腦子裡的念頭紛亂，下一刻，我才意識到我應該跑，剛才莫名其妙的水流讓我離岸邊已經不遠了。

可是，我又不敢跑，我不敢背對著這樣一隻怪物，如果是那樣，我更沒有活命的機會！

怪物在此時已經爬上了石柱頂端，估計看見那空蕩蕩的平臺，已經深深地刺激到了它，一聲難聽的也形容不出來是什麼聲音傳遍了整個洞穴！

下一刻，我不知道該用什麼去形容那怪物的動作，快若閃電？還是什麼？只是我一眨眼的功夫，它就已經撲到了水中，這樣的動作和那時候老村長的動作是何其的相似，如果孫強在這裡，是不是有辦法控制它一下？

我的腦子只來得及翻轉出這個念頭，就看見怪物已經杵在了我的跟前，跟剛才一樣的姿勢，直立著身子，冰冷地看著我，下一刻，我看見它就張開大口，朝我狠狠地咬來！

我×,起碼應該談判一下再動手的嘛,怎麼一點兒前戲都沒有,在那一瞬間,我完全是憑藉本能地朝著旁邊躲閃了一下,結果幸運的是,我就被那蕩起的水花,推開了一點兒距離。

可是不容我喘息,慶幸一下自己在如此快的動作下都能劫後餘生的欣喜,接著,我就感覺我的身子一緊,然後等我反應過來的時候,我已經被這個怪物狠狠地勒住了,然後朝著水中拖去。

我無法形容勒住我的這股巨力,我耳朵裡傳來骨頭的啡啡聲,全身的痛苦都可以暫時扔到一邊兒,主要是那要窒息的感覺,一下子就包裹了我。

我舌尖死死頂著上顎,不敢有絲毫的動作,幾十年來修行的那一口內息此刻在丹田鼓脹開來,繼而支撐著我的身體,用力氣抗拒著這怪物的絞殺,讓我不至於在這一瞬間被它攪碎。

而這怪物是毫不猶豫拖著我往深水下潛去,而它勒住我身體的身體也越發用勁兒,我感覺是幾圈越收越緊的鋼圈勒住了我,我絲毫沒有掙脫的可能。

幾十年練氣,我遠遠沒到龜息的程度,但在水下我堅持的時間能比正常人長一些,在一片沉寂的黑暗中,我腦子飛速運轉著,要怎麼辦?

我慶幸我此刻還能保持清醒,因為人在危急到極點的時候,大腦能產生一種異樣的保護功能,讓人暈過去,所有被巨大蟒蛇吞噬的人類,就算是為了保護自己主動鑽進蟒蛇的嘴裡,也沒有活命的可能,因為在被吞的過程中會暈過去的。

在水中無法呼吸的環境下,在危險的絞殺中,我還能保持清醒,要感謝我師傅從小對我

心性堅定的嚴格打磨，可痛苦也是來自於這種清醒，我能感覺到全身骨骼肌肉的發酸，更讓人絕望的時，我睜開眼睛，在一片迷茫中看見很深的水下，又出現了兩雙燈泡一樣的眼睛！

媽的！這個水潭是怪物窩嗎？我牙齒緊咬，在這種時候，我該怎麼辦？一隻已經要弄死我了，何況下面還有兩隻，看樣子，它們在飛快上浮。

這時候，來自於肖承乾的援手終於到了，在迷糊中，我感覺到水中起了一絲來自鬼物的特有的陰冷的氣息，洞開天眼，我看見一隻鬼頭朝著那怪物撲去，下一刻就撲進了怪物的腦袋！

這無疑是最聰明的做法，這種身體強悍的怪物，沒辦法攻擊它的肉體，也就只有通過這種手段攻擊一下它的靈魂，我們沒有能力在這種環境下殺死它，但只要能拖延一下時間，我們就有活命的可能！

果然，鬼頭撲進了怪物的腦袋，那隻怪物的身體一下子就僵住了，原本正在加緊勒住我的身體也不動了，我看見那怪物原本冰冷的雙眼，變得瘋狂而迷亂起來，顯然正在進行某種鬥爭。

它是不可能進化成老村長那樣靈魂也逆天的怪物的，只因為它不是萬物之靈，可讓我鬱悶的是，它也絲毫沒有放開我的打算，而在深處還有兩個虎視眈眈的傢伙，不要命般往上趕。

既然如此的話，我咬緊了牙齒，丹田裡的一口氣息在快速聚集，然後按照特殊的行氣方式，一股力量沖上了咽喉，在要爆發到極限的時刻，我忽然開口，大喝了一聲：「放開！」

我從來沒有如此不遺餘力施展過道家的「聲」功，蘊含無上的威壓意志，聲波中夾雜著自己的內氣和靈魂力，只是喊出了這一聲，我大腦就陷入了零點一秒的空白之中，那是那一瞬間，自己也不能承受的表現。

我猛地一咬舌尖，舌尖的劇痛讓我馬上清醒了過來，而那怪物的眼睛一下子失了神，竟然人性化地翻了翻白眼，身子就開始軟弱無力的放開我，長長的展開，莫名地向下沉去。

是的，我也只是取巧罷了，趁它在和鬼頭糾纏的時候，用「聲」功攻擊了它的靈魂，可是在有如此強悍的身體保護下，靈魂就算受損，也不會有多嚴重的損傷，它只是短暫的失去意識罷了。

但此刻，我還不逃就是純粹的傻×了，我顧不上自己還在劇痛的身體，拚命地向上浮去，然後一下衝出了水面！

「承一，我就知道，這樣做是對的，你再不出來我就準備跳下去了。」肖承乾趴在岸邊大喊，顯然我剛才在和巨蛇糾纏的時候，他放出了鬼頭之後，就這麼趴在岸邊等待著。

我心中一暖，冒著這樣大的危險跳下去，是有多少人能為朋友做到的？原來，這小子還有我不瞭解的一面，那就是面冷心熱，一旦付出感情是極重的。

這和我何其相似？我們從某種方面來說，的確是同根同源的一脈人啊。

不過，現在根本不是發什麼感慨的時刻，我只是感激地看了肖承乾一眼，然後拚命地朝著岸邊游去，很幸運的是，那怪物在水潭裡亂動，幾次水波，已經把我推到了快接近岸邊的地方，在肖承乾最後拉了我一把之後，我順利上岸了。

在那一刻，我激動得幾乎快要哭出來，就在岸邊的地上，傻愣愣地趴了十幾秒鐘，大口的喘息，這一輩子我經歷了無數的危險，可這一次真的是我離死亡最近的一次，在怪物纏住我的一霎，我幾乎以為自己就要死了。

伴隨著我「吭哧吭哧」的喘息聲，肖承乾蹲下拍拍我的肩膀對我說道：「好了，承一，沒事兒了。」

我一下子反應過來，沒事了嗎？我想起了怪物爬上石柱的場景，根本顧不得身體的劇痛與疲勞，一下子站起來，對肖承乾說道：「不，有事的，快跑。」

說完，我二話不說地朝著我放置手電筒的洞口跑去，順便撿起了那一捧紫色的植物，肖承乾二話不說地跟著我跑，只是在跑動的過程中，他問我：「承一，還有什麼事兒？」

「你沒發現嗎？那怪物能爬上柱子，難道它不能上岸嗎？」我奔跑的速度極快，一邊跑一邊對肖承乾說道。

肖承乾愣了一下，然後大罵了一句：「我×！」然後停頓了一下，又說道：「承一，你身上怎麼那麼臭？」

「廢話，你要被殭屍抱了，你不臭？」我邊跑邊喊道，耳邊的風聲在呼呼作響。

「殭屍？什……」肖承乾剛想問什麼，一聲催命一般的破水聲又從我們身後響起，我和肖承乾快要瘋了！

肖承乾回頭看了一眼，大罵道：「你他媽公的還是母的啊？公的就不要纏著我們兩男人，母的就去找自己男人。」

而我接口道：「這傢伙根本就不按理出牌，長著魚鰭不說，一會兒學毒蛇直接咬人，一會兒學蟒蛇纏人，就他媽是一個真正的怪物。」

「蟒蛇？我×！承一，躺下，別跑了，學我這樣躺下。」肖承乾忽然大吼道！

躺下？這肖承乾難道是準備獻身給這條母蛇了？

第三十五章 他的出現

可是我已經來不及思考了，因為背後那個怪物已經很近了，照這樣正常跑下去，不出幾秒鐘我們就會被它追上。

肖承乾已經一把奪走了我手中的紫色植物，由於太過慌亂，只奪走了一半，然後想也不想就呈大字型躺在了地上，雙腿扠得很快，雙手枕在腦後，死死貼在地面上。

在做這個動作的同時，肖承乾對我吼道：「還囉嗦什麼，照我做的做。」

我哪兒敢怠慢，趕緊依樣畫葫蘆照做了，兩個人都把紫色植物塞在背後，然後呈大字型躺在了地上。

而此時，那隻怪物也已經追趕到了我們的面前，看見我們這個樣子，明顯眼中流露出了一絲疑惑，然後莫名地圍繞著我們開始轉圈起來。

我對於這隻怪物的這個動作很是疑惑，小聲對肖承乾說道：「你到底在搞什麼？」

肖承乾也小聲回答我：「沒搞什麼，你說這玩意兒又像蟒蛇又像毒蛇，我覺得還他媽像魚，就是利用一下這玩意兒的習性，我賭它沒有毒牙。」

沒有毒牙，應該是沒有的吧，如果有毒牙在水裡它選擇的應該就是一口咬下來毒死我，而不是用蟒蛇絞殺人那種方式了，想到這裡，我小聲對肖承乾說道：「沒有毒牙的吧。」

「轟」的一聲，是那隻怪物陡然把臉杵到了肖承乾面前，如此近距離的接觸，一股子說不出來的腐爛味道撲鼻而來，肖承乾差點吐了，可是他堅持一動不動，只是一張臉憋得通紅，沒辦法和我說話了。

那怪物彷彿是在觀察肖承乾，看了一會兒，彷彿覺得無趣，然後「轟」的一下又把大腦袋轉向了我，同樣那股臭味飄向了我，我的一張臉一下子也憋得通紅。

此時，那怪物彷彿失去了某種耐心，張大了嘴，看樣子是想吞下我的腦袋，但是我的雙手手掌枕著我的腦袋，死死貼在地面，它的嘴就是張到骨折了，都不可能張那麼大，能把我吞下去。

「承一，別動，無論它怎麼挑釁你，挑動你，你都別動，堅持貼著地啊。」肖承乾的聲音傳入了我的耳朵，我憋著氣不能回答，只能忙不迭的點頭。

這樣就形成了一種奇怪的對峙，那怪物圍繞著我們打圈，顯然是想要我們背後那紫色的植物，可是我們貼著地一動不動，雙手抱著腦袋，雙腿張開，它始終不能把我們整個吞下去。

它也想試著拱動我們的身體，可它畢竟是蛇魚混合體，又不是豬，身體的限制和動物本能也註定了它這樣做不太現實，所以，一時間它拿我們沒有辦法，我們拿它更沒有辦法。

這樣僵持了一會兒以後，那隻怪物在各種威脅恐嚇用遍了都毫無辦法之後，終於失去了最終的耐性，忽然之間毫無預兆的，它就一下子俯下身去把肖承乾的一隻腳吞入了嘴裡。

我一下子就瞪大了眼睛，肖承乾卻小聲對我說道：「別慌，這是早已預料到的結果，你現在別動，等一下，等一下再說。」

於是，我就這麼眼睜睜的看著這條巨蛇，順著肖承乾的腳一直往上吞，很快就是小腿，大腿……這簡直就是一種極大的心理折磨，看著自己的好朋友就這樣活生生被吞，有好幾次，我都快忍不住，眼睛四處望，想找一塊趁手的大石頭，狠狠地招呼這條巨蛇的腦袋，可是肖承乾卻不停囉嗦的提醒我稍安勿躁，一切都在掌握，雖然他的聲音也有些顫抖，但他那充滿把握的語氣好像他很有被蛇類動物吞噬的經歷一般。

出於對他的信任，我終究沒有亂動，只是心一下一下的收緊，終於當那隻怪物吞噬肖承乾到了快大腿根的位置了，我看見肖承乾在憋氣，然後眼中閃過一絲堅定，接著，他以極快的速度，猛烈的動作，忽然一下子坐了起來，是屈膝坐了起來！

「喀嚓」一聲，那隻怪物的嘴一下子就被撐到了極限，眼中流露出痛苦的神色，可是肖承乾好歹也是一個一米八以上的漢子，忽然屈膝坐起來也是成了很大的一團，他用膝蓋緊緊抵住這隻怪物的上顎，弄得那怪物是閉嘴也不行，張嘴也到了極限的極限，就如同被一根巨大的木頭卡住了嘴，這下是真正的動彈不得了，沒有了腦袋的支撐，它想翻滾也是做不到的。

我目瞪口呆望著肖承乾，這算是哪門子辦法？這小子都能想得出來？肖承乾卻臉上掛著眼淚，苦笑著對我說：「承一，這事兒真的不是人幹的，老子都嚇哭了。」

「然後要做什麼？」總不能肖承乾就這樣吊著這條大蛇，一動不動吧，而我也沒完全從呆滯的狀態中清醒過來。

「然後你還能咋辦？你把紫色植物帶出去，然後搬救兵來啊。要是我沒力氣支撐了，我就死定了。」肖承乾大聲說道。

如今看來也只有這個辦法，畢竟這種怪物從本質上來說，是和老村長屬於同種進化種類的，或者果實的效果比葉片差一點兒（具體我也不明白），雖然老村長吃下葉片是巧合，這玩意兒吃下果實是誘惑。但說到底也都是紫色植物的產物。

我「哦」了一聲，當即也不再囉嗦，撿起紫色植物就往外跑，但仍然不忘問了一句：「你是咋想到這辦法的？」

「你去過一些叢林部落遊玩，你也能知道這個辦法！這就是那些叢林原始部落捕捉巨蟒的方法，他們那些傢伙缺肉吃。」肖承乾哭喪著臉說道。

缺肉吃？我想到那怪物的一身氣味，打了個乾嘔，舉步就往外走，時間已經耽誤不得，再過兩個小時，就絕對天亮了，而我一來一回，起碼也得一個小時！

可是我沒跑出兩步，剛要鑽進洞口的時候，忽然一陣莫名下墜的亮光卻讓我愣了一下，我轉頭，竟然看見了一枝落下來的火把，這是……！

我一下子瞪大了眼睛，但同時大腦也轉得飛快，第一個反應就是跑，至少肖承乾落在人手上，總比和一隻怪物這樣對峙要來得好，也能保住性命，按照肖承乾背後組織的實力，說不定還能……

但手上的紫色植物絕對不能落入他人的手中，肖承乾也是和我同樣的想法，這二愣子甚至還興奮一點兒，大吼道：「承一，你快跑，我看我是得救了。」

得救了，我真佩服這小子的說法！於此同時也看見了幾條繩子從那個縫隙中垂落下來，幾個人正在快速下滑！

我轉身就準備跑，但這時一個有些冰冷陌生嘶啞卻又熟悉的聲音傳入了我的耳中：「陳承一，如果我是你的話，我絕對不會跑。」

是他！我的心中莫名蔓延開一股憤怒，一些悲涼，然後慢慢轉身了。

落地的火把在洞中燃燒著，人越下來越多，轉眼就下來了十幾個人，十幾把強力的手電筒把洞中照得通明，還有人在源源不絕的下來。

每個人都是全副武裝，手上拿著一把微沖，黑洞洞的槍口直直指著我和肖承乾，氣氛緊張而冰冷。

而且這些人也表現出了強悍的素質，只是針對我和肖承乾，對於那條大蛇怪物根本就無視了。

我眼睛微眯，這些人的身份我猜不出來，他們都身穿著無明顯標識的迷彩服，帶著頭盔，遮著臉，讓我想到了一些國際上能稱得上是亡命之徒的雇傭軍，不要小看這些雇傭軍，一些有特殊能力，又不願意為政府研究，受制於政府的人，一般都會選擇一支祕密雇傭軍，只要錢夠多，哪怕是普通人聽起來很不靠譜的靈異任務他們也接。

這些人我不在意，我在意的是在他們中間有一個身材異常高大，全身包裹在黑衣中的人，他包裹得是如此嚴密，就連腦袋也學阿拉伯人一般一圈又一圈的用黑布纏繞起來，然後掛上了一張黑布，嗯，這是阿拉伯男女結合打扮法！

我想內心幽默一下，卻怎麼也開心不起來，沉默地對峙了幾秒鐘後，我忽然開口對肖承乾說道：「這傢伙不是為你們組織辦事兒嗎？如今是鬧哪樣？竟然用那麼多槍指著大少爺的腦袋。」

肖承乾苦笑，說道：「原來是他，可惜他的地位比我這大少爺高出許多倍，而且背後有

N多神祕勢力支持，我算哪根兒蔥。」

「果然論起識時務來，肖大少爺比陳承一這個二愣子要看得清楚。陳承一，不要廢話了，把你手上的紫色植物扔過來吧，不然我真的會讓人開槍的，你就算是個道士，也不是刀槍不入的吧？而在我眼裡，恰好任何人的性命也比不過你手中的植物。」那個人開口了，聲音依舊是那樣，比起很多年前那憨厚沉穩的聲音，已經有了巨大的區別。

我很好奇，也很悲哀，在他身上發生了什麼事兒。

「是嗎？那它比起靜宜嫂子的命呢？比起那個沒有爸爸，小名叫希希從出生就沒有見過爸爸的小男孩，不，現在應該是半大小夥子的男孩子的命呢？也重要得多嗎？」說到這裡，我頓了一下，然後做出一副想起來了的樣子，恍然大悟地說道：「對了，忘了說了，小名希希的意思就是，希望某個人快點回家。」

是的，在我眼前的這個人是楊晟！

第三十六章 南轅北轍

我沒指望我的話能有什麼效果，更是在此刻把以前那個吃飯飯粒兒落滿了全身，在早晨的朝陽下，和我一板一眼的學著「廣播體操」的男子形象給壓抑在了心底，我覺得我需要遺忘和徹底放下，那封恩斷義絕的斷交信不就已經說明一切嗎？

我這樣說出來，只是覺得不說出來我不舒服，我眼前老是浮現出靜宜嫂子的形象，那麼多年來，那個人前樂觀的女子，一個人忍受著流言蜚語，拉扯著孩子長大，是吃了多少苦？她還在苦苦盼望著眼前這個人能回去，還在孩子面前塑造著這個人的形象。

我幾次見到希希，他都告訴我最崇拜他爸爸了，他爸爸在保密的地方搞科學研究。

為了這個，靜宜嫂子甚至一戶一戶的去求鄰居，讓他們不要讓孩子知道真相，所有的人都被這個女人所打動，從一開始的牴觸到接受再到喜歡她，唯獨就是她自己的丈夫鐵石心腸，她始終等不到他回來！

曾經的韌草還在苦苦支撐，無奈的只是郎心如鐵！

面對我的話，楊晟只是沉默，在我說完以後，洞中的氣氛也沒有任何的改變，依舊是那槍口對著我和肖承乾，過了半晌，楊晟才說道：「陳承一，我再說最後一次，紫色植物交給我，你和肖承乾可以活。」

我無奈了，什麼叫沒救，眼前這個人就叫沒救！我捏緊了手中的紫色植物，我知道在這種情況下，我沒有什麼選擇，但不代表我沒有討價還價的餘地，我說道：「交給你可以，先讓肖承乾脫困。」

楊晟沒有過多的廢話，只是一步一步走到了肖承乾的面前，在他周圍的人自動讓開了一條路。

我很好奇他究竟是要怎樣讓肖承乾脫困，可他的動作直接粗暴到讓我吃驚，他只是伸出手來，一把就把肖承乾從那怪物的口中扯了出來讓他直接脫困了，那怪物剛想有什麼動作，更讓人意想不到的事情發生了，楊晟吼了一聲，伸出雙手，死死捏住了怪物上顎，腳踩在它的下顎上，怪物就這樣被生生攔住了。

肖承乾一瘸一拐地朝著我跑來，然後轉身，和我同時看見了這一幕，那小子震驚地說道：「承一，你實話給我說，楊晟的真正面貌是不是就是金剛來著？」

「是不是金剛我不知道，但我覺得他已經不算人類的範疇了。」我看著這一幕，心中連情緒起伏都沒有地說道，在道家的記載裡，能力大無窮，刀槍不入的存在就只有一樣東西，那就是殭屍，而且是進化到很高級的殭屍。

至於如何進化的，道家有諸多記載和說法，但是卻沒有一個真正都讓眾人信服的說法！

眼前的楊晟只能讓我想起老村長，我悲哀地發現，他可能真的回不去了，上次我在轎車外看到的他的異樣，不是我的幻覺。

這隻怪物的體型比最大的森蚺要大出一些，但是我記得在曾經一個普通的壯漢都能和一條十米左右的巨蛇徒手搏鬥，在直播中生生掐死了巨蛇，所以楊晟能阻止這隻怪物也不足為奇。

「你是低級的生物，給我滾回去，否則……」在那邊與怪物對峙的楊晟忽然開口，接著我們看見，楊晟吼了一聲，雙手用勁，「啪」「啪」兩聲，竟然捏碎了他手抓住的地方，再之後，他冷笑了一聲，然後舉起手來，殘暴而不加思考的一下子就把手插進了怪物上顎的骨骼當中，凶狠地說道：「你滾不滾？」

怪物發出了一聲最慘烈的鳴叫身，身體開始劇烈扭動，可是楊晟巍然不動，接著又把第二隻手插了進去！

「靈魂進化如此緩慢的傢伙，都是低級的。」楊晟的聲音不帶絲毫感情，那些素質良好，甚至看見怪物都不為所動的漢子，此刻看見楊晟殘暴的一面，都紛紛後退了一步，顯然是被驚到了，顯然任何正常人都不會對著一隻怪物如此表現優越感，然後殘暴的發洩情緒。

怪物在慘叫，可楊晟卻若無其事的把手拿了出來，掏出一張黑色的手絹擦了擦手，狠狠地瞪著那隻怪物，那隻不可一世的怪物，竟然哀鳴了一聲，用比追逐我們還快的速度一下子縮回了水潭裡，翻起一陣巨大的水花之後，然後消失不見……

「若不是你是一個活的樣體，某些勢力也在刻意隱瞞保護你的存在，你今天會死得很慘。」楊晟淡淡地說道，怪物早已不見，而且也不會接話，至於在場的人也不知道該說什麼，這些機密的事情在他口中說出來，就和上街買了一件什麼東西一樣隨意，可卻不是我們能議論的。

「東西給我吧，陳承一。」楊晟轉過身來，語氣平靜，但是不容置疑。

「你不是已經得到了紫色植物的樣本，你要它來做什麼？」我沒有著急給他，只是隨口

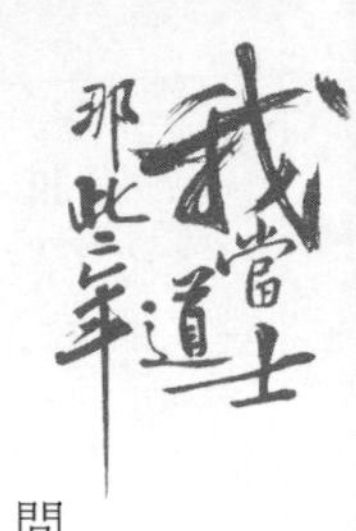

問道。

「這樣的樣本當然是越多越好，我的實驗需要本體的地方太多了，你這次得到這些，還不夠，不夠！」楊晟說到這裡的時候，語氣不那麼平靜了，變得有些瘋狂。

「謝謝，我不是為你專門收集所謂紫色植物的人。」我心中一下子升騰起了一股怒火，可是表面上不動聲色。

「呵呵，誰說不是呢？那個柱子你不是上去了嗎？」楊晟開口說道，言下之意就是這裡的祕密他早已知曉，可是他卻因為盤蛇漸迷陣，得不到這紫色植物。

到底還是被利用了一把啊！我感覺胸腔都快被憤怒撐爆了，可是至少現在我卻毫無辦法，如果師祖在，如果師傅在……我忍不住軟弱了。

「植物拿來吧。」楊晟毫不客氣地上前一步，同時我聽見了整齊劃一的拉槍栓的聲音，我根本沒得選擇，我也不會笨到不知道，就算送命了，結果也無法改變這一事實。

我交出了紫色植物，同時注意到站在我身前的楊晟，比我還高了大半個頭，我一米八二，意味著楊晟的身高已經接近二米了。

曾經，他只有一米七幾，他整個人都變了。

接過紫色植物，楊晟忽然望著我，拍了拍自己，說道：「高等生命，知道嗎？等我解決了一些問題之後，我就是徹底的高等生命了！接著，全人類都將前進一大步，你們這些愚蠢的傢伙就不要想著阻止了，懂不懂？」

「人的進化有自己遵循的原則，你不可以逆天而行的！楊晟，這也是我最後一次勸你，揠苗助長的結果，不是讓幼苗快快長大，而是讓它死掉！天道既是規則，那麼所有的事物都要在規則下辦事，遵循自然之道，而所謂的天道也不神奇，那是宇宙運行的法則，宇宙都是如此，莫非你還想逆天？」我開口對楊晟說道，我痛恨自己的不死心，為什麼還要對他說這個，有那個必要嗎？他能聽得進去嗎？

果然楊晟激動了，伸手指著我的鼻子說道：「藉口，這都是藉口！你們道家人如何冷漠自私，難道我不知道？明明很多存在已經進入了可以入定的境界，超越了生命的法則，卻敝帚自珍，不肯共用給全人類，還口口聲聲要遵循自然、天道，還要阻止我，通過壓力害死我的老師！我呸……不過，陳承一，等到有一天，全人類都進化了，我會記住你的功勞的，沒有你，我不可能兩次拿到這珍貴的樣本，那個時候，人類紀念的豐碑上會寫上我老師的名字，我的名字，也可以有你的名字。」

說這個的時候，楊晟唯一露出來的雙眼的眼眸中閃爍著瘋狂而激動的光芒，呈一種野獸般的詭異綠色，他仰頭望天，如同一個藝術家般癲狂地說道：「為了這個目標，有什麼犧牲不能做呢？科技總是伴隨著毀滅在進步，就如同戰爭不停地在促進科技！沒有犧牲，怎麼可能有得到？」

我悲哀地望著楊晟，我很奇怪他的理論，連一個老婆孩子都不再愛的男人，連一個真心朋友都可以捨棄的男人，他和我說他愛全世界，愛全人類，他在犧牲？

他指責我道家敝帚自珍，可是如果超越生命的路在那裡，一萬個人上去，九千九百九十個都會死，只有一人能成功，也要強行去做嗎？那是違背生命，不尊重生命的。

而且，如何的養生修心，道家從來沒有敝帚自珍，可是成功沒有捷徑，又有多少人能做到？哪怕放棄塵世繁華，遁入深山這一條最簡單的靜修之路，都沒有多少人能做到。

所以，指責就這樣來了嗎？楊晟這瘋子，卻想到了更極端的揠苗助長的辦法。

我無言以對，說了也只是廢話！所以，我對楊晟說道：「如果你沒有別的什麼事，我就先走了，我想你不會反悔的吧？」

青山不改，綠水長流，或許有一天，我會像面對老村長一樣的面對楊晟，到那個時候，我們再一決勝負，消弭這一切吧。

就如當初是我把他帶到那個村口，從此他的人生走上了另外一條路。以後，就讓我來親手結束這一切吧。

第三十七章　路山的誘餌

我轉身就走，肖承乾也連忙跟上了。

而楊晟卻在我身後喊道：「陳承一，你是錯的，你絕對是錯的，有一天你會看見我成功，你會看見人類進化得強大無比，你會看見人類走出地球，走出太陽系，踏足整個宇宙，那個時候他們都不會忘記他們的英雄楊晟。」

我沒有回頭，只是淡淡地說道：「你剛才不是說了嗎？靈魂進化緩慢的傢伙，都是低級的傢伙，你難道還不懂？」心靈不進化，空空追求肉體的強大，這就好比光有華麗的劍鞘，裡面卻裝著一把匕首一樣可笑。

「靈魂的力量也會強大，老村長就是例子。」我此刻已經鑽入了洞中，楊晟還在我身後大吼道，一如從前，我們在竹林小築，討論道學與科學時會有的爭論。

不同的是，我們在那時，總會發現有奇妙的共通，如今只是南轅北轍。

「是嗎？我說的靈魂，是本質心靈的乾淨力量，最純淨的念力。」我用手電筒照著洞裡，開始朝前走，已經沒有回頭的必要。

身後卻傳來楊晟罵我不可理喻的聲音！沒有爭辯的必要了，我和他的命運交錯，卻是方向各朝一方的交叉線，糾纏著，心卻越走越遠。

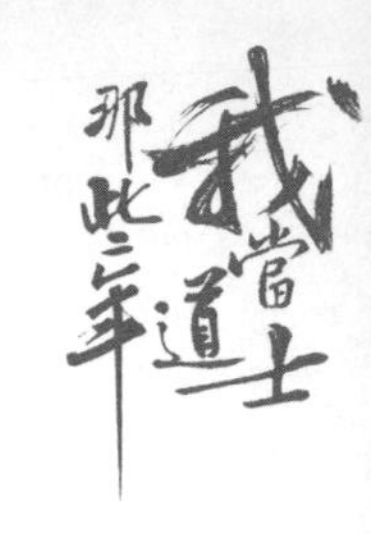

回去的路很順利，沒有任何的水怪出現，天池也一如既往的平靜，只不過此刻還是黑夜，月亮掛在天的盡頭，等它落下去的時候，天總是會亮的。

一路上，我很沉默，手中只是把玩著那一枝鋼筆，按照師傅留下的暗示，尋找蓬萊不單需要找到走蛟，也需要一些別的東西，我不相信別的東西就是指那個紫色植物，更可笑的是那紫色植物已經被莫名其妙趕到的楊晟拿走了。

見我沉默，肖承乾也沒多囉嗦，只是一路上問了我好幾次：「承一，楊晟怎麼找來的？」

我沒回答，只是心中的怒火越來越盛，到我回到營房，換好衣服的時候，已經達到了一個頂點。

可是我表面上卻不動聲色，只是說我要去找一下路山，讓肖承乾告訴大家水下的事情，就出門了，來到路山和陶柏住的營房。

這些年來我一直都刻意地讓自己的火爆脾氣收斂，也一直讓自己不要再那麼衝動，可是我也很少有今天這樣的怒火，我最痛恨的是被別人牽著鼻子走……

所以，達到他們住的營房的那一刻，我什麼也不管，很直接也很暴力的「澎」的一聲就踢開了營房的大門，裡面亮著燈，陶柏在床上睡著，路山坐在床邊，在燈下看著一本什麼書。

他吃驚地看著我踢開大門，一副爆怒的樣子，還沒來得及說什麼，就被衝過去的我一把逮住了衣領，然後一下就撲到了床上，我想也不想地提起拳頭就往路山臉上招呼！

可是我的手卻落不下去，因為我的拳頭被陶柏的手逮住了，無論我使用多大的力氣，他就是能那麼穩穩地逮住我，讓我哭笑不得的是，他還是那副害羞的模樣，彷彿他是一隻驚恐的鵪鶉，小聲又膽怯地對我說道：「有話好好說。」

這時，路山也反應過來了，一向平靜的臉上也流露出了一絲怒火，他開口說道：「陳承一，就算你有什麼不滿，能不能好好說話？暴力能解決什麼問題。」

得，這三言兩語倒成了我的錯了，不過，在說話的過程中，我注意到路山對我使了一個眼色，大概意思我懂，他顧忌著陶柏在這裡。

這麼一鬧，我也冷靜了下來，冷靜卻不代表我不發火，你怕陶柏知道什麼？我卻偏偏不怕，拿起他放在床頭的特殊電話，扔他跟前了，對他說道：「那好，我現在就有要求，給江一打電話，馬上，必須！」

在我的心中，路山既然出賣了我，行動是有計劃的，那一定是經過了江一，如果江一不知道也不成問題，正好當著江一，咱們把話說清楚，看看你路山是什麼人，竟勾結楊晟這種瘋子！

不過我也明白，這件事情多半江一是不知道的吧？否則路山怎麼會半夜神神祕祕的找我？而且以江一的身份，他是不用勾結楊晟的。

路山拿起了電話，柔聲對陶柏說道：「沒事兒，你去睡吧，這件事情我來處理，談話是我的強項。」

陶柏聽話得像一個孩子，哦了一聲，竟然真的乖乖上床了，路山不等我開口，就急急走出了房門，看來，他是真的不想陶柏知道一些什麼。

無奈之下，我也只有跟著走出了房門，一路上沉默無語，一直等到走到了那片兒小樹

林，我們才停下，我一腳就踹向了路山，這火我沒辦法平息下來。

出人意料的，路山有著相當靈活的身手，他竟然避開了，然後衝著我低吼道：「陳承一，有什麼事情，你至少要說清楚才開始打人吧？」

「是嗎？那就說清楚！你竟然勾結楊晟，出賣我，利用我，這算不算說清楚了？」我也衝著路山低吼，顯然這件臨時起意的事情，除了路山和我的人知道，沒別人知道，難道我會以為是我的人出賣了我嗎？

「楊晟他是？你說楊晟他到了這裡？」路山的眉頭緊皺，顯然他一開始是在努力想楊晟是誰，到後來，他想到了。

整個神情非常自然，一點兒都不像是在作偽，看得我冷笑連連，到現在還演戲嗎？這樣的人不去當演員未免太過可惜了！

可惜，此時我已經沒有動手的興趣了，很直接地說道：「你不要裝，除了你還有誰知道我今天半夜會去再探天池？很不幸，我在天池發現了一些東西，然後楊晟就突然出現，劫走了東西，或者你能給我一個合理的解釋？再或者，我們就當著江一的面說清楚吧。」

路山見我這樣說，反而冷靜了，他望著我說道：「陳承一，你不要告訴我你不清楚，我們這一次的行動，其實是被很多圈子的勢力盯上的，楊晟怎麼會出現，我不知道原因，看你相不相信我吧？」

他說的時候，很真誠，我皺眉望著他，並沒有表態！

路山整了整自己的衣領，然後接著說道：「是的，我於你相當於是一個陌生人，你有不相信我的理由，而整件事情又太過巧合。但我奉勸你，你可以壓下疑惑，最好不要告訴江一什麼，你別忘了，接下來還有很多路要走，很多地方要去探查，你選擇和我合作，才是最好的。」

我倚著樹，把玩著手中的鋼筆，然後又忽然遞到了路山的眼前，說道：「這是特殊物品嗎？我帶回來了，我表達了足夠的誠意，你的誠意呢？」

看見這枝鋼筆，路山的臉色第一次出現了極大的變化，打破了他一直以來的沉穩和平靜，他伸手就想來拿這枝鋼筆，我卻一下子收進了自己的褲兜，嘴上說道：「誠意！」

是的，你什麼都不讓我知道，就莫名其妙讓我和你合作，不是可笑了點兒嗎？或者，江一這個人如同迷霧一般，不值得信任，可是不見得我也會信任你。

即便，我此刻已經有百分之八十的肯定，楊晟的出現與路山無關，畢竟路山最想要的特殊物品，楊晟根本就沒有提起過。

「對不起，我不能夠告訴你，我為什麼要這個！不過，你要誠意，我可以告訴你一些關於楊晟的祕密資料。」路山忽然這樣對我說道。

我的胃口一下子就被吊了起來，可是表面上根本不動聲色，望著路山說道：「你以為，我會感興趣？除了我師傅的行蹤，我對任何事情都沒興趣。」

「你會有興趣的，你可以知道發生在某個年代的一件絕對機密的往事，知道楊晟的老師和你師傅的曾經，還有外面以訛傳訛的事情！甚至知道紫色植物最早是怎麼出現的。」路山又恢復了平靜，可是他每說出一個字，我不由自主的呼吸就會加重一分。

是的，我承認對這些是異常的有興趣。

第三十八章　楊晟的祕密往事（一）

既然如此，我也不想掩飾什麼，把鋼筆隨手放進了褲兜，對路山說：「你講，我聽，聽完以後，我就把鋼筆給你。」

路山的眼中流露出一絲不滿，不過臉上的神情卻沒有什麼變化，他深吸了一口氣，說道：「好吧，那就從事件的開始講起吧，那個沙漠下的地下洞穴……」

＊　＊　＊

眾所周知，在這世界上，有一種最可怕的蜥蜴，牠現在僅存於印尼的某些小島上，牠身上流著遠古的血，在經歷了恐龍滅絕那個可怕的時代，牠依然頑強生存了下來。

牠就是科莫多巨蜥！

科莫多巨蜥體長二到三米，牙齒唾液都含有腐蝕性的劇毒，牠們是天生的捕食者，當然牠們也同樣瀕臨滅絕，所以才會在一個專門的小島上保護起來。

一九××年，某研究院。

國寶級的生物學家丁揚正在看一份傳到他手上的內部資料，為這個資料，所裡專門成立了一個課題研究小組，丁揚正是帶隊人。

「老丁，關於這份資料你怎麼看？」這是一個臨時的會議，所有的研究人員都已經閱讀完手裡的資料，其中性急的人已經在催促，在等著丁揚給一個猜測性的結論。

做為國寶級的生物學家，無疑丁揚就算是給出一個猜測，在所有人看來，也是比較靠譜的。

丁揚沒有答話，直到幾分鐘之後，他再一次仔仔細細的閱讀完了這份資料，才放下資料說道：「地下洞穴發現科莫多巨蜥？這是哪一個不負責的科研人員給出的定論？科莫多巨蜥怎麼可能生存在地下洞穴裡？你們難道沒有疑問嗎？」

丁揚的臉上明顯有不滿的神色，而在場的研究人員臉上有些尷尬，其中一個老者說道：「我們當然對於這一條是有極大的疑問的，只不過不敢輕易猜測那是一種新的生物，否則這個發現就太過驚人了。我們查閱了大量的資料，沙漠中生存著很多種蜥蜴，沒有一種能符合這篇資料所描述的地洞蜥蜴（簡稱）的特徵，偏偏目擊者所說的這種蜥蜴的一切特徵卻和科莫多巨蜥驚人的相符，所以……」

丁揚皺著眉頭說道：「如果在我國發現了科莫多巨蜥，這一課題無疑是有重大意義的，但問題的關鍵在於科莫多巨蜥在地面的時間是要遠遠高於在地下的時間的，牠不可能不需要陽光讓牠僵硬的身體得以舒展，而資料上所說沒人見過這種蜥蜴爬出地下洞穴，這不奇怪嗎？況且在那沙漠的深處幾乎沒有大面積的水和樹木，這根本不符合科莫多巨蜥的生存環境，你們難道覺得牠已經突破了生物本能嗎？」

面對丁揚的一連串疑問，在場的所有研究人員沉默了，丁揚則繼續說道：「科學不是固步自封，要大膽的假設，小心的論證，如果是發現了科莫多巨蜥存在於沙漠中，當然是有重

大的意義，如果是我們發現了一種新的生物呢？同樣也是有巨大的意義。一切的討論都是紙上談兵，我們既然成立了這樣一個課題小組，我們就應該奔赴到第一線，親自取得珍貴的一線資料。」

這就是丁揚的結論。

這也就是當年一個不甚起眼的研究課題，而由它開始，在以後帶來了一連串的事件，也是人們始料未及的，它僅僅是一個開始。

一九××年夏。

這一年的楊晟還是一個青澀的少年，可年紀一點也不妨礙他的天才之名，小小年紀，別的孩子還在讀中學的年紀，楊晟已經可以跟隨他的老師，同時也是他的養父一起進行課題的研究了。

出於某種保護，楊晟的名頭並沒有在民間流傳開來，但是高等學者的圈子沒有一個不知道這個天才少年的存在，甚至有人驚呼楊晟這種天才，恐怕芸芸世間這麼多人，幾百年才能出現一個。

所以，楊晟是頂著光環長大的，從兩歲開始表現出驚人的天賦以後，他身上的那層光環就沒有褪去過！可是這孩子不驕傲，也不孤高，除了生活習慣讓人覺得糟糕了一點兒，一切都和正常的孩子沒有區別。

人們把這一切都歸功於楊晟的養父穆林教授的教導成功，可穆林教授卻很淡然，他甚至對最好的朋友說過：「所有的科學天才不是瘋子，就是偏執狂！楊晟這孩子骨子裡也同樣非常偏執，從小戴著的天才光環，並不是沒有給他造成影響，他的驕傲表現在內心的深處，這造成了他更加偏執。這樣不好啊，我要想辦法糾正他，在很多時候，我倒情願他是一個普通的孩子。」

這就是楊晟，養父口中和別人眼裡的楊晟。

這一年的夏天，一個普通的中午，楊晟在家，閱讀著一份關於生物學的英文資料，這份資料提出的一些觀點顯然引起了楊晟的興趣，他看得目不轉睛，以至於和他一起正在吃飯的穆林都忍不住皺起了眉頭。

因為楊晟看似在吃飯，可是筷子上的菜和碗裡的飯他其實都沒有送進嘴裡，全部掉在了身上，只是一小會兒，他身上就已經油漬斑斑，落滿了飯菜了，可他還渾然不覺，嘴巴還在下意識地咀嚼。

穆林看不下去了，一手拿過了楊晟手裡的資料。

「爸……」楊晟有些不滿地叫道。

「我說過你多少次了，吃飯就是吃飯，就算是搞學術研究，也不差吃飯和睡覺的時間。一切的成功都是要建立在一個好的身體基礎上的，還不明白嗎？」穆林不急不緩地教育著楊晟。

楊晟不敢反駁，只能低頭默默地扒飯，只是眼睛卻一直盯著那份英文資料。

穆林也沒說他，而是往他碗裡夾了一筷子菜，對楊晟說道：「今天下午就不用去實驗室了，我也不去，我帶你去探望一個老朋友吧。」

楊晟撇撇嘴，顯然他對這個沒有興趣。

穆林自然是瞭解楊晟的，也不生氣，吃了一口菜，淡淡地說道：「這個老朋友還活著的

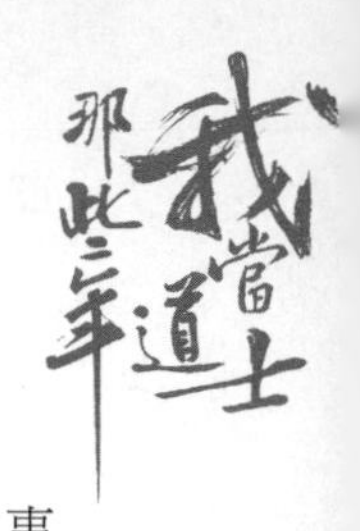

事情是一個祕密，我是準備接手一個課題的研究，才得知了這個祕密，和可以去探視他的權力，你要不要去，隨意吧。」

這番話顯然引起了楊晟的興趣，但是興趣的關鍵點在於一個新的課題研究，他立刻說道：「我也可以去嗎？爸，我也要參加那個課題的研究嗎？那個老朋友是誰？」

「課題研究你暫時不能參加了，不過由於你是被重點培養的苗子，說不定以後要繼承這個課題，所以你是可以去的。」說到這裡，穆林頓了一下，微微地皺眉，然後才說道：「說起這位老朋友，你也認識的，他曾經和我一樣，是你親生父母的好朋友和戰友，我們下午要去看的是丁揚。」

「丁揚叔叔？他……他不是去研究那個什麼蜥蜴，死在沙漠了，他……」楊晟很少對人表現出好奇，顯然丁揚的事情讓他震驚了。

「吃飯。」穆林沒有再解釋，而是催促楊晟吃飯。

一九××年夏，下午四點十二分。

在經歷了一些嚴密的檢查之後，穆林和楊晟被允許進入了丁揚的臨時「療養所」。說是療養所，可是這裡建在深深的地下，終日不見陽光，何來療養？

關於這裡，楊晟做為一個從小在高等學者圈子裡長大的天才，他自然是知道的，他非常明白，這裡根本就不是一個所謂的療養所，而是一個祕密的基地，在這裡存放著一些珍貴的樣本，甚至是普通人想也不想不到的奇異生物的活體存在。

為什麼丁揚叔叔還被送到這裡療養？

更讓楊晟想不通的是，自己和爸爸是來探望丁揚叔叔的，四個全副武裝的祕密部門戰士為什麼會緊緊地跟隨著？
到底發生了什麼事？

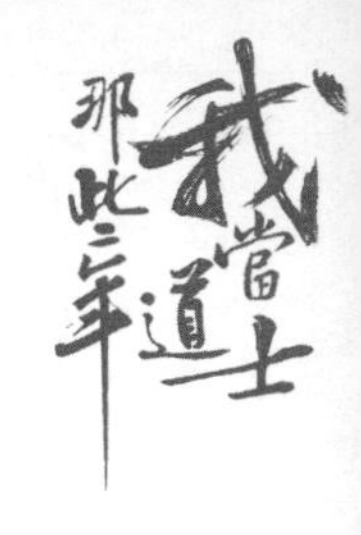

第三十九章　楊晟的祕密往事（二）

楊晟不是一個沒有好奇心的人，反而因為他是一個偏執的科學天才，他骨子裡其實是一個好奇心極重的人，他只是沒辦法對普通的人事好奇八卦罷了，嚴格地說來，他好奇的事情是普通人覺得無聊的事情。

就好比宇宙中如果存在生命，生命的結構應該是什麼，人類的進化中間空白了十幾萬年又是怎麼一回事兒等等。

但是，丁揚的所在，卻少有的引發了楊晟的好奇，而且這種好奇隨著幾個戰士帶他們越來越深入地下，而愈發重了起來。

在這種祕密的基地，越是深入地下，代表著保密的程度越高，就如民間流傳著一個說法，最機密的，甚至是被批閱為永不解封的資料都是收藏在地下祕密資料館一樣，幾乎每一個大國都有這樣的資料館。

這種說法是民間的猜測，但是也不無靠譜之處，楊晟此刻的反應就跟一個普通人一樣，以他和養父穆林的身份都從來沒有深入過地下那麼深過，地底基地——倒數第三層。

倒數第三層的空間比往上的十幾層要狹窄得多，但結構是一樣的，一條幽深的走廊，旁邊整齊的排列著白色的金屬大門！

這些金屬大門的背後，有的是存放標本，有的是祕密實驗室，而有的存放的是一些資料，可以說打開這裡的每一扇白色大門，背後都是一個驚天的祕密。

「跟我們來。」其中一個戰士這樣對穆林說道，然後神色嚴肅地走在了最前面，畢竟這裡的走廊並不是一個直線的走廊，還存在著各種的保護措施，沒有人帶路可是不行的。

戰士那嚴肅的神色，讓氣氛變得沉重，連穆林和楊晟的神色也嚴肅了起來。

他們沒有繼續往下，而是跟隨著那個戰士，又經過了幾次檢驗，穿過了很多保護措施以後，來到了最裡面的一道白色大門之前。

在這裡，幾個戰士停下了腳步，剛才那個開口說話，也看起來像是領導的戰士說道：「等一下，他們三個會在外面守著，我陪著你們進去，但進去之後一切都按照我所說的做，不能有半點違規，否則發生任何意外和危險都後果自負。」

這是這裡的規矩，穆林和楊晟自然沒有反對，而是鄭重地點了點頭。

那個領頭的戰士去開啟那道有著複雜密碼鎖的白色大門了，可是在大門打開之後，他卻沒有忙著去推開大門，反而是站住，又轉頭對穆林和楊晟說道：「有的規矩你們是知道的，原本我也不想重複，但是在這裡，我不得不重複一次，這裡的一切都是嚴格保密的，說出去不管有沒有人相信你們，可你們的生命卻一定就會發生意外的。」

這話說得很難聽，但毫無疑問，這也是這裡的規矩所在，穆林點點頭，而楊晟的眉頭卻皺了起來，他自然是知道這個規矩的，有必要話說得那麼難聽的威脅一次嗎？

好在那個戰士沒有多言，而是推開大門，把他們帶入了那個白色大門背後的房間，然後反手關上了門。

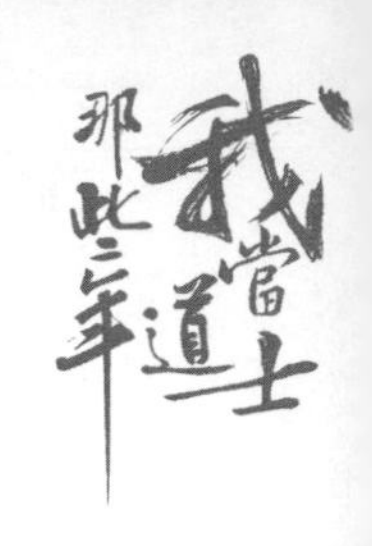

白色大門背後的房間很大，但是一片黑暗，那個戰士摁亮了燈以後，整個房間變得明亮起來，楊晟好奇的四處打量，發現這個房間非常空曠，幾十平米的房間除了在中間放有一個沙發和茶几以外，竟然空無一物。

「在那裡坐下。」那個戰士對穆林和楊晟說道，穆林沒有說話，依言在沙發上坐下了，楊晟也跟著坐下了，只不過難免內心失望，莫非這裡就是保密級別如此之高的地方？

而直到坐下之後，楊晟也才注意到，他們對著的是一片深灰色的厚重窗簾，完整的覆蓋了一面牆，那個戰士站在他們的身後，拿起了茶几上的一個遙控器摁了一下，這時候，那厚重的窗簾開始自動朝著兩邊褪去，露出了一面透明的玻璃！

玻璃之後是一個黑沉沉的房間，反射著金屬的光澤，由於裡面沒有燈光，房間裡的一切看得不是很分明，只能模糊的看見裡面有一張很大的床，床上好像倚著一個人。

那個人應該就是丁揚了，楊晟暗想，卻不明白，國寶級的生物學家為什麼會被安排在這麼一個深入地底，看起來更沒有什麼自由的地方療養。

那個戰士此時已經走到前方，對著茶几上固定好的麥克風說道：「這一次帶了你的好朋友穆林來看你，我現在要開亮你房間的燈了，如果你反對，可以說話。」

裡面沒有任何的反應，但是穆林的眉頭卻緊緊地皺了起來，他有些不滿地說道：「丁揚他不是犯人，他是對國家有著巨大貢獻的科學家，你們為什麼要這樣對待他？我表示反對！如果是繼續這樣對待丁揚，那個研究課題，我拒絕接手。」

面對著穆林的抱怨，那個戰士沒有絲毫的情緒波動，只是說道：「你現在還沒有接觸那個課題，也不知道丁教授的具體情況，還是等一下再說吧。」

穆林的眉頭皺得更深了，但他是一個有修養的學者，到底還是忍了下來，沒有再說話了，而楊晟卻對這一切更加好奇起來。

「你們說話可以通過這個麥克風交流，現在我開燈了。」見穆林沉默了，那個戰士簡單地交代了幾句，然後用遙控摁亮了裡面那個金屬房間的燈光。

「啪啪啪」隨著燈光的亮起，那個黑暗房間中的一切終於變得清晰了起來，忽然的光亮讓穆林和楊晟都有一些不適應，情不自禁地擋了擋眼睛。

接著，他們總算看清楚了房間裡的一切。那個房間的擺設很簡單，一張大床、一個寫字檯、外加一把椅子、一個飯桌，讓人驚奇的是房間的金屬牆壁上有著各種各樣的痕跡，有的像是拳頭的痕跡，有的像是抓痕。而更讓人想不到的是，床上倚著的那個人雙手都綁著長長的金屬鏈子，此刻他穿著白色的睡衣樣的衣服，臉朝著另外一邊。

穆林看到這一切，忍不住又要發火了，畢竟於私丁揚是他幾十年的朋友，於公他為國家做出了很大的奉獻，他如果開始還能忍受，現在看見丁揚被這樣綁著，他是再也不能忍受了。

「穆博士，你最好和他談一談，再下定論吧。」那位戰士不緊不慢地說道，顯然他感受到了穆林的怒火。

穆林看了一眼那個戰士，終究沒有發作，而是拿起了桌上的麥克風喊道：「丁揚，我是穆林，你是怎麼弄到如此境地的？你放心，你如果受到了不公正的待遇，我這個朋友，就算拚盡性命也會幫你的，有什麼你對我說。」

按說，在這個地方說這番話是非常不合適的，但每一個真正的學者相比於普通人，在人

情世故上都要弱一些，穆林的直接也是情理之中。

可是，穆林卻沒有得到丁揚的回應，房間裡面一片安靜，安靜到可以聽見丁揚「呼呼呵呵」從嗓子裡發出的怪聲，顯得格外刺耳。

穆林的神色更加難看，他對那個戰士說道：「莫非他瘋了？」

「可以這樣說，但不是完全！他每天有清醒的時間，只不過這樣的時間已經越來越少，今天我們是掐準時間讓你到這裡來的，應該等一下就會有回應。希望你無論看見什麼都不要難過。」說完這句話，那位戰士又頓了一下，接著說道：「你要知道，他的這份清醒和這麼久還活著才是彌足珍貴的事情。你多喊他幾聲吧。」

這番話說得莫名其妙，穆林的臉色難看，開始對著麥克風再次喊著丁揚，他不是一個沒有耐心的人，丁揚沒有回應，他就反覆的呼喊，甚至說起一些他們的往事和在一起的趣事。

就這樣過了接近十分鐘，忽然房間裡面傳來一聲類似野獸的嘶吼，床上那個人忽然就轉頭過來，一下子衝到了玻璃前，但由於手上鎖鏈的原因，他不能完全靠近玻璃。

但他還是拚命地伸出手，那尖銳的指甲摩擦在玻璃上，發出難聽的「吱吱」聲，穆林和楊晟一下子就愣住了，接下來就從沙發上站起，不由自主的倒退了兩步。

他們是受到了驚嚇，這是——丁揚？

第四十章 楊晟的祕密往事（三）

路山在敘述著，可是聽到這裡，我心中有一個疑惑卻越來越大，我問路山：「你是怎麼知道這一切的？說得就和你親眼看見的一樣。」

路山笑笑，說道：「你不要忘記了一點，那就是當時帶著穆林和楊晟下去的戰士，只能是來自於我們部門的祕密戰士，而他們的一切行動，特別是涉及到機密之地的，都要寫行動報告，我說我恰好就看見了這些行動報告，你相信嗎？」

我點了一枝菸，沒有回答路山，顯然我內心是相信的，我皺著眉頭問道：「那他們看見的丁揚變為了什麼樣子？就是類似於殭屍的怪物嗎？」這個其實不難猜測。

路山也不緊不慢地點了一枝菸，吐了一個煙圈之後才說道：「不完全是，我記得你曾經去辦過一件事情吧？荒村老村長，那份行動報告現在還在部門裡。」

「然後？」我問道。

「然後？那還不簡單，你可以把丁揚理解為另外一個老村長，不過那個老村長是含冤而死的老村長，這個丁揚是活體！」路山淡淡地說道，頓了一下，又接著說道：「一九××年，從得到的資料來看，可能是那神奇植物的成熟期和爆發期，在幾年裡，你知道出現了多少荒村嗎？常常是一個村子接著一個村子的人變異，那個年代流傳的咬人殭屍傳說最多，當

然你也可以理解為『瘟疫』最多的年代。」

又一個老村長，這可真讓我震驚的，爆發年？我想起了遙遠的小時候，師傅曾經透露過的一句話，他說你以為那麼多荒村是怎麼來的？一個村子都消失掉。

我沒有發表什麼評論，而是對路山說道：「你繼續說。」

穆山和楊晟愣在那個祕密房間，就算他們是走在科學前沿的人物，依然接受不了眼前的這個怪物，就是那曾經的丁揚。

反倒是那個戰士已經見怪不怪，他說道：「穆教授，希望你們能冷靜一些，先坐下再說吧，如果不能適應，我可以先拉上窗簾，丁教授在清醒之前，都會有這樣的爆發，之後就會完全清醒一陣子。」

穆山此刻已經完全沒有了主意，而楊晟也被嚇到了，其實楊晟心知肚明，在這祕密基地裡，有某種樣本，是特別部門的高人千辛萬苦弄回來的樣本——殭屍的樣本。

楊晟曾經見過那種樣本，乾枯，身上長滿了黑毛，獠牙突出，爪子尖利，而變異的原因，也有專門的科學研究者在研究，卻得不出真正可以站得住腳的結論。

照例，對殭屍的研究就封存了起來，做為一個未來需要研究攻破的專案！這是許多國家都會採取的做法，對於一些奇異事件，就包括流傳最廣，最有現實基礎的外星人事件，他們得到了一些資料和材料，會研究，但在現今科技不能取得重大突破的情況下，就會封存起來，打上最高機密的標籤，然後等待以後研究。

而這些最高機密的研究事件，如果在未來有了突破性的成果，甚至可以應用於現實了，又不會造成什麼不安的社會影響，這些機密事件就可以緩慢的解封，公開了。

所以，一個國家的真正科技力量永遠是領先於民間科技至少三十年的，嚴格地說來，可以理解為我們九十年代運用的一些科技，甚至就是六十年代出現的最新科技，閹割後的民用版。

楊晟在看見丁揚之後，腦子裡不自覺的就想到了這些資料，但是他無法把丁揚與殭屍畫上等號，事實上華夏的殭屍都是有明顯特徵的，就比如體表上的毛，就像製作黴豆腐一般的毛，顯然丁揚是沒有這種特徵的。

剛才的驚鴻一瞥，楊晟覺得丁揚更像是一具開始腐爛的屍體，偏偏憑藉他多年研究生物學的經驗，又看出來，在丁揚臉上裸露的肉當中，有新生的肉芽，這是怎麼一回事兒？腐敗與新生同時出現在一具身體上。

楊晟已經陷入了深深的思考當中，自然那個時候的他還沒有偏激地想到這樣的存在對於人類有偉大的意義，他就是單純的好奇。

「能不能告訴我丁揚到底是怎麼了？既然你們要我接手這個項目。」穆林的臉色灰暗，顯然不太能能接受他昔日的好朋友丁揚變成了這幅模樣。

「嚴格地說來，丁揚是我們這個部門帶回來的。當時，他們研究的課題是洞穴蜥蜴，為了取得第一手的資料，丁教授他們去到了××沙漠的深處。」那個戰士依舊是那種不緊不慢的語氣。

「××沙漠，只是為了去研究蜥蜴，他瘋了嗎？那裡……」穆林沒有說下去，在這個世界上，有很多地方就跟做為最高機密封存的項目一般，也是被封存的。

在沒有解開那些地方的謎題之前，或者是那個地方還存在大量的危險時，一樣是會被設

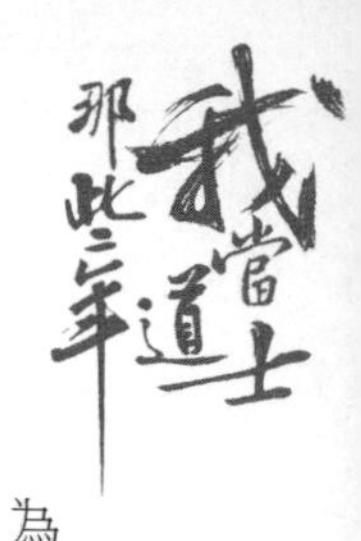

為禁區的。

除非是在那個禁區的有效資料已經被部門取得，危險徹底解除了之後，才會真正的解封，甚至為了消除民間影響，會變為風景旅遊區，任由猜測的人們去探祕，去好奇，但不會再真正的發現什麼。

而當年的××沙漠自然也就是這樣的禁區，裡面存在著一些匪夷所思的事，當地的民間傳說也很多，在穆林看來，為了一種蜥蜴特別冒險去××沙漠，自然是瘋掉的行為。

但他也瞭解自己這個朋友，是一個性格嚴謹的科學家，他就是那種會戰鬥在第一線，讓人肅然起敬的人，很多科學家沒有這種精神，不要以為科學研究的第一線就不危險了。

「事實上，為了那個課題去××沙漠深處進行研究，當時的相關部門是並不批准的，因為投入會大於課題本身的實際意義，在很多人看來，就算研究出了最大的成果，也不過是發現了一種新的蜥蜴，這樣的投入是否划算？也因為丁揚教授是國寶級的科學家，在那神祕的地方，會有生命危險，這是更加不被允許的，我們國家現在的專業頂級人才還太少太少。」那個戰士對穆林解釋著。

「那他為什麼還是去了？為什麼又會弄成這個樣子？」穆林問道。

「他去了，是因為行動升級了，而且升級成最高項目，所以丁揚博士去了！而升級的原因是因為發現這種洞穴蜥蜴的當地人，其中有一個人發瘋了。」那個戰士繼續解釋道。

「發瘋，你詳細一點說？」穆林的眉頭緊皺。

「具體地說就是在當時，那個偏遠的小村子裡，有一個當地人出現了狂犬病一般的症狀，開始瘋狂地攻擊村子裡的其他人，而被他攻擊過的人，不超過三天一定會出現同樣的症狀，喪失理智，如同野獸般只剩下進食本能和強烈的攻擊性。」那個戰士解釋得非常詳細。

穆林有些奇異看了戰士一眼，沉聲說道：「你說的這些症狀，除了發作的時間太短以外，和真正的狂犬病又有什麼區別？」

狂犬病是一種比較神奇的病，它自古有之，一旦發病就是無解！讓穆林汗顏的是，在他掌握的資料裡，有很少的幾例，狂犬病竟然被治癒，可治癒他們的全部都是穆林眼裡的玄學人士！而且是來無影去無蹤那種，讓人無從查起，唯一得到的資料僅僅只是他們留下一句「狂犬病可以傷及靈魂」。

但靈魂……罷了，穆林雖然接觸了一些，但還不能完全地說服自己接受它的存在，證據不足！

「是的，表面上看起來和狂犬病沒有任何的區別，可在事實上有一個重大的區別，就是這些人變得力大無窮，超出了人類的範疇，另外，他們的抗打擊能力大大增加，有目擊者說刀砍在身上都沒用痛覺一般，甚至捅進肚子裡也活蹦亂跳，悍然不懼，完全不受任何影響，甚至連血液都不怎麼流出。這可是和狂犬病有著本質的區別啊。」

「這樣嗎？」穆林有些吃驚了。

「的確是這樣，原本洞穴蜥蜴和當地人發瘋是兩個獨立事件，甚至發瘋事件一開始我們並沒有得到任何資料。直到那個村子裡的人受不了發瘋的人越來越多了，開始向當地的部隊求助，我們才知道了這個事件！更偶然的是，因為彙報洞穴巨蜥和當地人發瘋事件的所在部隊是同一個部隊，我們中有心人翻查了一下，才發現了兩件事情中的連繫，在當地第一個發瘋的竟然是洞穴巨蜥的目擊者之一，最特別的是，他曾經被洞穴巨蜥攻擊過，差點被咬掉一

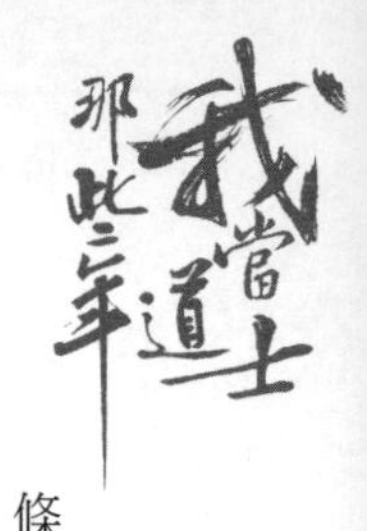

條腿。」那個戰士終於把事情完完整整對穆林說清楚了。

而穆林在此時臉色已經變得異常難看，如果說是這樣的話，那洞穴巨蜥身上就帶著一種異常可怕的病毒啊，並且具有傳染性。

縱觀人類的歷史，這種可怕的傳播性的生物病毒，只在一種傳說中的事物上特別明顯——殭屍！

第四十一章 楊晟的祕密往事（四）

就是這麼一個巧合，讓丁揚手中的課題上升到了最高級別，穆林也是高等學者，不用想，也知道這件事情其中的意義，為什麼會上升到最高級別。

這是由於當時的國際環境決定的，每個國家都恨不得自己手中再多一些籌碼，這其中也包含了關於生物方面的籌碼！

當然，這是不能擺到檯面上細說的原因，能心領神會也就夠了，在機密部門辦事兒的鐵則永遠有一條擺在最高位，不該問的不要多問，不該說的不要多說。

「其實在那個地下洞穴，那種可怕的巨型蜥蜴太多了，被攻擊到的人遠遠不只丁揚一個人，就算有我們部門的保護，也是一樣。除了當場被蜥蜴分食死掉的，部門一共救回了四個人，就包括丁揚。」路山淡淡地敘述著。

而我叼著菸，心中卻充滿了疑惑，接觸了老村長、惡魔蟲、紫色植物，我從來沒有發現它們身上有什麼傳染性，為什麼那個蜥蜴就會有？想想也真是太可怕了，這種蜥蜴是生活在地下洞穴，數量頗多，當有一天牠們的數量到了一定的程度，地下洞穴再也容不下牠們，牠們被逼來到了地上或者通過別的方式轉移，帶來的又將是什麼樣的災難？

彷彿是看出了我的疑惑，路山說道：「那個計畫和研究早就終止了，阻止這個計畫的，

正是以你師傅等人為首的道家之人，聽說是得到了那幾個『護國者』的大力支持，才得以那麼順利。而那些地下蜥蜴，應該是全部消失了，消失的原因，你應該懂的……」說完，路山口中「砰」「砰」了兩聲，在模仿什麼東西爆炸的聲音，然後認真地跟我說：「沒有後患，一點後患也沒有，連樣本也沒有保留。」

聯想起楊晟給我寫的絕交信，我自然知道「砰」「砰」兩聲的意思無外乎就是在那裡「種了蘑菇」，當時這個動靜鬧得國際上很多國家都知道，也加強了對那個地方的監視，有的國家還拍到了很有趣的東西，再之後又全面否認。

很有趣的東西，聯想起穆林接手的那個實驗專案，我想穆林是已經接近成功了，而這中間因為我師傅他們的阻止，這個計畫擱淺了。

「你說丁揚他們被攻擊的有四個人，那麼……」我扔掉了菸蒂，接著剛才的事情問道。

「你別急，聽我說下去……」路山說道。

「穆教授，所有的事情就是這樣，當時被攻擊的有四個人，救回來之後，其他三個人都出現了和那個當地村子的村民一樣的症狀，死亡症狀也一樣，全部都是脫力而死。只有丁教授，他能保持清醒的神智，能在一定程度上克制自己的行為，而且能力也較其他三人厲害，你看見了那個金屬牆壁……」那位戰士依舊在給穆林詳細介紹著。

出於思考的習慣，穆林站起來在房間中點上了一枝菸，開始旁若無人地踱步起來，做為一個在生物學，植物學上都很有建樹的學者，他一聽就聽出了其中的區別，其他三個人脫力而死，說明那種蜥蜴病毒，是會讓人神志不清，只保留生物本能，但忽如其來的能力，只是在壓榨生命的潛力，就好比人頃刻的爆發，但一直這麼爆發，自然會脫力而死。

但是丁揚不同，他的能力，聯想起丁揚的那一張臉，穆林皺起了眉頭，這貌似關乎到人體最本質的東西——細胞的快速分裂，那樣帶來的生機和活力簡直是恐怖的。

說明丁揚身上發生了不一樣的事情，想到這裡他抬頭望著那個戰士，那個戰士搖搖頭說道：「丁教授始終不肯說出他的身上發生了什麼事情，直到現在，他才鬆口，指定要找你才願意說出一切，並說明了如果這個實驗課題一旦成立，就要你來接手。」

「我？」穆林先是一愣，接著就釋然了，論起專業水準，自己倒是和丁揚相差無幾，論起感情的話，他們幾個，包括楊晟的父母在內，是真正的有著生死感情的戰友，往事如煙，當時的幾位好朋友，由於很多原因，死去的死去，瘋的瘋掉，也只剩下自己和丁揚了啊。

「好吧，課題我肯定會接手，等丁揚清醒了，我會好好和他談談。」穆林認真地說道。

這個戰士聽見了這一句話，鬆了一口氣，接著表情又變得躊躇了起來，考慮了一下才說道：「穆教授，那個洞穴的探索，後來由我們特殊的部門接手，這其中還衍生了一些別的事情，但與你的項目無關。我知道我的話是多餘，但我必須得說，如果待會兒丁教授清醒了，和你談論起別的一些事情，或者事物的存在，你最好忘記它，當從來沒有聽過。」

穆林疑惑，揚眉問道：「還有別的事情？」

「哦，那是另外幾個小組負責的課題，一些似乎是關於遠古巫道方面的東西，又或者不是，我也知道的不是太詳細，這些課題多半會按照慣例封存的，所以你聽到了什麼，最好忘記它。」那個戰士認真地說道。

「沒問題。」對於巫術，道士這種沒有嚴謹證明的存在，穆林是沒有半分興趣的，他根本也不在意，當即就答應了那個戰士。

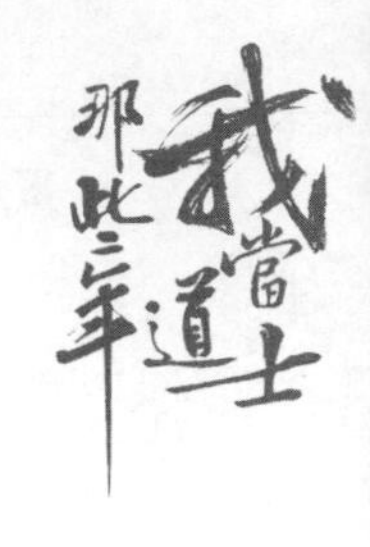

「巫家，道家的東西？怎麼會出現在那裡？」我對這段糾纏複雜的往事簡直昏了頭，難以置信地看著路山。

路山聳了聳肩膀，說道：「這個就不是我能知道的了，關於這件事情至今都是最高的親密，只是說或者是關於巫道的東西，誰能肯定呢？就好比電腦的運算法則可以和《周易》扯上了關係，連醫字脈的孫思邈這樣的偉人，都會說『不知易便不足以言醫』，我不能說清楚巫道的神奇，即使我不明白，醫術怎麼也會和它扯上關係的？」

路山這番話說明了什麼？我看了路山一眼，他一臉無辜，可是話裡的意思，也包含了他個人的一些揣測吧，那地下洞穴裡發現的東西非常了不得，或者遠古的一些東西和現在的高科技只是一線之差，不過這不是我關心的範疇，那些東西離我太遙遠，我只是問道：「那接下來呢？又發生了什麼？」

「唔，接下來穆林與丁揚的談話，應該說是一個祕密。清醒過來的丁揚非常堅持，整個談話現場，只能他和穆林楊晟在場，否則他什麼也不會說。」路山有些無奈地說道。

如果是這樣，那位戰士就必須離開，所以也就沒有了詳盡的行動報告！

「如果是這樣的話，相關部門會放心他們單獨談話嗎？」看來，楊晟的往事比我想像的還要複雜，在那場祕密的談話中，他竟然是一個唯一的知情者。

「穆林和丁揚的忠誠沒有人會懷疑，而且當時你懂得，知道了一些極度機密的事情的人，生活都不是那麼的自由，對吧？」路山淡淡地說道，有些話不用說得太明白，接著他頓了一下，接著說道：「一些課題，一些實驗證明了已經沒有意義，才有流傳的基礎，甚至似真似假的流傳到民間，因為本質上來說，停止了也就是不存在，就好比今天我可以和你輕鬆地談起這些。」

「停止了嗎？我看不見得吧，有的人從來沒有停止過。」我指的當然是楊晟。

「沒有停止也是有理由的，你還不知道後面發生的事情吧？穆林在和丁揚談話以後，就接手了這個實驗項目，而丁揚在那次談話以後自殺了！」路山認真地說道。

「自殺？怕是不容易吧？」我相當有把握說這句話，因為就像老村長這樣的存在，以它那死亡和生命夾雜著的奇特生命體，就算自我傷害，也會被強大的生機彌補，自殺是真的不容易。

不過，老村長是已經死亡，再自殺又算什麼？

「是自殺的挺不容易，也匪夷所思，沒人知道他是怎麼辦到的！在那間屋裡，不是有電燈嗎？不過在很高的位置，根據一些機密檔，丁揚教授是通過一定的方式觸電自殺的，疑點是那麼高的地方，就算他站在床上也不可能辦到，而且你知道的那個地方有監控，只在丁揚和穆林談話的時候，在丁揚的強烈要求下關掉了十分鐘的監控。」路山簡單地訴說著。

但我是親眼見過老村長的，地方高很成問題嗎？其實不成問題的。

第四十二章　事件結果以及……

可是丁揚為什麼會選擇在這種時候自殺？這讓我似乎想得通，又似乎有些想不通，簡單地說，這種生命的狀態，就算假設能得到悠長的生命，也不是一件值得欣喜的事兒，就算普通人也不能接受，這是我能想通的地方。

不能想通的地方在於為什麼偏偏選擇在那個時候自殺？不是早就可以辦到了嗎？

彷彿是看穿了我的疑惑，路山說道：「你還不知道接下來發生的事情吧？丁揚的屍體被解剖了，是他自己留下的遺書，要求解剖他的屍體，執行人是穆林。」

「你說，穆林解剖他好朋友的屍體？」我瞪大了眼睛，忽然發現科學家的世界，我有些不能理解。

「是的，丁揚把遺言留在了金屬牆面上，就簡單的一句話，我的屍體交由穆林解剖。」路山說道。

「難道穆林和丁揚談話以後，就沒有向上層彙報談話內容？」在這裡我想到了一個漏洞。

「當然不可能不彙報的，這也就是紫色植物第一次出現在檔記錄中，在那個地下洞穴，有大量的紫色植物。」路山對我說道。

「大量紫色植物？」我臉上變了，不過想起路山那一句一切都消失了，連樣本也沒有留下，心中也放心了。

路山懶洋洋地伸了個懶腰，再次點上了一枝菸，說道：「後面的事情我相信你也知道了，這個實驗當然繼續了下去，並且在有大量紫色植物的支持下，取得了極大的成功，但同時也出現了很多不可以控制的事情。我畢竟不是科學家，中間太詳細的東西我不知道。再後來，發生了幾次較大的事件以後，這個實驗項目，道家之人就插手了！對了，聽說參與那幾個神祕課題的道家人也出手阻止了這件事情。」

神祕課題？是指地下洞穴裡發現的東西，然後成立的研究小組嗎？我伸手摸了摸臉，但終究沒有多問，只是語氣有些沉重地問道：「那停止專案之後，穆林他……？」

「說起來，這是一個謎啊！就如我們普通人永遠不瞭解科學家在想什麼一般。穆林的結局不是太好，太具體的上層保密，我也不太清楚，但你要相信他是死去了，死在太過執著上。可是他的執著並不是指的那個課題，而是由那個課題衍生的一些東西，就比如人類進化成更高級的生命。而他還留下一個謎題，就是在他的實驗室和家中都沒有找到最核心的實驗記錄，他留下的工作實驗記錄都沒涉及到一些問題的核心，只是普通的記錄……」路山說起這件事情的時候，臉上流露出好奇的神色，顯然他是不知道內情的。

可是我已經聽不進去路山在說些什麼了，因為我好像知道那真正核心的實驗筆記在誰手裡了——楊晟！怪不得他能取得如此大的成果，原來是在他老師遺留的實驗記錄基礎上，一切都能解釋得通了。

當年最大的紫色植物聚集地被毀，所以楊晟要實驗，必須再找到新的紫色植物，於是荒村就成了一個契機……他其實一直在隱藏自己，他一直……

我有點想不下去了，如果一切都是如此深沉的心計，那麼那個晟哥，存在於我記憶裡的晟哥都是假的？他只是給我看到了一張虛偽的面具嗎？

我有點不能接受這個結果，或者也有真情流露吧？聽到這裡，我開口問路山：「那楊晟呢？這件事情之後的楊晟呢？」

「楊晟？那個時候他還小啊，當然也是重點照顧的對象，不過他表現得很天真懵懂，就如同一般的天才那樣，除了學術上的事情，一切人情世故都不懂的樣子，時間久了，在他身上也查不出什麼來，也就這樣了！你看他後來還和道家人合作來著，不是嗎？而且，那件事情也是楊晟天才的一個轉捩點，從那以後，他表現得沒那麼天才了，至少不能算作頂級的天才了，大家都認為穆林的去世，對楊晟的打擊太大了。」路山給我解釋道。

「當然，在後來楊晟叛逃以後，很多人也推測出了一些有趣的結果，就不用我多說了吧。」路山又補充了一句。

我呆立當場，說實話，路山的話刺痛了我，他彷彿就是在證明，楊晟，不，以前晟哥的一切都是假象，是我自作多情，是他身邊所有的人都自作多情。這個人，從始至終，心裡都只有一件事情，那就是那個關於進化人類生命的實驗罷了。

遠方，天空開始泛白，黎明來了，晨風輕輕地吹過我的頭髮，卻讓我感覺刺骨的涼，涼到了心裡，那個荒村，那個分別的路口，楊晟說過的一些話，彷彿還在眼前，我卻發現我真的看不透了！

鋼筆我最終交給了路山，雖然我一直都不知道這枝鋼筆對於路山的意義在哪裡？更不知道這枝我仔細檢查過的鋼筆藏有什麼玄機！

一切看來，這不過只是一枝普通的鋼筆，如果說特別一點兒的話，那就是這枝鋼筆是在九〇年代初，比較昂貴的派克筆，除了這個，沒有任何的特點。

而天池的行程，總的來說，我是失敗的，失敗在哪裡，大家都心知肚明，那就是紫色植物被莫名其妙出現的楊晟搶走了，而那個洞穴，除了紫色植物和怪物，也沒有任何再值得探究的地方，這讓我們所有的人很懊惱，因為在我們的判斷力，應該有與蓬萊有關的事物，至少師傅的暗示是那麼說的。

對於路山的懷疑自然也是排除了，但這個人總是讓我非常看不透，我們夜探天池的行動竟然就被他無聲無息的隱瞞了，江一毫不知情。

而關於楊晟，則留下了更多的謎題，他為什麼會忽然出現在那裡，當年的事情前後到底怎麼樣的，在這其中發生了什麼，就比如那場沒有監控的十分鐘談話，楊晟是唯一的知情者，原來他背後的往事是這麼複雜。

可無論如何，這一切暫時是與我們無關的，我曾經說過要阻止楊晟，但絕對不是現在，如果有一天我有幸能靠近昆侖，我會解決我與楊晟之間的恩怨的。

天池的行程就這樣結束了，我們興沖沖的來，敗興而回，下一個目標我選擇了一番，定在了那個「鬼湖」！但說起要去，也不是現在，第一是要等待慧根兒的歸來，第二，則是要給江一製造一種我們沒有目的的假象。

這兩點對於我們來說異常重要。

接下來的大半月旅途，於我們來說，是一場遊山玩水的旅途，我以為在當今的環境下，

我大華夏的自然風光都遭到了人類的「侵略」，卻發現，在無人或者少人的環境下，那湖光山色依舊是醉人的美麗，我當是自己和大家放鬆心情的旅途了，畢竟我們要去的地方都是極偏僻的，而大華夏的湖又那麼多。

這是完全放鬆的時光，放鬆到肖承乾要給我講一些關於灰眼人的事情，我都拒絕聽，我告訴他，等到慧根兒歸來時，再一起講吧，免得再說一次，浪費精力。

而算起來，這樣悠閒的日子過了大半個月，我們大家的情緒也由一開始的緊張變成極大的放鬆，而在天池碰壁的頹廢和沮喪，也被這湖光山色的美景給徹底化解了。

讀萬卷書不如行萬里路，閉門煉心，不如行走世間得到沉澱，在經歷了那麼大半月的遊歷以後，我對這句話也有了深刻的體會。

在這一天的下午，坐在汽車上，望著窗外的陽光，我算了一下時間，和慧根兒約定的日子，就在明天啊！

第四十三章　萬鬼之湖的一些事

我們在×縣城，見到了慧根兒，那個地方是我與慧根兒約定的地方，因為靠近我們的下一個目的地，萬鬼之湖。

見到慧根兒的時候，慧根兒正在一個雜貨店倚著，手裡拿著一瓶可樂，嘴上嚼著香酥花生，正笑吟吟的與雜貨店裡一個女人在說話。

他看起來很高興的樣子，一個月不見，模樣也愈加清秀，完全不是十八歲時的粗糙，那時還會冒出一兩個痘痘來，如今不會了，一張臉蛋兒又恢復了小時候的雞蛋白，這小子會逆生長。

而與他面對的那個女人，不，確切地說應該是女孩兒，也是一副十分高興的樣子，不時的發出銀鈴般的笑聲，看向慧根兒的眼光也就越加柔和。

在他和那個女孩兒旁邊，還有一個老者一臉無奈地看著他們，這神奇的一幕我們也搞不清楚是怎麼一回事兒。

只是承心哥站在我的旁邊，看見了這一幕，臉色就陰沉了下來，眼鏡底下眼睛精光一閃，語氣「森冷」的對我說道：「承一，慧根兒這是要和我比魅力嗎？他忘記了自己和尚的身份啊。」

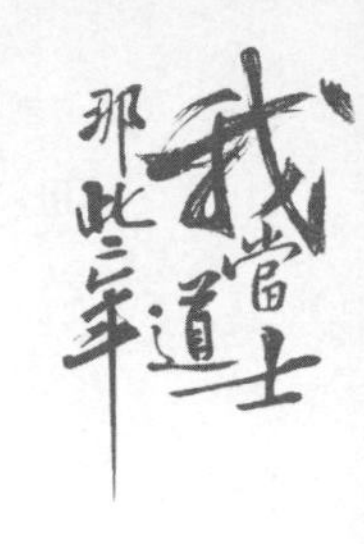

然後，一滴冷汗就沿著我的額角流到了臉上，承心哥觀察事物的角度果然與眾不同。

由於不能接話，我只能帶著承心哥快步走到了慧根兒的跟前，至於其他人由於旅途疲憊，我讓他們先去一家訂好的賓館歇腳去了。

「哥！」隨著距離的接近，慧根兒終於看見了我和承心哥，咧嘴笑了一聲，一下子就奔到了我的面前，然後一把就攬住了我的肩膀。

攬著我的肩膀？我忽然有一些不適應，小時候是我牽著他，長大了是我攬著他，怎麼一個月不見，換成他攬著我了呢？

這時，我才驚覺慧根兒一個月不見，莫名其妙地長高了一點，難道與那項祕法有關？不過，現在不是問話的時候，加上旁邊承心哥「虎視眈眈」的盯著慧根兒，一副隨時發作的表情，我只能笑笑，對慧根兒說道：「等久了吧？我們現在就走吧？」

慧根兒大大咧咧地說道：「也不久，事情提前完成了而已，所以我早到了三天。」

「這三天不無聊吧？」承心哥「陰陽怪氣」地說道。

「呵呵，不無聊，我就天天來這兒等你們，和老闆的女兒聊聊天，挺開心的啊。」說著，慧根兒頓了一下，對我說道：「哥，我去和別人打個招呼，要走了。」

說完慧根兒跑到那家雜貨店，對裡面的人說道：「我要等的人等到了，這幾天叨擾你們了，這就走了，以後還來這裡的話，再來照顧你們的生意。」

「這就走了嗎？我們……我們鋪子的電話你記得吧？以後也可以聯繫的。」從雜貨店傳來一個女孩兒的聲音，頗為戀戀不捨。

「出家人四海為家，萬事皆講個緣法，以後有緣自會再見。」慧根兒很認真地說道。

「你是和尚？」那個女孩兒的聲音一下子變得驚奇無比。

「阿彌陀佛，貧僧已經出家十六年了。」慧根兒唱了一個佛號，然後隨手取下了腦袋上的鴨舌帽，露出的不正是一顆光頭嗎？

「你……你竟然是一個和尚，你怎麼……」

「女兒啊，我就說，哪裡來的小子，妳天天和人家聊那麼開心，還動了心思，我說這……喂，女兒，妳這是去哪裡？」

雜貨店傳來了兩人對話的聲音，我和承心哥一下子就尷尬了，而慧根兒一臉坦然，也有些懵懂無知的樣子，戴上帽子就朝著我和承心哥走了過來。

我咳嗽了一聲，有些生氣地對慧根兒說道：「你這小子在搞什麼？既然是和尚，為什麼去招惹人女孩子？」

慧根兒一臉無辜地說道：「我沒有招惹啊，我自己的心裡是坦然的。師傅曾經說過，待人以誠，待人以真，我和她談天說地，都是真誠的，偶爾的關心也是真的，為什麼這一切人與人本該就有的交流狀態，就變成了招惹？」

我一下子答不上來了，莫非我要告訴慧根兒，這個世間的交流，防備與虛偽太多，惡毒與揣測太多，你的真和誠容易打動別人，特別是女孩子，要和別人假一點兒說話嗎？還是一見到女的，就上前唱個佛號，露個光頭，告訴別人你是一個大和尚啊。

說到底，是這世間留下的問題啊！

不僅我無言，承心哥也無言，之後，承心哥只能虎著臉對慧根兒說道：「總之你以後少與女孩子說話，佛門中人不知道戒律嗎？」

「我知道了，承心哥，我只是看見這裡離那個湖近，閒來無事就打聽一下關於那個湖的事兒。」慧根兒一臉委屈地說道。

「那打聽到了什麼嗎？」我隨口地問道，也不想一直就這個問題糾纏。

「有怪事兒，聽說這個縣城每年，或者每隔兩年都會發生離奇的命案，也不知道是巧合，還是和萬鬼之湖有關……」慧根兒開始絮絮叨叨地訴說。

夕陽下，我們三人的背影漸行漸遠，一段新的行程就要開始了。

慧根兒說的縣城裡的奇異死亡案件，並沒有引起我和承心哥的太大注意，畢竟他說的一些情況，是已經破案了的人為案件。

再說在華夏的這片土地上，每一個城市，每一年都會發生不少的命案，把這個縣城裡的事兒勉強地與萬鬼之湖扯上關係是說不通的。

慧根兒說的這些民間誇大化的案子，我們也就當奇聞異事聽過了，唏噓幾聲也就罷了。大家聚在一起吃過晚飯，也就各自回了房間休息，在出發之前決定要聽的灰眼人的一些事情也決定放在了明天，畢竟這幾天的奔波太累了一點兒。

只是我沒有忘記告訴肖承乾，慧根兒消失一個月的原因，是因為他身上的血紋身。說起來，是因為小鬼事件的因禍得福，那一次慧根兒受傷很重，失血也很多，卻莫名其妙地促進了身上血紋身與他的融合，這件事情因為在佛門的歷史上也沒發生過幾次，所以一開始是沒有引起大家的注意的。

直到一個多月以前，我們出發了幾天，慧根兒忽然表現出全身發熱，並且有時他自己開始有些神志不清地說，自己的力量好像增長了很多，才引起了我們的注意。

這些症狀原本是很像發燒的症狀，但承心哥做為醫字脈的傳人，為慧根兒把脈之後，否定了這個可能，卻又找不出原因，就只能通過一定的聯繫方式，求助了慧根兒的師伯。

結果，這樣折騰了一番，我們才知道了，原來慧根兒身上的血紋身和他進一步的融合了，怪不得他說胡話的時候，曾說靈魂本質的心性得到了認可，機緣也到了什麼的。

顯然，這樣的事情引起了慧根兒師門的注意，在第二天就派人來了，要接走慧根兒，說這種情況幾乎是三百年都難遇，如果融合順利，慧根兒能通過祕法，再接受一個血紋身，到時候，慧根兒就真的是那座神祕寺廟裡三百年才可能出現的真正戰鬥羅漢僧！

聽起來很神奇的樣子，佛家的這種提升之法，真是讓我這個道家小子羨慕！說起來，道家也不是沒有快速地提升之法，只是都偏向於「邪道」，也容易根基不穩，哪有慧根兒這種提升之法來得正大光明？

實際上，這中間的條件是異常苛刻的，慧根兒只不過剛好符合了血紋身傳承的條件，這個連慧大爺都不能！

夜晚安靜，慧根兒這小子是屬於一沾枕頭就睡著的那個類型，而我也不知道自己是不是因為旅途太過疲憊，而有些失眠，竟然睡不著，只能披衣起床，望著窗外發起呆來。

窗外夜色沉沉，一彎月亮卻並不明亮，有些模模糊糊的樣子，倒是讓我想起了小時候在那片墳地裡，第一次見到李鳳仙附身在我二姐身上時，見過的那種毛月亮。

看著這個，我不由得有些好笑，因為靠近萬鬼之湖，所以連這裡的月亮都要瘆人幾分？

萬鬼之湖，這個湖在圈中異常有名，但普通人卻不見得曉得這個湖，常常會以為這個湖是某個冤魂聚集事件的大湖，那其實是錯誤的說法。

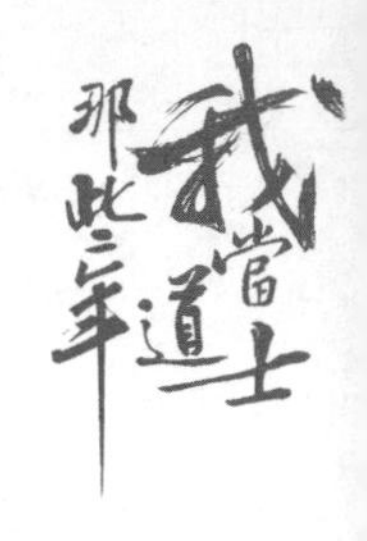

鬼物喜水，曾經就有大能提出過，真正的，如果有地獄這麼一個空間存在，或者它和我們生存的活人世界共存，那我們是不是應該考慮它其實是在水中的呢？畢竟我們這顆星球，水面覆蓋了百分之七十，就算人類發明了各種船隻，水裡依然有很多地方是我們的禁區。

冤魂聚集在×湖，引發了民間的各種猜測和流言並不出奇，那個年代密集冤死的人太多了，那裡又是一個大湖，配上鬼物喜水的特性，不出事才怪的。

就算一個普通的城市，很多冤魂鬼物都喜歡聚集在水裡，所以，有一個小忌諱，就是夜間別去戲水游泳，容易出事，也容易看見一些不該看的。

但萬鬼之湖，卻不是鬼物喜水這麼簡單可以解釋的，這樣想著，我的心情有些沉重，不由自主的點上了一枝菸，連在不遠處的那黑沉中莫名亮起了一盞燈光，接著尖叫，然後人聲嘈雜，我都沒有注意到。

第四十四章 夜半之事

我陷入了深深的沉思中，關於萬鬼之湖我所知的一切，和一些鬼物的常識都浮上了腦海。

靜水永遠比動水更受冤魂鬼物歡喜，就好比流動的溪流和水潭，陰魂更容易在水潭聚集，大江與湖泊，陰魂更容易在湖泊聚集，而有經驗的道士去宅院驅鬼，如果宅院有井，那絕對是第一個探查的地方，而在屋中廁所的位置，特別是沒有光源的封閉性廁所，一找一個準。

×湖的某一處因為特殊的陰性氣場聚集在那一處（可以說是整個湖的陰性氣場大半都因為地形，風水的流動集中在了一處），招來了眾多冤魂，所以形成了×湖冤魂事件，那時的事件大到驚擾到了普通百姓，也算是一次警告性的事件。

但萬鬼之湖，卻是湖中有好幾處地方，小島、岩石、水上植物等等，莫名形成了一個聚陰陣，從高空看去就像有一個布陣高人刻意為之，太過神奇。

這樣神奇的大自然手筆，帶來的後果卻是可怕的，它幾乎無時無刻都在聚集天地間的陰性氣場，根本不受限制於這個湖，而方圓千里的冤魂都容易受到這裡的吸引。

這個湖中聚陰陣可以從風水方面來解釋，也可以理解為大自然的鬼斧神工，這裡在圈中

的凶險之名不下於那個神奇的死亡峽谷，就算這個湖水產豐富，但當地圍繞著幾個村子的村民，也從來不敢靠近某些禁區的地方，就算大白天也不會，因為靠近了就只有一個結果——有去無回。

想到這裡，我吸了一口菸，濃濃的煙霧在窗前飄散，結合路山給的資料和師傅曾經說過的一些往事，我知道萬鬼之湖還有一個圈中人才知道的外號——小地府！可見鬼物之多。

「實際上部門也召集人手在萬鬼之湖做過一些工作，這個工作我可以悄悄地告訴你，從萬鬼之湖的那個神奇地形形成以後，就從來沒間斷過，我想想，大概從明初就已經開始了，都是一些道家高人在做維護。」這是路山口述給我的一些情況。

「萬鬼之湖自然是有人管的，這是我道家人歷代的責任，只是這些所為並不為普通人所知罷了。就比如現代，在萬鬼之湖的特殊陣法之外，就有現代最厲害的幾個高人布陣，限制其中的陰氣無限制的聚集，也限制其中的鬼物。但面對大自然，人力有限，這種事情只能控制，卻不能徹底解決。」這是師傅小時候給我談起萬鬼之湖時說過的一些話。

「難道就不能毀去那個自然形成的陣法嗎？用炸彈什麼的，毀去其中幾處關鍵的點，那自然形成的陣法不也就破了？」那時候的我年紀還小，多多少少有些幼稚。

「不能，你就想像那裡是一個裝滿了毒氣的盒子，我如果把盒子扯爛了，那後果是什麼？自然是毒氣外泄！萬鬼之湖聚集的多半都是不得輪迴的冤魂厲鬼，它們可不怕什麼炸彈，如果失去了這個安身之地，你想方圓百里都變成無人之地嗎？更別提陰氣外泄，這種陰氣可不是那種滋養靈魂的純淨陰氣，而是那種害處極大的駁雜陰氣，如果失去了萬鬼之湖，方圓百里甚至會變成……所以，三娃兒啊，你眼中看一件事，永遠不要去看表象，就如垃圾場，它髒，可是它換來的卻是大家的潔淨，難道你就要說垃圾場是個破地方嗎？對待事物，或者對待人永遠要公平，而公平的實質就是看到了表象之下的實際，知道了嗎？」

師傅的話猶在耳邊，所以那時候小小的我，從一開始對萬鬼之湖的畏懼和厭惡變成了一種對大自然的敬畏，彷彿它是一早開始有安排，在護衛人間的安寧。

我想得出神，也就忘記了周圍的事情，直到這時一陣敲門聲一下子驚醒了我，我才從沉思中回過神來，微微皺眉，誰這大半夜的會來敲門啊？

床上的慧根兒嘟囔了幾聲，然後扯過被子蒙著頭繼續睡，指望這小子去開門是不現實的了，我歎息一聲，只能苦笑著問了一句：「誰啊？」邊說邊朝著門邊走去。

「承一哥，是我，承真。」門外傳來的是承真的聲音，這倒讓我很詫異，這丫頭半夜來敲我的門幹嘛。

我走過去開了門，看見承真一臉興奮地站在我門前，旁邊拉著睡眼朦朧的承願和如月，三人就這麼杵在我的門前。

我還沒來得及發問，承真就說道：「承一哥，陪我出去啊，有事情有事情。」

承真的話剛落音，如月就在旁邊打著呵欠說道：「三哥哥，這丫頭瘋了，半夜把我和承願拉起來，就說是有事情發生，非得要出去。我們沒辦法，就說讓她來找你，你去我們就去。」

說話間，從那窗外忽然響起了刺耳的警笛聲，承真一下子就激動了，從我的身側擠進門去，然後把我扯到了窗前，指著遠處一片燈火通明的地方說道：「承一哥，你難道沒注意嗎？這個地方出事兒了，現在員警都去了，我們也去看看吧。」

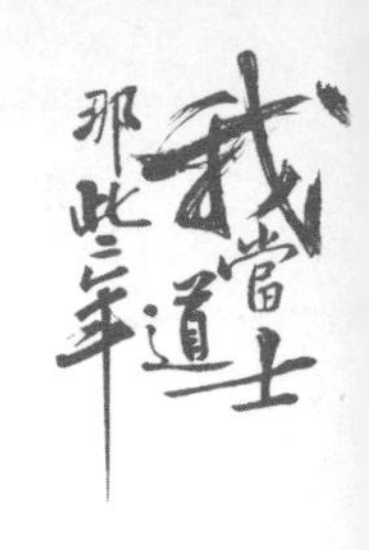

「明天還有事兒，去湊這熱鬧幹嘛？」我瞭解承真的性格，是那種大大咧咧，爽利的男孩子性格，不過有一點卻絕對是女孩子，而且勝過一般女孩子，那就是八卦得緊，沒想到已經發展到半夜去看熱鬧這種程度了。

「這絕對不是湊熱鬧啊，師兄，我從一來這裡，就感覺這裡的地脈都一些不對勁，所以決定晚上四處走走，觀察一下這裡的地形，想找一個能夠清楚的望氣之地，結果就發現這裡半夜出事兒了，師兄，這說不定能為我找到什麼線索呢？你知道我這是職業病。」承真對我耍賴般地說道，即使當地發生什麼事兒，通過一件事情又怎麼能判斷得出來？

不過，看著承真期盼的眼神，我發現我要拒絕了這丫頭，估計會對我不滿很久，所以想想也就答應了，說道：「那我陪妳去看看吧，讓如月和承願去睡覺。」

我的話剛落音，忽然就看見慧根兒從床上一骨碌爬了起來，精神百倍地對我說道：「哥，我也要去！」

我一下子無語了，這小子不是睡得很熟嗎？

這個地方的初夏並不炎熱，反而在入夜的時候，有一些冷，我和承真，慧根兒三人走出賓館，加了一件衣服，都覺得周圍的風來得有些冰涼。

縣城並不大，出事的地方離我們所在的賓館也並不遠，兩條街的距離而已，我們走了不過十幾分鐘，就已經看見有三三兩兩周圍的居民，在小聲的議論著什麼，往出事的地方趕去了。

在那邊，警車閃爍著警燈，已經停了下來，有幾個員警在拉著警戒線，並驅趕一些居民，說是叫別破壞現場。

看到這一些場景，一直嚷著要來看熱鬧的承真忽然有些害怕了，小聲對我說道：「哥，你說我會不會看見凶殺現場啊？如果是，我不要看了。」

我有些無語，這丫頭身為道士，走南闖北，鬼都不怕，還怕看見凶殺現場？我笑著，一邊安撫承真，一邊覺得這個地方我怎麼那麼眼熟？

在那邊慧根兒的臉色忽然變得有一些不好看了，他忽然開口對我說道：「哥，額咋覺著是那個小賣部出事兒了？」

慧根兒這次曾說過，出門在外，要改改自己的陝西腔，一直也很注意，卻不想這一次，一緊張那陝西腔就冒了出來。

我一聽，也忽然想起了，這不是我和慧根兒約定見面的地方嗎？我在小賣部見著的慧根兒，這不就是那小賣部附近嗎？

我一下子想起了那個笑顏如花，青春洋溢的小賣部老闆的女兒！

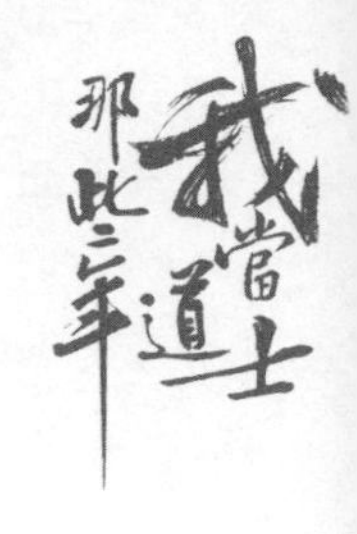

第四十五章 現場

這樣的想法讓我也稍微緊張了一下，帶著慧根兒和承真快步走向出事的地點。此刻，出事的地方已經被警方戒嚴了起來，警戒線也拉好了，人群全部聚集在了警戒線外，卻也不肯離去，嘈雜的議論著。

我們三人好不容易擠進了人群，看見警戒線圍繞的地方就是我和慧根兒相見的那個小賣部。此時，那個小賣部的三層小樓全部被圍繞了起來，幾個員警進進出出，臉色不是太好看。

我看見慧根兒的臉色已經變得難看，於是轉頭小聲問道旁邊的一個路人：「這大半夜的發生了什麼啊？」

那人是一個中年漢子，聽見我問他話，神色有些詫異地轉過頭來，打量了我幾眼，說道：「你是外地來的吧？聽口音就不是本地人。」

「嗯，外地來的，辦點事兒，本來打算回賓館的，結果就發現這裡……」我隨便敷衍了幾句。

那中年漢子卻歎息一聲打斷了我的話，小聲說道：「嗨，外地來的人就不懂了，別看我們這縣城不大，民風也淳樸，但這些年老是發生一些離奇的凶殺案，搞得我們這邊人心惶惶的。這不，這次聽說是這小店相依為命的父女被人殺了啊。」

我一下子愣住了，死了？被人殺了？

慧根兒的臉色一下子沉了下去，好半天才唱了一句佛號，念了一聲阿彌陀佛，過了一會兒，他小聲對我說道：「哥，想辦法進去看看吧。其實一開始額就發現了一點兒不對。」

「不對？」

「嗯，額是最近一年才能看見一點兒的，就是人身上的運勢，額經常在這小賣部逗留，發現這裡的老闆和女兒，身上都有那種隱隱的紅色凶光纏著，所以才留下來，看看能不能幫上他們。可是額這眼睛也是時靈時不靈，待了三天以後，發現他們身上的紅光又淡下去沒有了，所以……」慧根兒因為心情有些激蕩，說得有些語無倫次。

可我卻明白是咋回事兒了，能看見人的氣運，不是道家的天眼能辦到的，而是要靠相字脈一個特別的術法，而且諸多限制。

但有兩種特殊情況，卻是沒有限制的，一是鬼物，在人身上某種氣運特別明顯的時候，它們能夠「看」到。另外一種情況就是，心思越是純淨之人，一雙眼睛越能望透這種氣運，到了一定的境界，甚至能勘破時間空間的阻隔，望見過去未來。

可這畢竟只是傳說，沒想到慧根兒竟然能偶然看見，看來慧根兒的心性已經到了一定的境界了。

我深深地看了慧根兒一眼，拍了拍他的肩膀，沒有多說什麼，而是直接穿過了警戒線，朝著裡面走了過去，慧根兒跟著我，承真也臉色有些難看地跟著我，碎碎念著：「承一哥啊，我就是隨便來看看熱鬧的，你怎麼能到凶殺現場呢？你怎麼能那麼認真呢？」

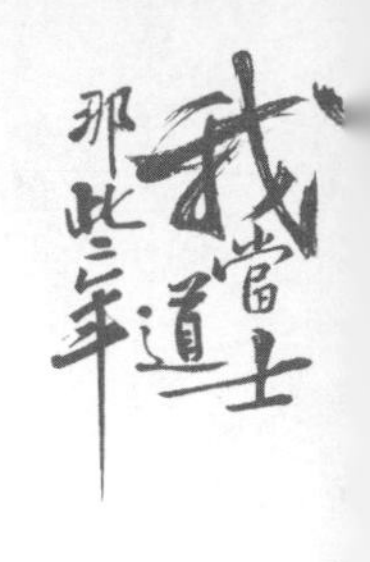

我無語的拉過承真，小聲說道：「死去的人，和慧根兒有些熟悉，怎麼也得去看看。」

承真不說話了，雖然臉色依然難看，可還是安慰性地看了一眼慧根兒，慧根兒緊抿著嘴角，顯然心情不是太好。

我們剛進去幾步，就有員警攔住了我們，說這裡已經被戒嚴了，讓我們趕快退出去。

面對這種情況，我自然有應付的辦法，我從錢包裡拿出了一張證件，這是小鬼事件後，洪子所在的部門，特別批示給我的證件，但這縣城的警察局是不認識這種證件的，我對他說道：「我也是公安機關的人，只不過所在部門比較保密，你可以看看證件，借我一個電話用用嗎？」

那個員警看著這證件，有些疑惑，但電話還是借給了我，我直接打電話給了一個相熟的部門之人，他對外的身份比較高，屬於公安部門的高官了，然後說明了一下情況。

輾轉幾個電話之後，那個看我證件的員警終於接到了可能是他們上司的電話，然後用一種莫名的眼光看了我們三個一眼，接著就帶著一種敬畏的態度放我們三個進去了。

「沒想到有個部門的身份證件，那麼好使！下次我也去弄一個，不知道住國營招待所，或者食堂吃飯什麼的，能不能不要錢？」承真自言自語地說道，完全繼承了王師叔「守財奴」的秉性，接著她就說道：「承一哥，你們進去吧，我在這裡等著你們。」

我無語看了承真一眼，然後和慧根兒走進了那個小賣部。

在我的印象中，這個小賣部收拾得頗為乾淨整潔，但此時已經是一片凌亂，散落的貨物，打碎的玻璃櫃檯，很顯然在這裡，這小賣部的父女和凶手經過了一場搏鬥！

轉入裡間，就看見了這裡有大灘的血跡，因為經過了一定的時間，這些血跡已經有些凝固發黑的跡象了，整個裡面都充斥著刺鼻的血腥味。

我的臉色變得有些難看，慧根兒則是唱了一聲佛號，在這裡有兩個員警在小心地提取著一些證據，我走過去開口問道：「他們的屍體還在這裡嗎？是怎麼發現他們死掉的？」

那個員警奇怪地看了我一眼，顯然不知道我是從哪裡冒出來的，這時，我身邊傳來了一個聲音：「這是從上面來的領導，碰巧遇見了這個案子，你們知道什麼就好好回答。」

我一看，不就是剛才借我電話那個員警嗎？他也跟了進來，看來還想得挺周到的。

有同事發話，那個員警倒也直接：「屍體還在上面沒有動，如果你要去看，最好做好心理準備。至於報案的人是周圍的幾個鄰居，他們聽見了這裡的打鬥聲，然後來看情況，發現沒人開門，踹開門以後就發現了打鬥還有血跡，沒來得及看屍體，就報案了……這裡有一個後院，所處位置比較偏僻，鄰居看不見情況，我們估計凶手就是從那裡逃跑的。」

我是一個道士，並不是專業的破案人員，也不會什麼精密的邏輯推理，聽到這些也只是嗯了一聲，如果要我找線索，只能從靈異的方面下手，當然必須是要在有跡可循的情況下，凶殺現場的鬼魂如果已經離去，那我是毫無辦法的，畢竟鬼魂是要遵從一定的規矩的，就比如說輪迴，傳中說的「被帶走」，在這方面我沒有證據，不算太瞭解。

「但願是已經離開，否則不變成怨鬼厲鬼。就是被某些氣場拘禁不得離開，很慘的。」慧根兒輕聲說了一句。

這時，我們已經離開了那個血跡斑斑，看起來像是第一現場的裡間，開始上樓！

樓梯上有一道長長的血痕，只是看一眼，我就彷彿看見了那對無辜父女的屍體就是在這樓梯上被拖動，留下了長長的血痕，但凶手為什麼要拖動屍體呢？我百思不得其解。

順著充斥著血痕的樓梯向上，就是二樓的房間，兩個房門相對，就如一般的單元樓，此刻在這裡也拉起了警戒線，門口站著兩個員警，臉色蒼白。

「這是上面來的領導……」跟著我們的那個員警又開始說話了，倒省去了我和他們解釋，在一番話以後，其中一個員警好心的對我說道：「最好不要進去看，我做了十年員警了，還是沒有扛住啊，出門就吐了。」

說話間，那個員警有些不好意思，畢竟在凶殺現場被嚇到，或者嘔吐，是心理素質不過關的表現，員警一直都是以此為恥的。

另外一個員警也說道：「是啊，這個系列的案子，只要發現了屍體，能扛住的就沒有幾個。」

我原本已經打算進門，一聽他這話，不由得皺眉問道：「系列案子？」

「是啊，系列案子，從三年前開始，這樣的案子已經發生了六起，算上這次的死者，已經死了八個人，因為影響太過惡劣，上面壓了下來，我們破案的壓力也大啊。前幾起案子還好，作案的地點都是這縣城附近的地區，相隔有一定的距離，造成的影響上面還能壓住，沒想到這凶手竟然殺人殺到縣城來了。」跟在我身邊的員警，小心地，神祕兮兮地對我解釋道。

我一皺眉頭，又聯想起慧根兒打聽的那些所謂消息，心裡不由得連繫上了萬鬼之湖，難道是有關係嗎？

可是，我還在思考，已經進屋的慧根兒忽然唱了一聲佛號，聽聲音竟然有些許的顫抖和激動，聽得出來，他是有些憤怒了。

我趕緊幾步衝進了屋子，屋子裡的燈光白晃晃的，顯得有些刺眼和不真實的感覺，而我一眼就看到了床上的女屍，還有被強行固定跪在旁邊的男屍，一下子胃就縮緊了！

這個現場根本就像是一個地獄，我懷疑這根本就不是人類能做出來的事！

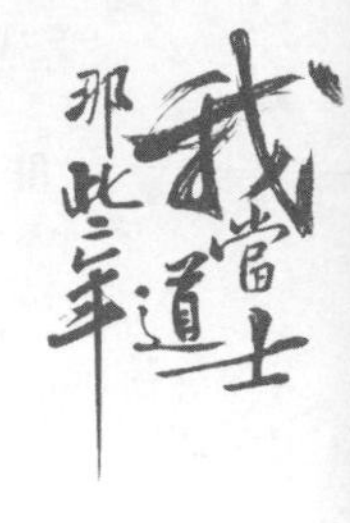

第四十六章　樓上的關門聲

這是我第一次那麼清楚看見這個小賣部老闆的臉，可惜是已經看不清楚具體長相了，兩邊的嘴角被劃開，刀口拉得長長的，翻開的肉被兩顆圖釘往上固定住了，擺成了一個小丑般的奇異「笑容」，卻又像骷髏般的露著牙齒。

鼻子被削去，留下兩個孔洞，一雙眼睛因為淤血凝結，眼白變成了一種恐怖的紅色，整個身體被一根繩子綁在椅背上，固定成了一個跪拜的姿勢，是朝著床上的女屍，也就是他女兒的屍體。

這樣的屍體，已經是考驗人類承受的極限了，不知道凶手的心態要扭曲到什麼樣的程度才能做出這樣的事情。

血腥味刺激著我的鼻子，看見的男屍卻衝擊著我的視覺，我此時不只胃部在抽搐，連整個心臟都在抽搐，我以為鬼物在人類的眼中是很恐怖的存在，其實比起這種真正的凶殺現場，鬼物有時可愛得像小白兔。

慧根兒雙眼緊閉，仰天，兩行淚水從眼角滑落，我知道慧根兒是在愧疚他明明已經發現端倪，卻沒救下這兩父女，雖然他是那個提著戒刀，說要殺盡天下惡人的小和尚，卻也是這個心底柔軟而慈悲的小和尚。

我不知道怎麼去安慰慧根兒，有些事情是命運，避也避不開，也不是旁人可以阻止的，我只能強忍著心頭的不適，繼續觀察這個凶殺現場，看看能不能找到一絲線索。

如果說那具男屍是人類承受的極限，那麼床上那具女屍，則已經超過了極限。

我從來沒有想到一個人可以流那麼多的血，以至於多到整張床單被鮮血染紅，在一大灘血跡的正中，小賣部老闆的女兒就躺在那裡，只是看一眼，可能按照我的心理素質，也會做半個月的惡夢。

冷汗從我的額頭滴落，我看見了這個面容清秀的女孩子，此刻臉上是一種扭曲的表情，雙眼圓睜，眼神停留在了極度恐懼的一刻，一張臉蒼白到普通人無法想像，連白紙都不足以形容，連嘴唇都幾乎沒有什麼顏色，我不懂法醫學，但這絕對是失血過多的表現。

她的臉不像她的父親，反而是被保護得很好，在臉的旁邊還放著一束不知道那裡摘的野花。

可是她的身體卻是極度的恐怖，雙手被擺在胸前，做出了一個祈禱的姿勢，但是從胸前一直延伸到小腹，她的肚子被整個剖開……我無法用筆墨去形容這一幕，只能說她的內臟被取出了一部分，就放在屍體的旁邊，每一塊內臟旁邊，都擺有一束野花。

而下半身則是裙子被撩起，雙腿張開呈一個奇異的角度，而我個人已經形容不下去，看不下去了……

花應該是美好的事物，但凶手好像很喜歡用它來妝點屍體一般，恐怖的屍體旁擺放著鮮花，這是一種怎麼樣的扭曲和諷刺？

「我懷疑這個凶手……唔……應該……是……唔，國外連環殺手的崇拜者，就比如開膛

手傑克什麼的……嘔，我受不了了，我出去一下。」跟我那個員警，邊壓制著乾嘔，邊跟我說完了這句話，就衝出了屋子。

我也快被這凶殺現場的氣氛弄出陰影了，因為我無法想像，一個人殺人之後，還拖屍到二樓，然後冷靜對著兩具屍體做出這些舉動，而很有可能在這個過程中，幾個鄰居已經在拍門，我能形容他是從容不迫，把殺人做為一種享受嗎？

我注意到那具女屍少了兩個大腳趾頭，而現場卻沒有。

我不敢深吸氣，而是一下子走到窗前，推開了窗戶，想呼吸一口新鮮的空氣，卻不想在推開窗戶的一瞬間，卻聽見樓上傳來了「澎」的一聲關門聲！

「誰？」面對這種神神叨叨的聲音，身為道士的我從來就沒有緊張過，可這一刻卻不知道為什麼全身汗毛炸起，頭皮都在發麻，彷彿心臟在那一刻都被一雙手攢緊了，我一下子吼了一聲。

卻看見慧根兒在這一瞬間已經衝出了房門，「咚咚咚」的朝著樓上跑去，我趕緊跟了上去，而在屋內的其中一個員警和門外的三個員警也跟著衝了上去。

樓上和二樓也是同樣的結構，兩扇相對的門，看樣子是空著的，因為門敞開著，裡面堆著一些雜物貨物，但在其中一扇門的旁邊，還有一扇小門，應該是衛生間和洗澡的地方。

而發出關門聲的就是這扇小門！

慧根兒站在這扇小門前，皺眉不知道在想些什麼，我一步一步的走到慧根兒身前，幾個員警戰戰兢兢的就跟在我身後，其中一個員警還誇張地掏出了槍，吼道：「是誰？不要動，否則我就開槍了。」

「沒人。」慧根兒輕聲說道。

對的，是沒人，我還沒來得及說什麼，這時，那扇裝著活頁的門又誇張的「吱呀」一聲，開了一半，然後又是「澎」的一聲！

現場安靜，只剩下我們幾個的呼吸聲，連風聲都沒有，幾個員警一下子都愣住了，因為這門的動靜在他們看來未免太過詭異了，連風都沒有，這門是怎麼會自己自動地開關？而我相信在那門開了一半的瞬間，所有人都藉著這三樓樓道昏暗的燈光，看清楚了這小小的衛生間根本沒有任何人存在，除非那個人是躲在門的背後。

可是，這些員警根本不敢去查探，那個握槍的員警甚至手都有些輕微顫抖，好在他們是心理素質過硬的員警，否則是普通人看見這一幕，已經是驚叫著轉身就跑了。

我沒有說話，在那一刻，我已經開了天眼，在天眼中，這整個樓道，目光所及的每一個地方，都是血光沖天，可見這裡的凶氣之重，凶手的身上應該已經背負了好一些人命吧。

我緊抿著嘴唇沒有說話，而是朝著那個衛生間走去，但一張符籙卻也是扣在了手裡，我無法把握這裡面是不是有厲害的存在，畢竟這裡靠近萬鬼之湖，畢竟這如此凶殘的凶殺現場，我第一時間出現，卻都沒有在現場找到任何靈魂的痕跡。

「不……不要進去，我們做員警的就知道，很多凶殺現場都，都不乾淨。」我的身後響起了一個聲音，是陪著我們進來的那個員警。

我深吸了一口氣，站在那個衛生間的門前，沒有回頭地說道：「沒關係，這種事情我比你們遇見的更多。要線索偶爾就只能這樣找。」

我沒有撒謊，一些沒公佈的重案，影響極大的重案，只要能找到這種線索的，都是通過

這樣的手段先確定凶手，然後再收集證據的，只不過這些細節都被記錄在了公安部的祕密檔案裡罷了，普通人民不用知道這些真相。

說話間，我已經伸出了手，放在了門上，正準備一鼓作氣的推開門，卻詭異地發現，整個門在自己後退，又來了嗎？

在天眼的狀態下，我分明看見一雙血跡斑斑的手握在門的邊緣，是它在開門！

那一瞬間，我心中的震驚簡直無法形容，要知道鬼物是不能動到現實中的物體的，唯一能利用的就是精神念力去搬動物體，但是都有限得很，就比如吳老鬼，幾百年的老鬼，才能舉動一些較輕的物體，就比如針啊打火機啊什麼的。

我沒想到今天在我眼前，竟然有一個鬼物能夠搬動門這樣的物體，這樣做只有一個可能，它是不顧及自己的靈魂，情願拚著魂飛魄散，也要鬧出這樣的動靜。

想到這裡，我一下子拉住了門把手，一口憋在口中的氣息也慢慢地退去了，原本我的第一反應是要運用道家的吼功，但此刻，我卻不想這樣做了。

吼功並不是靠聲音去震撼敵人，也不是說你的聲音吼得越大，就越有效果，那是一種包含著個人本身意志、精氣神、功力等等各種因素的法術運用方法，不管是在水中，還是在陸地上，它所表現的形式都是通過「吼」這種方式釋放出以上這些東西，進行對對手碾壓，哪怕只是無聲的吼！

我自己的分量我自己清楚，我怕這一吼，會把裡面的這個鬼物震受傷，因為在看見那雙血手的那一刻，我就知道門口的不是厲鬼怨鬼，沒有凶煞之氣發出，而只是一個可憐的「冤鬼」。

「我進來了。」我淡淡地招呼了一句，然後推開了門，這麼詭異得像是在給誰打招呼的話，讓那些員警都集體倒退了一步，顯然是有些怕了。

而我卻懶得理會這些，一把就推開了那一扇門，然後我就看見了它！

站在衛生間的一個角落，脖子上還有一個扭曲的傷口，鮮血淋淋，臉上神色悲苦，對著我不停地作揖，整個身體顯得虛幻無比，如果不是天眼的狀態，我不保證我能察覺到它的存在。

「阿彌陀佛，有些什麼想對我們說嗎？」慧根兒此時也站在了我的身後，臉上的神情慈悲而憐憫。

眼前這個鬼，我們是見過的，它就是這個小賣部的老闆。

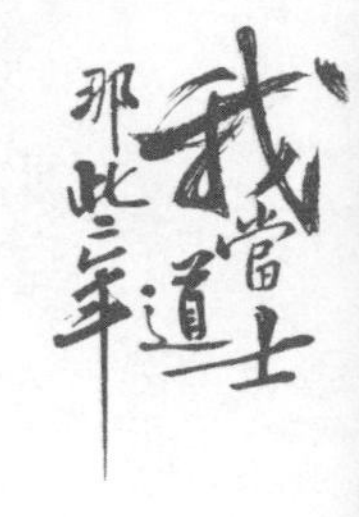

第四十七章　他是凶手

顯然我和慧根兒的怪異舉動，引起了那些在門口的員警的恐懼，兩個大活人跑到廁所裡對著空氣說話，換成誰看了，心裡不瘮得慌？

可是我和慧根兒卻不想解釋什麼，因為眼前這個冤鬼，顯然是那種失去了「行動能力」，被一種無形的凶氣束縛在這裡的鬼物，而且因為剛才的那番開關門的舉動，已經非常虛弱，如果再不超渡，有魂飛魄散的危險，我和慧根兒沒有時間去囉嗦什麼。

面對慧根兒的問題，那個鬼物張了張嘴，卻是始終說不出什麼來，看來它虛弱到連溝通能力都喪失了，只能對著我們比劃了一番，然後就立在那裡，連動也不能動了。

這一番比劃有些慌慌忙忙，我卻看懂了大概的意思，它是在叫我們注意窗外，還有指明一個方向，最後應該是叫我們救救它的女兒。

我和慧根兒對視了一眼，當下慧根兒就留在這裡，準備超渡一下這隻鬼物，而我一下子從這裡衝了出去，跑進那個雜物房，也不顧灰塵撲鼻，一下子推開了窗戶，朝著下方望去。

下方依然圍繞著未散的人群，但有些人已經開始離開，我在天眼狀態下搜尋著，一時間卻一無所獲，焦急之下，我無意一抬頭，卻看見了那三三兩兩離開的人中，有一個單獨的男子卻在向著另外一邊的轉角走去。

這原本只是很正常的舉動，那個男子也是雙手插袋，走得從容不迫，可是在我卻在那一瞬間，就瞇起了眼睛，因為在天眼的狀態下，我看見那個男子的身後和周圍，圍繞著好幾個哭哭泣泣的女子，而這些女子分明就是鬼物！更特殊的是，那男子的身體上散發著一種黑紅色的氣場，那就是凶氣！而這種凶氣竟然讓那些哭泣的女子近身不得！

凶手就是這個男子！

在下一刻，我顧不得解釋什麼，轉身就從雜物室衝了出去，朝著樓下衝去，所有員警都莫名其妙地看著我，而我衝到了樓下，撥開了人群，卻發現哪裡還有那個人的影子？

我又朝前跑了幾十米，來到那條轉角的街道，卻發現這條街道有很多的小巷子，三三兩兩的還走著一些路人，卻哪裡還有那個凶手的影子？

「承一哥，你跑什麼啊？我追你半天都追不上。」我的身後傳來了承真的聲音，我此刻已經收了天眼的狀態，回頭一看，真是承真氣喘吁吁地站在我的身後。

「我想，我剛才看見凶手了。」我開口對承真說道。

承真嚇了一跳，一下子抱緊了自己的雙臂，有些驚慌地四處張望，口中嚷著：「在哪裡？在哪裡？」這丫頭，我有些無語，看來她害怕的原來是這些。

我歎息了一聲，也不想在大街上解釋什麼，又想起了小賣部老闆曾經給我指引過一個方向，我決定讓承真用望氣的方式看一看，看能不能確定一下凶手！

傳元住在縣城東正街的一個獨門獨院的小樓裡，鄰居們對他不太有印象，因為他總是深居簡出，有些神祕的樣子。

但不太有印象，也不代表是有壞印象，因為傳元對人還是禮貌的，遇見周圍的左鄰右

舍，也是不吝嗇一個笑容或者是打聲招呼的。

這一天的早晨，整條街道的氣氛都不太好，因為聽說在昨天夜裡又發生了一起凶殺案，具體的現場聽說是很恐怖，一大早的，街上出來的人們見面打招呼，都在議論這件事情，畢竟這個縣城不大，卻在這些年裡發生了好幾起離奇的凶殺案，在這裡生活的普通人們都怕厄運落在自己的身上。

傅元手中提著一袋肉包子和一袋豆漿，走在這有著薄霧的清晨，自然也聽見了這種議論的聲音，他的臉上沒有過多的表情，更沒有表現出過多的關心，只是拿出一個肉包子狠狠地啃了一口，肉汁四濺，他沒擦嘴。

「小傅，吃早飯呢？」是隔壁的張大娘，她算是較為熟悉傅元的一個人了，因為那棟獨門獨院的小院是她為自己兒子修的，後來兒子待在了別的城市，她就以很便宜的價格租給了傅元，說起來她就是傅元的房東。

說起價格，張大娘也頗為無奈，以前這棟小樓是分租給許多人的，但是住在裡面的人老是說冷，或者身體感覺不適什麼的，慢慢地就有人傳說這棟小樓是凶宅，縣城又不大，這一傳開了去，就租不出去了。

再後來，張大娘降價出租，這個傅元就出現了，一個人竟然就租下了整棟小樓，一住就是兩年多，也沒見有什麼事情發生。

這種情況，還讓張大娘對以前的房客頗為不滿，認為他們是因為房租沒事兒找事兒。

面對張大娘熱情的招呼，傅元停下腳步，這時才想起來抬手擦了擦嘴，然後禮貌地點點頭，對張大娘打了聲招呼就要離去。

他一向是如此，卻不想今天張大娘卻分外神祕地叫住了傅元，傅元原本已經走了兩步，是背對著張大娘的，在張大娘叫住他的那一刻，他低著頭的表情忽然變得猙獰而可怕，但是下一刻，他轉身時，表情已經恢復了平靜：「大娘，什麼事兒？」

「小傅啊，我聽說在那邊街口的小賣部，兩父女都被殺了，死得可慘了，你雖然是一個男的，但也是一個人住在小樓裡，就是提醒你要小心一些啊。」張大娘小聲而神祕地說道。

「唔，我聽說了，放心吧，員警已經在破案了，我會小……」傅元的話還沒有說完，他的肩膀卻忽然被一隻手摁住了，那隻手很用力，以至於他半邊身子都有些動彈不得。

傅元有些惱怒地轉過頭，卻看見一個較為高大的男子站在他的身後，對他說道：「不是你要小心一些，是人們要小心你一些。」

傅元在那一刻沒有緊張，只是心裡忽然又升騰起了那種奇怪的暴戾之氣，他狠狠地瞪了一眼那個男子，是想把他的樣子深深地記住，在以後會找機會讓他「跪下」的。

那鮮血逐漸變得冰冷的氣息，那人臨死前恐懼的眼神，這一切的一切都讓傅元覺得很好，很美好……

所以，他的雙眼迷茫了一下，接著，他本能地掙脫那隻手，就要跑，卻看見四周很多員警圍了過來！

在沒有證據的情況下，讓員警相信我是一件很難的事情，昨天晚上，我帶著承真上樓，而承真運用望氣的祕技，竟然真的一下子就發現了某棟小樓血光衝天，而且她還發現了一點兒別的問題。

「承一哥，我知道這個縣城，我一來發現的不對勁在哪裡了，簡單地說，是有一股充滿

了負能量的陰氣在往這邊流動，停下來的點就是那棟小樓，我很難想像住在那棟小樓裡的人被這股陰氣影響之後，會有什麼後果。」承真認真地對我說道。

「陰氣？怎麼會有陰氣流向這裡，是哪兒來的？」我很疑惑這一點。

「如果方向沒錯的，是來自於萬鬼之湖那個方向。」承真的樣子一點兒也不像是在開玩笑，而我愣了一下，忽然就想起了師傅的那個說法，「扯破盒子，毒氣四溢」，莫非萬鬼之湖那邊出了什麼問題嗎？

可是當務之急並不是操心萬鬼之湖的事情，道家之人講究自然，事情錯過了，那是天命，如果事情這般輾轉都來到了你的眼前，那就必須要管到底。

所以，我試著要去說服那些員警，必要的時候，我還需要洪子所在的部門幫忙。

一晚上的忙碌，加上來自上方的命令，這邊的員警終於得到了逮捕令和搜查令，在任何證據都沒有的情況下，能如此快速地做到如此程度，已經算是一件不錯的事情了。

小樓的主人叫傅元，是一個二十八歲的普通男子，普通的長相，普通的身材，普通的工作，是那種丟在人堆裡都找不見的人，我沒能想到凶手竟然是這麼一個人。

逮捕是在早上進行的，我遠遠看見傅元身影，就已經確定是昨天晚上那個男子，此刻我沒有開天眼，可是看他那比正常人蒼白的臉色，我就知道，纏住他的冤魂依舊在跟著他，他卻活得這麼自在。

我沒有動，可是我身邊的慧根兒卻先我一步，帶著憤怒走上了前去，一把摁住了傅元的肩膀，我看見了傅元回頭，望向慧根兒的眼神，竟然是那種讓人不寒而慄的憤怒，接著他好像沉醉而茫然了一下，再接著，他想跑，而在這時，員警也終於出現了。

「陳小哥，你是不是真的有把握，如果這裡沒搜查出來什麼，我們可就慘了。」站在傅元的院子前，昨天晚上一直陪著我們的那個員警，在喋喋不休地訴說著。

在身後不遠的地方，那個叫張大娘的女人也在和周圍鄰居訴說著：「搞不懂他們為什麼要抓小傅啊，老老實實一個孩子，又不多話，還挺害羞的，這些員警是怎麼辦事兒的？」

我沒有說話，而是伸手放在了小樓門口的那扇紅色鐵門上，一股沁涼的涼意透過我的掌心傳到了我的心中，我要推門而入了。

我沒有想到，我們一行人萬鬼之湖的恐怖之旅竟然是從這扇紅色的門之後開始。

第四十八章　紅色身影

大門推開，撲面而來的是一股陰冷的氣息，雖然這才早晨八點多，但是初夏的太陽早已升起，白晃晃的掛在天上，天氣已經是有些悶熱，走入這個小院，就像走入了另外一個季節一般，傳來的涼意讓人莫名就起了一層雞皮疙瘩。

門外那些女人還在議論著，那個張大娘的嗓門尤其大：「不要說別人不識貨，我這個院子選地兒可是一個好地方，看看，這冬暖夏涼的。」

冬暖夏涼嗎？我面無表情看著滿院子周圍種滿的野花，這種涼意可是陰氣聚集的表現，可不是什麼自然形成的涼快。

「這花……」我身旁有一個員警朝著花圃走了兩步，這也是昨天在凶案現場的一個員警，他只是一眼就認出來了這花就是擺放在屍體面前的野花。

而其中一個員警的怒意更大，直接就衝著剛被逮捕的傅元吼道：「你還有什麼說的？」

「我沒什麼說的，種花就只是愛好而已。」傅元的神情很平靜，平靜到他好像只是回家，而這些員警只是來做客的。

那個員警被傅元噎得啞口無言，畢竟這在院子裡的花可是不能做為證據的，而帶隊的警隊隊長卻懶得再和傅元囉嗦，這野花已經說明了一些問題，他直接說道：「搜！」

接下來就是繁瑣的搜索工作，一開始員警們並沒有什麼收穫，直到上了二樓的房間，才找到了一些疑似凶器的東西，就比如榔頭、匕首，還有一把帶血的斧子，這些東西被小心地裝了起來，可是做為給傅元定罪的證據還遠遠不夠，榔頭和匕首什麼的是清洗過的，那把帶血的斧子，只能等待法醫的化驗結果。

慧根兒看不下去了，站了出來，對那些員警說道：「我說地方，你們搜。」

而我則站在院中沒有動，其實從進入這棟小樓開始，我就已經看見了，看見了大概十四、五個哭泣的女人在這棟小樓的各個地方，悲哀望著我們卻不敢上前，畢竟員警、屠夫、醫生這一類的職業，都是鬼物所忌諱的，他們身上帶著的氣息，一般鬼物是不敢靠近的。

「十四個，不，應該是十五個吧？」我心中的怒火在升騰，在這其中我看見了小賣部老闆的女兒，看見了很多陌生無辜年輕的臉，傅元還真能下手，在他心中生命應該是什麼？

看著這些女鬼，我心中在憤怒的同時，卻覺得隱隱不對勁，因為在二樓陽臺的最角落處，有一個紅色的身影是低著頭靜靜地在那裡站著，所有的女鬼都像是沒察覺它一般，離它最近的那一隻女鬼也彷彿沒有看見它。

它也是被殺的其中一個嗎？已經見慣了鬼物的我，望著那個紅色的身影，心中莫名地一緊，竟然從內心升騰起一種恐懼的感覺，厲鬼？我下意識地就要開天眼，畢竟進來看見這些鬼物，是由於抓住了傅元，這些鬼物激動之下而現形，才讓我看見。

不過到底是普通的冤鬼，能力不足，這種現形只能讓靈覺稍許強大的普通人感覺到，卻不能看見，於我自然是沒有問題能夠看見。

但沒開天眼，到底它們的真面目我是不知道的，就好比到底是散發出怎麼樣的氣息，是厲鬼，還是怨鬼，或者是更厲害的存在？我卻是不知道的。

可是就在我準備開天眼的時候，一個員警也走向了那邊的最角落，因為在那裡還有一間房門，是緊緊鎖住的，估計他是要去搜索那個房間，也就是他站在那個房間門口的那一剎那，那個紅衣的存在忽然動了，直直穿過那個員警的身體，然後回頭望了我一眼，就消失在了房門之後。

那一瞬間，我下意識地就後退了一步，後背的脊椎處竟然起了一溜雞皮疙瘩，我看不清楚那個女人的臉，卻覺得它是在看我，那眼神彷彿具有穿透力，帶著一種難言的陰冷，一下子重重的擊打在我的心臟之上。

不只是厲鬼！這就是我腦中唯一的念頭，可還來不及多想，就看見樓上那個員警捂著胸口，臉色一下子變得青紫，無聲地彎腰，一下子抓住了陽臺的鐵欄杆，那樣子似是痛苦得站不起來了。

「出事兒了！」我的臉色一下子沉了下來，低吼了一聲，然後想也不想地就朝上衝去，後面有幾個員警也看見了這一幕，顯然不明白發生了什麼，也跟著衝了上去。

我回頭看了一眼傅元，我看見他在對我冷笑！

笑你媽！我不明白為何心中暴怒，有一種想衝回去抽他的衝動，可是卻捏緊了拳頭生生的忍住了，被這種厲害的鬼物衝撞了，我晚一步，那個無辜的員警都是死，嗯，症狀一般都會定性為突發的心梗什麼的。

我叮叮咚咚地衝上二樓，在一樓堂屋的客廳，慧根兒正指著屋裡的一面牆，讓那些員警砸牆，而在那些員警的身後站著兩個哭泣的女鬼，還是不要告訴他們的好，你們砸牆的同時，有女鬼在你們身後看著你。

一上二樓，我就感覺到了一股莫名的氣場，不完全是屬於鬼物的陰氣，也不是那種流動而來的陰性氣場，是一種莫名的壓抑，悲傷，血腥般的負面氣場籠罩了我。

我默念起靜心口訣，幾步就衝向了那個員警，扶住他，感覺到他身上冰涼得嚇人，只是那麼一瞬間，一張臉就變得煞白，嘴唇變得青紫。

「送他去醫院吧？這是怎麼了？」

「難道是心臟病？」

「癲癇？」

跟著我衝上來的員警們議論紛紛，七手八腳的就要上來帶那個員警去醫院，而我一邊從隨身的布包裡拿出兩張符，一邊吼道：「你們安靜，先上來一個人扶住他，再下去一個人，找一個碗或者杯子來，裝點水拿上來，這種情況送去醫院也救不回來！」

陰氣怨氣入體，普通的醫生能有什麼辦法？除非找到醫字脈的中醫，給這個人員警正正陽氣，驅驅陰邪之氣還差不多，說話間，我已經把一張正陽符貼在那個員警的胸口，驅散他胸口縈繞的陰氣怨氣，保他胸口一絲陽氣不散。

然後那個下樓拿容器的員警也氣喘吁吁地跑了上來，遞給我一個杯子，我拿起一張驅邪符用火燒了，然後放入杯子裡，捏著那個員警的下顎給他灌了進去。

這一連串的動作，讓這些員警目瞪口呆，這個世界上最容易走入兩種極端的職業，不是員警就是醫生，他們要麼就是相信科學，絕對的唯物主義，要麼就是因為職業的特殊性，遇

見過一些邪事，變成極端迷信的人。

大部分是前一種，畢竟一個普通人遇見邪事的機率較小，而這些我眼前的員警也屬於前一種，我的這種行為，讓其中一個員警忍不住嚴肅了起來，對我喝道：「你這是神棍吧？不要耽誤小申看病，我送他去醫院。」

說完話，他走上前來，一把扶起那個出事兒的員警，還推了我一把！我想要不是因為我的身份有些特殊，他們都猜我是上面辦大案的保密部門派來的人，這個員警都對我動手，或者直接就用手銬銬上我，說我招搖撞騙誤人性命了。

我不生氣，只是無奈地歎息一聲，道家人做事講究緣分的方式，還有被以「江相派」為首的幾個毒瘤禍害的名聲，以至於在民間造成的誤會，看來在短時間內是根本不能消除了。

而我們的生活偏偏又離普通人太遠，就是把真相擺在他們面前，也不見得他們能相信我們，就好比我此刻去對這些員警說，其實這裡有十幾個女鬼在看著你們。

可是解釋畢竟也是無力的，我懶得解釋，任由他們用一種奇怪的目光打量著我，而我則轉身對著那道黃色的門，若有所思。

我的情感告訴我不要打開它，因為我從骨子裡抗拒這門後的一切，可是我的理智卻告訴我，打開它，這裡面藏有真正的祕密。

在情感和理智之間，我最終遵從了自己的理智，伸手放在了門把上推了推，門沒動，是鎖住的！

看來得暴力開門了，我剛這樣想了一下，忽然門內就傳來了一聲歎息的聲音。

而走廊和樓下也忽然開始嘈雜了起來！

第四十九章 中招

那一聲歎息聲是如此幽怨，那股悲涼而陰冷的感覺像是在我大腦裡搥了一下，讓我的頭皮發炸，頭髮都差點立了起來，而握著門把手的手也本能地跳開了，彷彿上面趴著一隻我最怕的蜘蛛一般。

我不知道我為什麼會對一個鬼物害怕到如此境地，除非我遇見了傳說中的那一種……我不敢想下去，而是退開了一步，不停地深呼吸。

看了一眼那邊走廊，之所以嘈雜是因為剛才中招那個員警醒來了，蒼白的臉色也稍微恢復了一些，不用人扶，自己可以站起來了，但顯然他已經不知道發生了些什麼，別人七嘴八舌問他，他只是茫然地說：「我就是感覺全身忽然好冷，冷得心口都麻痺了，我不知道是怎麼回事兒？」

這時，那些員警才想起我來，看我站在門邊發呆，一個個看我的眼光更加奇怪了，充滿了探詢，特別是之前厲聲呼喝我的那個員警，不由得喃喃說道：「真有那麼神？小申，你還是去醫院檢查一下，是不是身體有什麼毛病吧。」

到底自己心中堅定的科學信仰是不那麼容易被推翻的，我卻無心計較這個，因為樓下的嘈雜聲更加厲害，員警搜屋，已經引來了各方的人圍著看熱鬧，這邊慧根兒叫人拆牆，那

邊房東張大娘已是不依，竟然以一人之力，生生掙脫門口兩個員警的鉗制，衝進了屋來，嚷著：「你們給我敲壞了，可是要賠的哦！」

看來不能小看女人，更加不能小看要護著什麼東西的女人，那爆發力……我嘖嘖的感歎著，其實是想轉移注意力，不去想那屋裡門口的事情，不想讓那陰冷的感覺縈繞在我的心頭，卻不知道怎麼的，目光轉向了傅元，我看見他正仰頭帶著一種似笑非笑的詭異表情看著我，見我望著他，他竟然開口對我說話了。

當然，他的話是無聲的，只是一字一句地比出了口型，我清晰地看見，他對我說的是：「媽媽不會放過你，你會死！」

媽媽不會放過我？媽媽是誰？我會死？一下子怒火又衝上了我的心頭，伴隨著「咚咚」警方砸牆的聲音，還有張大娘那咋咋呼呼鬧騰的聲音！

我從來就沒有見過那麼囂張的罪犯，囂張到我已經懶得去想他的話是什麼意思了，只想衝下去，逮住他的衣領，痛揍他一頓。

我死死盯著他，但是下一刻，就聽見張大娘一聲驚天動地的驚呼，接著在門外守著的人群也開始驚呼後退，我一下子才清醒過來，這裡的負面情緒太重，而我顯然是被影響了。

一股異樣難聞的味道在這小院裡瀰漫開來，那邊員警們有些慌亂地把已經嚇暈過去的張大娘抬了出去，有人開始叫救護車……

我是不想去湊這個熱鬧的，但是在我的潛意識裡卻有一種拖延的心態，能晚一點兒進入這個小屋，就晚一點兒進入，抱著這樣心態我下了樓，結果看見的一幕也不能讓我好過到哪裡去……

隨著牆面被敲開，我看見在牆裡藏著的是兩具被保鮮膜包裹了全身，高度腐爛的屍體，在屍體周圍的牆體裡，依然擺著一些已經乾枯的野花。

高度腐爛的屍體、乾枯的野花、刺鼻的腐臭、哭泣的女鬼，我站在樓梯口，看這個屋子，就像是在看地獄一般！

我說這個房間為什麼會擺滿了各種乾花鮮花，原來是想藉這些氣味來掩飾腐爛的氣味，而小院的大門沒關，則是最大的失誤，因為在外圍觀的人們也看見了這一幕，雖然看得不甚清楚。

我甚至聽見有人議論：「我曾經就給這傳元說過，這裡好像有臭味，傳元給我說是下水道有些堵，要找人來處理，過段時間就好了，原來……我的媽呀，這太嚇人了，我就住隔壁的院子，這可怎麼辦啊？」

人們紛紛對這個人投去同情的目光，接著又有人說：「那種野花，香氣最濃了，對，你看那院子裡還有茉莉，我說他為什麼種那麼多野花，原來是為了掩蓋氣味。」

可是，這句話剛落音，我就看見傳元爆發出了驚人的力量，忽然一下就掙脫了員警，帶著手銬就衝了出去，人們還沒反應過來，他就衝到了那個議論他摘野花的人面前，張口就朝著那個人的鼻子狠狠地咬去！

「啊……」那個人發出了殺豬一般的慘叫聲，眼見著紅彤彤的鮮血就流了出來！這時，人們才反應過來，而員警已經衝到了傳元的面前，開始拉扯傳元。

可是傳元卻死都不放，弄得那個無端被咬的人叫得更加厲害，還是一個有經驗的老員警狠狠地捏住了傳元的下顎，才生生的把傳元給扯開，而反觀那個遭受了無妄之災的人，血流滿面，痛得幾乎快要昏了過去，鼻子沒被咬掉，已經算是幸運了。

傅元的行為顯然引起了這裡員警的憤怒，其中一個看起來比較年輕的員警衝動的掏出了槍來，對著傅元吼道：「你要是再有攻擊行為，老子有權把你就地正法了，你信不信？」

「哈哈哈……」傅元忽然就瘋狂地笑了起來，臉上，牙齒上，還帶著別人的血跡，看起來分外駭人，人們都倒退了幾步，那個員警握槍的手也有些發抖，而人害怕到一定的程度，是會極端憤怒的，那個員警終於忍不住，一拳就砸在了傅元的臉上。

鼻血從傅元的鼻腔裡流了出來，混雜著臉上的鮮血，顯得更加血腥，可是面對如此重拳，傅元也只是腦袋歪了一下，然後就又恢復了正常，繼續狂笑起來，他說道：「這是媽媽最愛的花，不許你們亂說。」說著說著，他忽然就嚴肅了起來，朝著人群低沉凶狠而飄忽地說道：「不許你們亂說。」

這個樣子的傅元是如此嚇人，人們或許不怕瘋子發瘋，更怕的是瘋子在你面前忽然變得一本正經，眼神凶狠，那才是瘋子要做出更瘋狂事情的前兆。

而忽略這一個，更讓在場所有人感覺到恐怖的事情是，傅元說到這句話的時候，聲音竟然變成了女聲，這一下，連持槍那個員警都倒退了三步。

從傅元跑出去的那一刻，我就走出了屋子，跟了上去，站在門口，正好就看見了這一齣鬧劇，這傅元是被上身了嗎？不，我完全感覺不到他被上身了，或者說他是人格都已經被控制了，能有這樣控制能力的鬼物，真的不只是厲鬼。

我的心底發寒，這已經是我第二次這樣想了，而我一直在試圖忽略這個事實，用平常心去對待這件事，卻發現我一次次的被提醒，甚至連我都在被驚嚇。

員警們把傅元帶進了屋子，可是在這之前，又出了一個亂子，在員警逮住傅元的那一刻，傅元忽然朝著屋子跪下了，他仰著頭，望著屋子的二樓，大喊著：「媽媽救我，媽媽救我，媽媽要的身體，我快湊齊了。」

這顯然又把所有人嚇了一次，這瘋子還有一個恐怖的媽媽，怎麼從來沒見過？或者這個瘋子是真的瘋到了神志不清的地步？

只有我心裡清楚，傅元是朝著二樓上的那間房間喊的，他一喊，我就覺得背後毛骨悚然，我再一次聽見了一聲幽幽的歎息，差點就跳起來要驚呼是誰了，卻生生忍住了。

我不想轉頭去看，可還是控制不住的下意識轉頭，在那一刻，我又一次看見了那個紅色的身影，站在門邊，低著頭，一頭黑色的長髮遮著臉……那一瞬間，我的意識彷彿都有些模糊，嘈雜的小院，紛亂的人群，什麼都不存在了，我的眼中只有那一個紅色的身影，它正要緩慢抬起頭。

是什麼樣子的？是什麼樣子的？我的心跳越來越快，心裡卻有一個潛意識告訴我，有些鬼物是看不得的，一看就是萬劫不復，我剛才已經看過它一次，再對視第二次的話，我也會是跑不掉的一個，可是我竟然轉不開視線。

「唰」是一個員警要進去，他和我擦肩而過。

「吼」是傻虎在這一刻忽然驚醒，在我靈魂內發出了一聲吼聲，這一聲吼聲，讓我下意識地抬手捂住了自己的臉，手腕上的沉香串珠在這個時候發出了陣陣的香味，讓我的腦子一下子清醒了過來。這時，我才能移開視線，流出來的冷汗已經將我的衣裳打濕。

快速地轉頭，深呼吸了一口，這個世界才在我的眼前重新鮮活了起來，人聲，嘈雜聲也

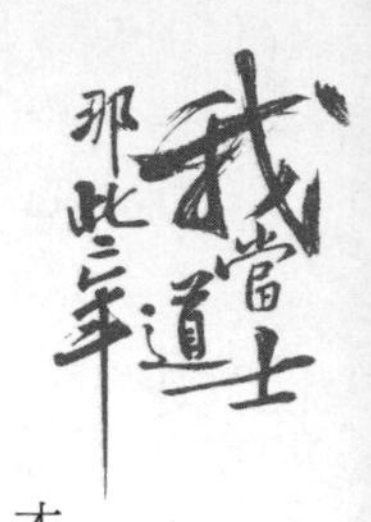

才重新在我耳邊恢復了過來，我感覺到傻虎毛髮炸立的在我靈魂深處來回焦躁走動，我連忙安撫著它。

而這時，傅元已經被員警帶了進來，忽然和我擦肩而過，他猛地轉頭，望著我笑，牙齒上的血跡如此刺眼。

「你也看見了我媽媽？」他如此對我說道，然後又詭異地望向樓上，卻被員警一把推了進去。

留下我一個人站在那裡，一下子虛弱得彷彿站不住，我只是看了它第二眼啊……

第五十章　搜查

我第一次被一個鬼物嚇到了，所以我不敢去二樓，也不敢靠近那一間小屋，員警們也暫時忽略了那間小屋，而是被慧根兒帶著，滿院子、滿屋子挖屍體。

到下午的時候，這間院子一共挖出來的九具屍體，加上這幾年發生了幾件明面上的案子，應該就是十四人吧？

我蹲在院子裡，叼著一枝菸，看著這一切，從最開始的憤怒，到最後的麻木，已經是懶得去注意這些細節了，這些該是員警操心的事情，總是他們會找出來十四個受害人的。

「沒有了。」慧根兒擦了一把臉上的汗，望著已經被移到院中整齊擺放的九具屍體，和普通人多少對屍體有一些畏懼不同，他的神情中盡是慈悲，他對員警這麼說了一句之後，又對那個負責人說道：「你們暫且迴避吧，我為她們超渡，這些做為證據，你們為傳元定罪怕是夠了吧？」

其中一個員警看著傳元，問他：「你自己認罪吧，免得我們麻煩，也省得我們審問你的時候，一個控制不住，把你打個半死。」

看著這些屍體，只要是有良知的人都會憤怒，因為其中有兩具屍體，能明顯地看出來是那種乞討流浪的小女孩，也真虧傳元能夠下手。

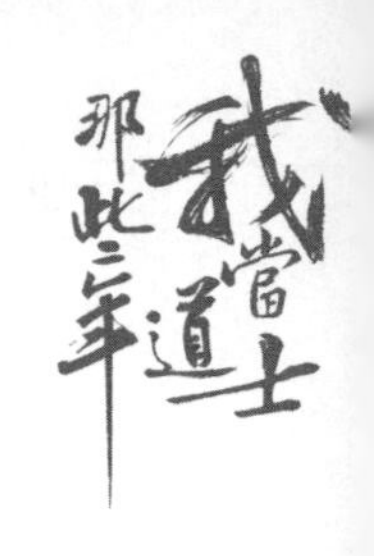

可是傅元卻根本不看那個員警，他只是癡癡望著二樓那間鎖住的房間，喃喃地說道：「死亡不是很美好嗎？死亡能夠接近媽媽！我殺的又如何？哈哈，又如何？」

「你他媽的！」那個員警憤怒地啐了一口，再也控制不住，衝過去就對傅元拳打腳踢，可是這傅元已經瘋到了一定的境界，任由那個員警拳打腳踢，竟然是動也不動，只是笑，笑得非常開心。

那個員警終究是被拉開了，雖然到現在院門已經關了，但是毆打嫌犯這種事情到底是不好的。

而在那邊，慧根兒神情驚詫，在他的身邊圍繞著那十四個女鬼，它們竟然跪下懇求著慧根兒，而慧根兒喃喃地說道：「超渡不了？有一絲靈魂被鎖在其餘的遺骸上？它們在哪兒？」

那些女鬼紛紛望向了那間被鎖住的小屋，而恰好此時已經有幾個員警走在二樓的走廊上了，既然是搜查，沒有理由遺留一間小屋不搜的。

我原本和那個鬼物對視了一眼，就發現自己的靈魂竟然被壓制到了虛弱，留下了整個人有些心不在意，精神難以集中的後遺症，一下子看見慧根兒在說這個，又看見幾個員警朝著那邊走去，腦子才從當機的狀態中反應過來，一下子站了起來，大吼道：「二樓的，你們站住，不要過去。」

上二樓的那幾個員警，其中有三個人是看見我救治那個中招的員警的，當然也看見了那個員警莫名其妙地發病，在一個瘋子的屋內多少有些忌諱，我這麼一吼，走在最前方那個就站住了，順便攔住了其他人。

「有什麼事？」那個員警有些驚疑不定的問我。

「那間房間你們不要去了，我來搜查吧。你們就在那間屋子迴避一下，等一下要超渡。」我簡單地說道。

其實，從我和慧根兒出現，在這些員警眼裡就已經是神叨叨了的吧？一開始在空無一人的廁所跟空氣說話，然後要在凶殺現場超渡，接著就是給人貼符，餵人喝符水，帶著員警找屍體，他們再以為在這種情況下，我和慧根兒是普通人，那就是有些犯傻了。

那個員警聽見我的話，愣了一下，但到底還是帶著人下來了，走到我面前的時候，好幾個員警圍了過來，其中有一個人問我：「你們兩個是不是來自傳說中的祕密部門，負責靈異案件的啊？我聽聞是真的有這麼一個說法。」

我拍拍他的肩膀，說道：「沒這個說法，我們只是恰好懂一些，即使有這種說法，也是我們不知道的。」

我不是故意要騙他，而是實在不想顛覆他的生活，我想這樣的案子，按照華夏國部門一向的處理方式，都應該是「消除影響，再給一個真相的」，如果有必要，這些員警也會被暗示不要亂說話的。

「慧根兒，你在下面等著超渡，我上去看看吧。」我對慧根兒說道，慧根兒乾脆地點點頭，從始到終這小子都忙著帶人挖屍體，沒感覺到什麼危險，自然也就沒想那麼多。

再加上，一個小小的院子聚集了十四隻女鬼，又聚集了那麼多員警，如果無意衝撞到了，對兩方都是悲劇，有一個懂行的人看著是一個不錯的選擇。

看來，我終究是要到那間屋子裡去的啊，如果今天我不去，那幾個無辜的員警就會死吧？在踏上樓梯的時候，我心裡是這樣想的，我覺得我不是什麼聖父，偉大到犧牲自己來成

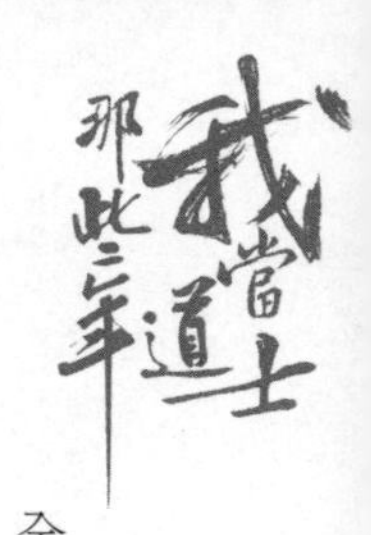

全別人，可是每當面臨這種選擇的時候，我卻偏偏會做出這樣的決定。

只因為師傅說過，要對萬事萬物都保持一份敬，一份畏，而最基本的尊重要給予生命，所以，我無法眼睜睜看著無辜性命去送死，那碰到了我的底線。

胡思亂想著，我已經踏上了二樓的走廊，手中拿著一把起子和榔頭，是為了方便開門。在樓下，傅元又在瘋狂地大笑，我不明白這狗日的到底是在笑個什麼！瞪了他一眼，他看都不看我。

站在門前，我深吸了一口氣，而在下一刻，我什麼都不想的，猛地把起子插入了門縫間，砰砰砰的開始有些瘋狂地破壞著門鎖，彷彿只有這劇烈的撞擊才能減緩我心中的沉重與恐懼。

我盡量不去想腦中那幾類傳說中的鬼物資料，就如小鬼也從來只是最厲害的存在之一，它不是唯一！

「澎」，在鎖頭鬆動了以後，我使勁一腳，終於把門給蹬開了，「吱……」一聲，這顯得有些老舊的黃色木門，帶著奇怪的尾音就這麼敞開了。

我下意識地閉上眼睛，只是下意識，我怕在門開的瞬間，那個紅衣女鬼就站在門口，我再次和它對視，等待我的就是萬劫不復。

可是，我畢竟是一個道士啊，所以我猛地睜開了眼睛，視線就落在屋內，卻還沒來得及看清楚什麼，就迎面猛地衝出來一陣強烈的冷氣，一下子衝得我又再次閉上了眼睛，伸手擋住了臉，裸露在衣服之外的皮膚，只是一瞬間就起了大顆大顆的雞皮疙瘩！

好重的陰氣！我瞬間就明白了，所有的陰氣都鎖在這間屋內，我一開門，它們自然就衝了出來！

但是一間屋子何以能鎖住陰氣？怕是有什麼力量才能辦到吧？我放下擋住臉的手，此刻心情多少平靜了一些，什麼恐怖的東西都是要在打開它的一瞬間，才會覺得最恐怖吧？

樓下有人在問我：「陳小哥，怎麼了？」

「哦，才打開門，灰塵太多了。」我頭也沒回，隨口回答道，然後終於踏進了這間屋子，因為這件屋子在角樓，好像屋子裡又掛著深黑色的窗簾，站在外面，是什麼也看不清楚，就看見了黑沉沉的一片。

進了屋，視線也不太好，但我沒有看見那一抹刺眼的紅色，這讓我比較放鬆！只是這個屋子裡一樣充斥著一股難聞的腐臭味，更有一種說不上來的奇怪腥味。

我發現我什麼也看不見，到這時，我不會再以為是光線問題了，而是……有什麼東西在阻礙我看見吧？

我不想細想，下意識地找燈，卻聽見身後「啪」的一聲，門從我身後鎖住了。

真他媽的老套，我忍不住心頭暴怒地罵了一句，但我不得不承認，這真的很嚇人，特別是在這種情況下！

所幸燈繩已經在我的手裡，我立刻就拉亮了燈，沒想到燈光受到影響，在這屋子裡也顯得霧濛濛的，明明是瓦數不低的黃色燈泡，竟然出現了一種昏暗加昏沉的效果，就這樣照亮了整個屋子。

而我看清楚了屋子裡的一切，忽然就覺得我簡直是看見了這世界上最恐怖，最變態的事情！

「呵呵……」也就在這時，有一雙手從背後抱住了我，在我耳邊輕笑起來。

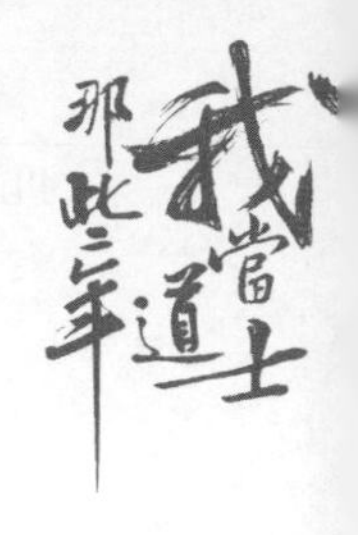

第五十一章　生死危機

在那一刻，我首先感覺到的不是恐懼，而是冰冷，一種透骨透心的冰冷，連血液都要被凍僵的感覺，我當然知道是什麼東西抱住了我。

我只是震驚，這個鬼物竟然有如此大的能力，在抱住我的瞬間，竟然能讓我感覺到實質性的觸感，除了那揮之不去的陰冷，和被真人抱住沒有什麼實質性的區別。

鬼物當然不會具有物質屬性的陽身，能夠有這種效果，只能說明一個問題，它對人靈魂的影響力已經大到了一個極限，極限到可以影響這個人的物質世界。

在那一瞬間，我的身體僵硬，我神情卻很平靜，我感覺呼吸了一次，感覺自己都快呵氣成霜了，我忽然暴吼了一聲：「笑你媽！」然後下一瞬間，雙手反手一扣，兩張藍色的驅邪符就朝著腰間的兩隻手拍去。

吼的那一聲，我自然是運用了道家的吼功，在進門的瞬間，我就已經開始默默運功了，至於兩張藍色的驅邪符則是打開門，扔下工具的時候，我就已經扣在了手裡。

我怎麼可能會沒有準備？在鬼物的世界，除了少數鬼物，就如小鬼是直接血腥的攻擊人類以外，大多數鬼物，包括極厲害的幾種，都是喜歡控制和驚嚇人類。

進屋的短短時間，我看似無意地在四處張望，其實我無時無刻都在防備著……

「你很沒有禮貌！」我的肩膀上滑落下來幾根冰冷的髮絲，耳邊響起了一個陰沉沉的女聲，我的雙手被一種無形的氣場彈開，而兩張藍色的符竟然貼不下去，上面鮮紅的符紋，眼看著就變成了一種我形容不出來的蒼白紅色。

符紋竟然在短短的瞬間就失去了效果！而於此同時，我感覺到從背後抱住我腰間的雙手忽然用力了，彷彿是死死勒住我的肚子，有尖銳的指甲插進我的皮膚，我的白色襯衫竟然隱隱泛起了紅色，是鮮血流了出來。

我的額頭開始冒出細細密密的冷汗，鬼羅剎，無疑是到了鬼羅剎境界的厲鬼，才會對人的陽身產生如此大的影響，能夠實質性的傷害到人的身體，要怎麼辦？我自問沒有辦法單獨一個人對付鬼羅剎，就如我沒辦法單獨對付小鬼一般。

在這個普通的小縣城，竟然有一隻鬼羅剎，我感覺自己的太陽穴都在跳動。

但我到底是一個道士，老李一脈山字脈的傳人，最好的消息是現在是白天的下午，而不是深夜十一點以後，鬼羅剎的能力也有限，我不可能這樣坐以待斃。

我咬住自己的舌尖，保持著自己靈魂的清明，然後緊閉著嘴唇，氣沉丹田，在那一刻全身的陽氣外放，雙手使勁地朝著腰間摁去。

在此刻我已經扔掉了手中兩張藍色的符，它們已經被陰氣腐蝕，沒有任何作用了，我只能以自己流出的鮮血為引，把符紋畫於鬼羅剎抱住我腰間的雙手上，才能爭取到一絲絲機會脫身。

這就是一場純粹的「力量」博奕，這力量中包含著我畢生的功力，一直以來引以為豪的靈魂力，精神力來對抗鬼羅剎……

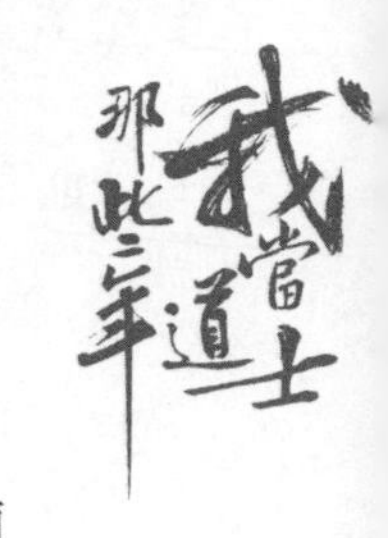

要做到靠近都如此困難，更何況是在它身上畫下符紋，可是只要有一絲絲機會，我都必須要爭取，汗水布滿了我的全身，手臂上也是滑溜溜的。

我在沒開天眼的情況下，都清楚看見有一雙蒼白瘦弱如骷髏般的手緊扣在我腰間，卻沒注意到一個細節，在那個時候，本來在掙扎間在手腕上掛著有些鬆的沉香串珠，滑得更下來了一些。

慢慢地，串珠就碰到了那雙蒼白瘦弱的骨手，接著，我看見我戴了幾十年的沉香串珠其中一顆珠子在瞬間竟然爆發出了一陣觸電般的電火花，炸開在那雙骨手上，接著我聽見一聲尖銳的尖叫，然後全身一鬆，那包圍住我的冰冷瞬間就離開了我。

我「咚」的一聲跪在地上，這幾乎是我遇見的最凶險的情況，我卻來不及喘氣，一下子轉身，後背重重撞在擺放在這間小屋正中的冰棺上，一陣生疼……

「既然你想看，就看個夠，我記住了你，記住了你……」映入我眼簾的是那厚重的黑色窗簾，一個紅色的背影朝著窗簾走去，留下了一角衣角，還有那迴盪在屋子裡的，我記住了你！

記住了我，是要做什麼？我抹了一把臉，發現手中盡是冰冷的汗水，就這麼離去了嗎？剛才我的沉香串珠是怎麼了？

我腦子就像不夠用似的，在那一瞬間什麼也反應不過來，然後就是聽見「啪」「啪」「啪」的聲音，手腕戴著的串珠竟然散落了一地，我仔細一看，是剛才發出了電火花的串珠竟然變為了焦炭一般的存在，裂成了好幾塊，包括裡面的穿繩也沒有倖免，所以串珠散落了。

可是，我卻顧不上撿起所有的串珠，隨手抓了兩顆在手上，一下子站了起來，把中指也放在了自己的嘴裡，然後瘋狂地衝向了那窗簾，然後發狠逮著窗簾一拉……

什麼也沒有，窗外白晃晃的陽光一下子照進了屋子裡，多少驅散了一些黑暗和腐朽的氣息，它是真的走了吧？可是這對於我來說，並不是什麼好消息，而是一個很壞的消息，我竟然被一個鬼羅剎記住了。

這就好比一個普通的鬼物被珍妮大姐頭記掛住了一般倒楣！我的心裡就像塞進了一塊大石頭一樣沉重。小時候，百鬼纏身時，有師傅在；現在，我只有我自己。而且按照鬼羅剎殺絕九族的個性，我身上還背負了太多人的性命。

白晃晃的陽光照在了我的身上，可我此刻卻感覺整個人都像墮入了冰窖。可是……我放下了咬在口中的中指，牙關緊咬，拳頭緊握，兩顆沉香串珠在我掌心硌得我掌心生疼。

可是，是不會有下一次的，不會再有下一次再從後背受制於你，我是不會坐以待斃，更不會讓你一個一個殺光我身後的我的親人，我的朋友，我重要的人的。

我「嘩」的一聲推開了窗戶，接著深吸了一口窗外清新的空氣，然後走過去，打開了門，屋裡總算明亮了起來，而屋裡的一切也終於被我看了個清楚，而不是剛才霧濛濛的樣子了。

這個小屋不大，除了一張老舊的老式寫字檯，就是屋子正中的冰棺了，而讓我深感噁心的一幕就發生在那張小床上。

小床上擺著一個皮人，從皮下裸露的地方看來，裡面的骨架是用竹子紮成的，上面包著一層豬皮，從體型來看，紮的是一個女人。

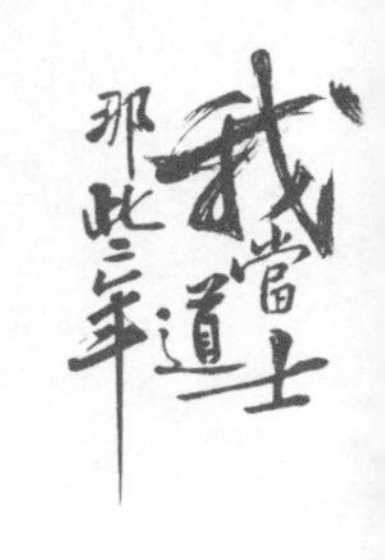

這原本沒什麼，只是那皮人做得醜陋抽象了一些，但問題的關鍵在於，這個皮人應該是處於一個被逐漸「豐滿」的過程中！

用豐滿這個詞，是因為我找不出具體的形容詞來形容這個皮人此刻的狀態！！它是一個空心的皮人，可是在很多地方，擺放了屬於人的器官。

就比如在挖空的眼眶處，擺放了一對人的眼睛，在鼻子的地方，擺放了又一個人的鼻子，腳上插著人的腳趾頭，手上……

而它肚子上的皮也是掀開了一個角落，中間按照一定的位置，擺放著人的內臟，我不能再具體的描述，也再也看不下去了，胃部傳來的不適和抽搐感，讓我猛地衝出了房門，蹲在角落，乾嘔了起來！

其實，我也感覺到了，下面那些鬼姑娘的靈魂根本是被拘禁在那些器官上的，一旦……這些姑娘的身體不僅被利用，連靈魂都將被獻祭！

「陳小哥？你怎麼了？」我的這個狀態，引起了樓下員警的注意，咚咚咚衝上樓來，這反應未免太誇張！

我沒有阻止他們，此刻最危險的存在已經離去，他們倒是可以上來的，只是在他們上來以後，我才知道他們此刻的反應根本就不是誇張！

因為，有人從樓下給我拿上來了一面鏡子！

第五十二章 虛弱

「陳小哥，你看看，我們說了你不信，你自己看。」一個員警把鏡子塞進了我的手裡，剛才他們衝上樓，就開始七手八腳「熱情」的架住了我，不容我辯解，就是一副要把我送進醫院的架勢。

我好不容易掙脫了他們，問起了這是幹嘛，這些員警又七手八腳的告訴我，我才出來的時候，被我嚇壞了，以為屋子裡衝出了一個外國人，仔細一看才是我。

這話的意思就是形容我此時的皮膚蒼白得嚇人，白到像西方的白種人了！

我自然是不信的，然後就有熱情的員警下去為我拿來了鏡子。

我看著手中的鏡子，愣愣的看著鏡中的自己，忽然間發現自己有點能體會到某部電影中，那個叫至尊寶的男主角，拿著鏡子，看見自己變成了一隻猴子時的心情。

鏡中的我臉色蒼白得嚇人，比剛才那個中招的員警臉色還要蒼白，而眼珠卻有些泛黃，嘴唇發青，哪裡像平日的我，由於東奔西走，皮膚早已不像小時候那樣白，而是略微偏向於古銅色的。

我這個樣子，不用化妝，都能演一具屍體了，我悵然一笑，發現這笑容來得特別憔悴。

「陳小哥……」有員警叫了我一聲，我強作鎮定地站起來，把鏡子塞回了一個員警的手

中，心裡想著該要怎麼解釋，卻發現根本解釋不通，憋了半天只能憋出來一句：「沒關係，我有病。」

「啊？」所有員警都呆住了，樓下的慧根兒也聽見了這句話，一下子蹦了起來，然後看見了我這副樣子，不由得喊了一聲：「哥，你有病？還是你化妝了？」

我無奈了，又只能再次說了一句：「我不是說我有病的意思，我是說我真的有病。」

「啊？」這下連慧根兒也跟著一起「啊」了一聲！

我徹底無語了！

最終，我沒被這些熱情的員警送進醫院，反倒是那些員警被小屋中的一切給嚇到了，那些人體的器官被法警從冰棺中拿了出來，挪動冰棺，才發現，冰棺下面還藏著一些碎肉，可能是剝離這些器官的時候，剩下的肉，就被傅元隨手放在了這裡。

更讓人作嘔的事情，我不想形容，更不想去細想，因為在那個皮人的周圍，還有冰棺的蓋子上，都發現了男人的某處體液……很多痕跡，還有特別新鮮的痕跡，這背後的事情，是個正常人都不敢想像。

法醫把這些器官拿了下去，因為慧根兒的超渡要用到這些，我開始佩服法醫這個職業的強大心理素質！

而這間小屋，經過了仔細地搜尋，從寫字檯裡發現了一個黑色封皮的記事本，還有一張老舊的黑白照片！

但或者是因為這個屋子裡的一切太過恐怖，沒人敢細看那張照片，發現的人隨手就把那張照片塞進了黑色封皮的記事本裡，而所有人都當沒事一般，問都不問，能避則避，包括我在內。

我們在屋子裡等待著，慧根兒的誦經聲迴盪在院子中，我閉眼聆聽著，這小子已經多少年沒有開口超渡過鬼魂了？他的聲音早已沒有了小時候的那種稚嫩，多了一份成年男子的沉穩和莊重，可不變的卻是那誦經聲中的慈悲，一樣如同春風化雨般能滋潤到人內心的深處。

「我覺得那個年輕後生看不出來啊，有幾分本事，他這念經的聲兒，讓人心裡特別寧靜，剛才我都怕得要死，現在卻平靜了。我記得我有一次去旅遊，在×山上有座大寺廟，那時候我遠遠的聽見和尚撞鐘的聲音，也有這個效果，讓人心裡啊……那感覺形容不出來。」一個員警在小聲兒地對另外一個員警說道。

那個員警也深以為然地點頭，因為此刻等待在屋子裡的所有員警都是面色祥和而平靜的，就像隨著誦經的聲音，人心底的善意和慈悲都被釋放出來了一般。

我微笑地聽著，慧根兒是心思純淨，有著大念力的小高僧啊，整個屋子的陰冷都被驅散了一些，要知道這個屋子是承真口中斷定陰氣流動最後的聚集點啊。

「陳小哥，你的肚子那裡是……？」終於有人注意到了這一茬，是那個領頭的隊長他在問我。

那是剛才那個鬼羅剎給抓的，血跡當時染紅了我的白襯衫，只是流血不太多，也不是很明顯。

「我有病，癢癢，給抓破的。」我隨口答了一句，忽然又想起了一件事情，於是開口對那個隊長說道：「你們在小屋裡發現的照片和記事本先拿給我研究一下吧，過一天再還給你們。」

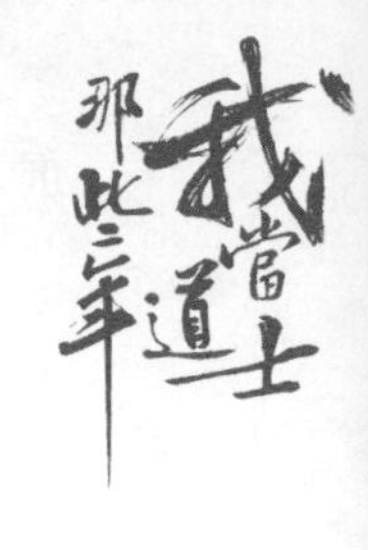

「這個不太符合規矩啊。」那個刑警隊長有些猶豫，但也只是有些猶豫，卻並沒有拒絕我，畢竟來自上方命令確認了我的身份，而這次的合作也讓他們迅速破案，所以……

「唔，又要麻煩上面了。」我無奈地歎息了一聲。

「好吧，你拿去。記得及時歸還。」那個刑警隊長下定了決心一般的對我說道。

這個小院的事情隨著慧根兒的超渡完畢，已經完了，只是到最後，那個時瘋時正常的傅元則是徹底瘋了，他一直叨念著：「媽媽拋棄我了，媽媽拋棄我了……」到最後，竟然已經瘋到了見誰咬誰的境地。

員警們帶出他的時候，是堵住了他的嘴，給他上了一個頭套的。

這件事情事後官方給出的解釋，是傅元殺了五個人，他是多重人格的患者（用來解釋那個很多人聽見的，忽然冒出來的女聲）云云，這種多重人格的心理疾病，雖然在國外有比較多的病例，但在我國是屬於極少數的，通過這一次的案件，讓人們一定要注意自己的心理健康……

至於傅元，他從本質上來說，應該是一個受害者，但畢竟血案累累，可是多重人格這種定義和傅元已經發瘋，給審理帶來了極大的難題。

不過，這一切都隨著傅元莫名其妙地死在看守所裡而結束了！他的死，在民間傳聞裡是畏罪自殺，官方沉默地表示默認。

但真相卻是他死得極其恐怖，而且也極其神奇。神奇的地方在於他就像《紅樓夢》中的某個男子，生生的自己把自己給「搞」死了；恐怖的地方在於，他挖出了自己的眼珠，臉上還帶著笑容。

我知道這應該是鬼羅剎做的，不過這已經是後話了，傅元死的時候，我們一行人已經受困在萬鬼之湖。

小屋依舊拉著警戒線，但我和慧根兒卻提前回去了，那個黑色封皮的記事本和那一張照片，從某一種程度來說，是我的「救星」！

就如當年的厲鬼李鳳仙，師傅對付它的時候，用的不是極端滅殺之法，而是一種解開心結的辦法，當年的點點，最後感化它的也是母親的愛……這些才是我老李一脈的正道，就算我這次要面對的是鬼羅剎這種存在，本質上也是一樣的。所以在這件事情上，那個鬼羅剎的身份成為了一個關鍵，或許是一個另類的解決之道！但也只是或許。

任何的冤魂厲鬼，形成總是有自己的原因，或者一段解不開的悲傷往事吧。面對它們，多少都應該留上一線，許一個慈悲，這是師傅告訴我的道理。

「何為慈悲？就是對待他人的疼痛猶如對待自己的疼痛一般，就已是大慈大悲。」我想起了慧大爺的一句話，淺顯的道理，卻是做不到的高度，太難太難。

慈悲呵……

我忽然就想到了這個，不由得就停下了休息了一會兒，從剛才開始就感覺到自己異常的疲憊，也不知道是怎麼回事兒。

「哥，你的臉色很難看。」慧根兒扶住了我，他到現在都還不知道鬼羅剎的事情，我沒有力氣對他講。

「我沒……」我想輕鬆點兒裝沒事兒，頭一抬，卻看見天上已經快要落下的太陽，依舊是明晃晃的，照得我一陣兒眩暈，後背忽然就開始刺骨的火辣辣的疼痛。

我一下子暈倒在了地上。

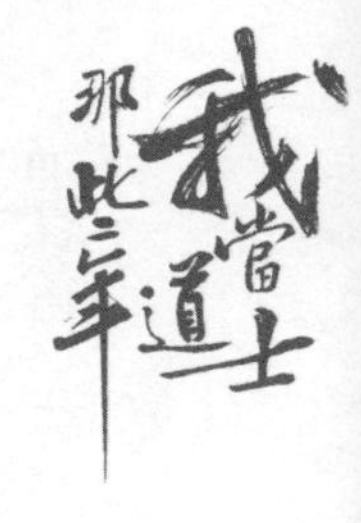

第五十三章　迷夢與陰毒

「陳諾，陳諾，你的名字叫陳諾，真好。」我睜開了眼睛，發現自己站在一個陌生的小院中，一個女子帶著銀鈴般的笑聲，在前方如同一隻燕子般輕舞著，在對我說話。

陳諾？我是陳諾？我有些迷茫，抬頭望著周圍，發現周圍雖然都是黑白的景色，可是能感覺到陽光溫暖，輕風淡然，是一個美好的春天啊。

我的心情很舒服，確切地說是一種說不上的輕柔感，就如同整個人陷入了棉花堆一樣，感覺到周圍都是綿軟而放鬆的空氣。

但我卻不認識前方那個輕舞的女子，她卻不停地叫著我陳諾，她是誰？

我看不清楚她的臉，因為她始終沒有回頭，我只能看見她穿著很樸實的衣服，卻也遮掩不住曼妙的身材，我看了一根黑油油的美麗大辮子在風中飛揚，很美好的畫面。

「妳是誰？」我開口問道。

卻感覺懷裡猛地一重，然後一個身體撲進了我的懷抱：「陳諾，你又裝傻討打了，是不是？你不認識我嗎？討厭！」

完全是女孩子撒嬌的語氣，很美好的有一種初戀般的感覺，周圍的空氣更加綿軟，甚至飄蕩起了一股好聞的橘子味兒，我想我應該抱緊她的，一輩子都不讓她傷心，我腦中泛起了這個念頭，伸出了雙手……

可是，我的雙手卻僵立在了半空之中，不知道為什麼，我的心底卻傳來了抗拒的念頭，我記得在我心底，只有一個身影才是能夠讓我緊緊抱住的，而不是她，我更加迷茫了！

就如此刻，我覺得我應該思考很多問題，可是周圍的綿軟，讓我根本不想去思考。

「陳諾，你怎麼不抱我？你在想什麼？」懷中的女子抱住了我，聲音微嗔地說道，語氣有些埋怨，但更多的是一種讓人麻到骨子裡的嬌憨。

「我在想什麼？」我微皺著眉頭，我根本也不知道自己在想什麼，可是我本能地覺得我不應該拒絕她。

「陳諾，你喜歡我嗎？」她的雙手抱住了我的後背，輕柔地撫摸著我的後背，溫柔得就像一陣清風拂過。

「我喜……」我昏昏沉沉，想說「是啊，我喜歡妳的」，可是發現我怎麼也說不出口，還是在內心的最深處在抗拒，在告訴我，那一句喜歡只會對一個身影訴說……

「陳諾，你怎麼不說話啊？你不喜歡我了嗎？」懷中的女子似乎是生氣了，聲音開始變得哀怨，撫著我後背的雙手也開始用力了。

我不知道說什麼，更不知道怎麼回答，忽然只是想低頭看清楚她的樣子，她卻把臉埋在我懷中，埋得很深很深，我根本看不清楚她的樣子。

「陳諾，你都不抱我了。」

「陳諾，你說話啊？」

「陳諾，你這個騙子，你果然就是一個騙子，你總是會背叛我的！」懷中的女子語氣越

來越嚴厲，語氣越來越快，而抱住我的雙手也是越來越用力，彷彿是要把勒死在這裡一般。

我從內心開始產生一股深深的抗拒之感，下意識地想推開她，她忽然低沉地說道：「你是想推開我了，是吧？我早就知道，你是想推開我了，對不對？」

不對！我的腦子就像劃過了一道閃電，我不是陳諾，我是陳承一，我能抱的，能說喜歡的是如雪，不是她，她是誰？這裡又是哪裡？怎麼一切都是黑白色的？

我一下子清醒了過來，猛地就要再次推開她，卻感覺她抱我的雙手，指甲掐進了我的後背，她惡狠狠地說道：「既然你要推開我，我就讓你永遠不能離去！」

「妳是不是瘋子！」我厲聲地吼道，後背傳來的劇痛讓我一下子冷汗直冒，開始劇烈掙扎，接著我感覺到了意識的一陣清醒……

接著，我睜開了有些迷茫的雙眼，看見在我的眼前，開著一盞昏黃的檯燈，正散發出溫暖的光芒讓人安心，而我趴在柔軟的枕頭上，背上依然劇痛無比。

我忍不住呻吟了一聲，扭動了一下身體，卻從身後傳來一個聲音：「陳承一，你想要小命的話就別動，不然這陰毒隨著血液流進你的心臟，咱們師祖也救不了你。」

這個聲音是如此熟悉，我一聽就知道是承心哥的，但是什麼是陰毒，什麼是我想要我的小命？我完全不懂，可是此刻肚子又傳來了一陣劇痛，讓我感覺趴著也是異常難受。

「忍著！」一個清冷的聲音出現在我的旁邊，然後一伸手塞了一張枕巾在我的嘴巴，是承清哥，這下我連開口問話的自由都沒有了。

「承一你聽著，現在我要徹底動手了，你要配合我，存思動用功力逼毒，具體怎麼做，你是知道的吧？不用我特別說明了吧？」承心哥聲音嚴肅地說道。

我終於忍不住了，一把扯掉枕巾，對承心哥吼道：「你們搞什麼，神神祕祕的？我中毒了，你們至少要給我說清楚，是怎麼回事兒吧？」

我一轉頭，才發現所有人都聚集在了我的屋子裡，全部都神色嚴肅地望著我，肖承乾很乾脆地走進廁所，一陣「劈哩啪啦」的聲音之後，他手上赫然提著廁所裡的大鏡子，然後他走到我跟前，塞了一個小鏡子在我手裡，對我說道：「你看好了！」

鏡中的我臉色都已經白到發青了，白到我甚至能看到我皮膚下的血管了，這小嬌弱……難道是要我看這個？

可是忽然間，肖承乾就舉起了那面大鏡子照到了我的背上，我後背的樣子赫然就映照到了我手裡那面小鏡子上。

「怎麼樣？歡迎欣賞？」肖承乾放下了鏡子，然後俯身到我耳邊，咬牙切齒地說道：「陳承一，你個狗日的個人行動派，是你該給我們說清楚吧。」

一滴冷汗從我的額頭流過，雖然只是一瞬間，我卻清楚看見後背黑了一大片，在腰間的位置有清楚的兩道手臂印記，就像一個人從背後抱我的身影清晰印在了背上。

「啪」的一聲，一個塑膠袋又扔在了我的面前，裡面是黑乎乎的幾塊東西。

「別懷疑，是從你肚子的傷口周圍削下的幾塊爛肉。」承心哥懶洋洋的聲音又在我的耳邊響起，但更多的是不滿。

我的腦子亂成了一團亂麻，這時我就算是二貨陳，我也明白這是怎麼一回事了，是鬼羅剎觸碰過的地方都變成了這樣，除了我的雙手，是因為有沉香串珠的保護吧？

我不肯定，但是我知道一個情況，鬼物到了一定的境界，身上的陰氣怨氣各種負面氣場

聚集，一樣的能夠實質化，那就變成了最凶猛的陰毒，一旦侵入血液，那就是陰毒發作的時候。

這種情況，跟荒村長期被怨霧籠罩，有一些蛇蟲鼠蟻受影響，產生了異變是同一個道理，但怨氣之霧，怎麼可能和鬼羅剎身上自帶的陰毒相比？只要它願意，隨時可以釋放這種陰毒！

我×，因為以為鬼羅剎只是傳說中的存在，我竟然忘記了這一茬，我一下子就憤怒了，如果不是承心哥這次一起行動，陳承一掛一百次都夠了。

「先動手清毒吧，等一下再和你們說發生了什麼事兒，我……」我的話還沒有說話，忽然聞到房間裡飄來了一股橘子味兒。

我想起了那個詭異的夢，一抬頭，發現那個拱形的床頭靠背上倒映著一個紅色的身影。

我一下子全身緊繃，忽然轉過頭，大吼道：「誰吃橘子？是誰在那兒？」

第五十四章　詭異的橘子

映入我眼簾的是所有人震驚的臉，溫暖的黃色燈光之下，哪有什麼紅色的影子？一切都很正常，屋子裡也感覺不到任何不對的氣場，否則按照我的靈覺早已察覺到不對。

不過，橘子卻是真有的，承願一臉無辜地舉著一個紅色的橘子，已經剝開了一半，對我說道：「承一哥，你是要吃嗎？」

我伸手摸了一下自己的臉，有些尷尬，可是我不認為自己是疑神疑鬼，只是歎息了一聲說道：「不要怪我緊張，等一下跟你們說，我遇見了什麼。」

大家同時點點頭，看我的眼光竟然充滿了同情，我一下子就冷汗了，這些傢伙心裡想的該不會是，真可憐，堂堂山字脈的傳人竟被「嚇」成了這樣吧？

我額頭青筋亂跳，吼了一句：「你們在想什麼啊？」結果，如月對我眨了一下眼睛，我無奈地低吼了一聲，轉過了頭去，可是我就是覺得哪裡不對勁兒，在剛趴下的時候，我忽然就想到了，再次急急轉頭。

我看見承願已經剝完了手裡的那個橘子，正要分給承真和如月。

「別吃！別動那個橘子！」我忽然再次大喊道。

承願嚇了一跳，手裡的橘子差點沒有掉到地上去，她望著我再次無辜地說道：「承一

哥，你今天是和橘子有仇嗎？」

「承願，妳先把橘子放下，然後告訴我橘子是在哪兒買的？」我深吸了一口氣，語氣盡量平緩地說道。有些事情還是問清楚的好，我也不想自己疑神疑鬼。

承願見我不像開玩笑的樣子，就把手裡的橘子放在了身邊的小几上，對我說道：「就是剛才你還在昏迷的時候，我出門到賓館走走，遇見一個農婦挑著擔子，然後我跟她買的。」

說完，承願又補充了一句：「看樣子她是要回家了，框裡的橘子也沒剩下多少了，我看一個個紅彤彤的樣子逗人喜歡呢，就買下了。」

肖大少爺已經不耐煩了，走過去拿起承願放在小几上的橘子，撕了一瓣下來，對我說道：「陳承一，你小子老和橘子過不去幹嘛？你不要承願吃，我可吃了啊。」

說話間，肖承乾手中的橘子就被他遞到了嘴邊，我心裡猛然湧起一股說不出來的巨大危機感，吼道：「肖承乾，你信老子就放下。」

肖承乾也被我吼得一愣，橘子停留在了嘴邊，我不想再耽誤，大聲地說道：「傻了吧？這是夏天，而且是初夏，哪裡來的橘子賣？」

所有人愣了一下，其中肖承乾說道：「現在培育出反季的水果很稀奇嗎？」

「我×，反季水果哪個不是貴的？何況這裡還是一個小縣城，你們認為反季水果會是一個農婦隨意挑著賣嗎？怕是早就放在超市裡去了！就算是一個農婦挑著賣，你覺得便宜樣子又好的反季水果，是會賣不掉的嗎？賣到晚上還能剩下，讓承願走出賓館就遇見？」我說了一連串的話，這也是事實！

因為現在已經是深夜了，我們住的賓館又並不在這個縣城的繁華地帶，有些偏僻，就算承願出去的早一些，那也是晚上了，怎麼想怎麼都不對！大家都愣住了，連肖承乾都被我說得放下了手中的橘子，說道：「說得也是啊！」

「總之先放下吧，就算我冤枉了那個農婦，就算這橘子沒問題，也別吃。」這時，背上和肚子上再次傳來一陣劇痛，讓我說話都沒有了力氣。

「好吧，那就先放在那兒，先驅毒吧。」承心哥推了推眼鏡，平靜的表情之下，眼鏡微瞇，目光深邃，也不知道他在想些什麼。

一切看似都正常了，我也鬆了一口氣，又再次趴在了枕頭上，床頭倒映出來的紅色身影，我盡量不去想它，可是當我閉上眼睛，等待著承心哥有所動作的時候，我聽見窗外傳來一個聲音：「呵呵，算你聰明呢。」

「誰？」我立刻轉頭喊了一聲，卻看見黑沉沉的窗外，一角紅色的衣角飄過，再也沒有了動靜。

「承一，如果你怕疼就直說，你再這樣一驚一乍的，我們怕都要被你搞瘋了。」承心哥手上拿著一瓶藥粉，不滿地對我說道。

我剛想辯解，卻聽見肖承乾的聲音，他望著窗外說道：「別怪承一，我剛才也看見了！還有，你們看這個……」

他指的是桌子上的橘子，此刻赫然已經變成了一灘紅水，紅水裡趴著好些慘白色，形狀異常奇怪的蟲子，這些蟲子很少見，但很多典籍裡都有記載，所以我們都認識，是修者的常識，就姑且叫做「陰蟲」吧。

陰蟲，是那種陰氣極盛的地方才會產出的蟲子，當然這種陰氣並不是那種純淨的天地陰

氣，而是指那種鬼物聚集之地的駁雜陰氣之地！

是一種正常的喜歡在墳地生存的食腐蟲被陰氣污染，所形成的樣子！有一個說法是，在有陰蟲的地方必有厲鬼，因為只有出現厲害鬼物的地方才能催生出一兩隻陰蟲。

這種蟲子是那種食腐蟲，就是喜歡腐肉什麼的，但一旦變為陰蟲，牠們就「生冷不忌」了，新鮮的肉也是牠們的最愛，尤其是活體。

如月撚起了一隻陰蟲，輕呼了一聲：「身體很涼啊，這種蟲子用來當蠱蟲也是極其惡毒的一種了，可是在現代，除了少數還保留土葬的農村，已經不好尋找了，因為牠們一被陽光暴曬就會死掉，而陰氣聚集的禁忌之地，又哪裡是那麼好找的？」

「重要的是，牠竟然騙過了我的眼睛，變成了橘子？」承願的臉色變得異常難看，只因為橘子是她買回來的，可她是個道姑啊，竟然著了這種道兒。

這種蟲子如月都說了，當做蠱蟲也是極其惡毒的一種了，想像一下吞下去的後果吧，從內臟開始被啃噬嗎？

我忽然湧起一股深切的疲憊之感，趴在了枕頭上，說道：「陰氣聚集的禁忌之地，那不就是萬鬼之湖嗎？我這次惹到了一個了不得存在，承願，它不只騙過了妳的眼睛，也騙過了我們所有人的眼睛，妳知道所謂的障眼法，其實是作用於靈魂的一種幻術，說不定沒有被施術的人，看見的就是妳提了一袋子紅水回來。」我不知道那紅水是什麼，也不想去想它是什麼。

「我來處理這些吧，承心哥，你先幫承一驅毒吧。」肖承乾歎息了一聲，他說他剛才也看見了，但並沒有說看見了什麼，大家都被這詭異的一幕嚇到了。

身為山字脈的傳人，心中恐怕更是憋屈，竟然被一隻鬼物弄到疑神疑鬼，和普通人一樣驚嚇萬分的境地。

驅陰毒是一個痛苦的過程，痛苦到我已經不願意去回想那一場煎熬，要具體形容，就像是人在清醒著做手術，在這過程中還要不停地配合醫生。

兩個小時以後，在承心哥腳下的垃圾桶裡，已經扔滿了沾滿黑色血液，散發一種說不出來腥臭味兒的紗布，讓整個房間的氣味都變得有些難聞，直到肖承乾去開了窗子，窗外的涼風吹了進來，整個房間的空氣才變得稍微清新了一些，而這時承心哥在幫我上藥。

在整個驅毒的過程中，他其實一直都在幫我上各種藥粉逼毒，或者用針灸的辦法，或是用其他的辦法，這應該是最後一次上藥的，每一把藥粉灑在我的背上，我都感覺好像我背上的肉變成了鐵板燒，嗤嗤作響的感覺，那滋味是手術過後，又清醒著縫傷口的滋味。

「這些藥粉足以撥出你身上少量的餘毒了，你的身體現在很虛弱，我要回去一趟，上次我們在老林子裡找到的一些藥材，包括參精的根鬚，我都基本上處理好了，原本是準備這次的行程完畢之後，再配製成藥丸。看來這一次是不能拖了，我要先回去一趟。」承心哥嚴肅地對我說道，一邊在為我包紮傷口。

我已經疲憊到了一個極點，畢竟整個驅毒的過程是對身心都極大的考驗，他說話的時候，我抓過了枕邊的鏡子，看了一眼自己的樣子，在鏡中的我臉色依舊蒼白，但已經變為了正常人的蒼白，而不是那種失去生機一般的蒼白了，看來承心哥是成功的。

可是我很擔心承心哥說回去一趟的事情，盯上我們的是鬼羅剎，那才是一種真正的「牛皮糖」一樣的鬼物，盯上了你，就是不達目的不甘休的鬼物，承心哥如果落單的話，我不敢

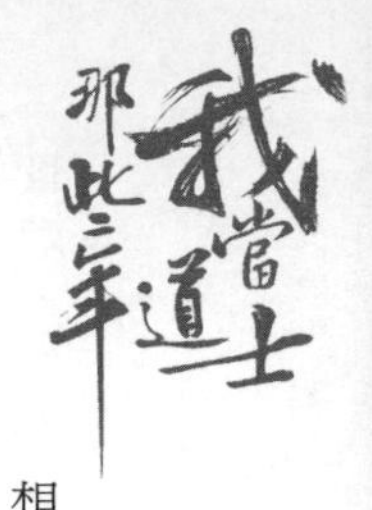

想像那個後果。

「這一次，盯上我們的是鬼羅剎。」我頭趴在枕頭上，疲憊的聲音從枕中悶悶傳來。

而房間中一片沉靜，我補充地說道：「橘子應該就是它的一次試探罷！」

房間裡繼續一片沉寂！

第五十五章 鬼羅剎

鬼物是分了很多等級的，中間也因為各種各樣的生成原因，形成了各種不同的鬼物，所以關於鬼物的劃分，各個流派是不同的，但無論哪個流派在頂級鬼物的劃分中，總少不了三個字——鬼羅剎！

這種鬼物形成的前身必須要是厲鬼，而是是要符合某種「天時地利」的厲鬼！而眾所周知，厲鬼發洩完了怨氣，唯一的結局是魂飛魄散，所以說一個厲鬼存在的時間註定是不會太長久的。

因為厲鬼受怨氣的支使，總是會選擇在第一時間報復，而它們也有能力報復，在報復之後，自然結局就是魂飛魄散。

要形成鬼羅剎這種存在，那是何其的困難？

鬼羅剎的具體能力，每一個流派的典籍都是記載得不太詳盡的，只因為遇見了鬼羅剎的，基本上都死了，要不然就發現了鬼羅剎，大家群起而攻之。

但我們老李一脈對鬼羅剎的記載大致算是詳細的，這種鬼物形成的條件苛刻，總結起來無非就是我前面說過的兩條，外加還必須有一個陰氣聚集之地的「滋養」，有鬼魂供其吞噬，在如此苛刻的條件下，你說每一隻鬼羅剎都是鬼王也不為過，但是那可不是下茅之術請

到的那種鬼王，那種鬼王從嚴格的範疇來講，是不屬於和我們一個世界的，我們這裡是陽間，而那鬼王來自「陰間」。

什麼是陽間和陰間我沒有概念，總之記載上是那麼說的而已。

「鬼羅剎一旦成形，首先就具有了一定的物質能力，那是所有鬼物都夢寐以求的能力，能對現實的物質世界有影響，就好比它可以拿起刀捅向它的仇人！這是精神力實質化的表現，就像特異功能裡的念力，就憑空移動物體一般。」承清哥喝了一口茶，淡淡地說道。

「鬼羅剎從某種程度上來說，有了構築世界的能力，能讓你生存在它構築的幻境裡到死也許也不知道自己生活在幻境裡！就算清醒過來，靈魂也會被控制。這兩種情況可以類比荒村裡，老村長構築的世界，還有傳元那種情況，就是典型的靈魂控制。鬼羅剎的靈魂力太過強大！」承願窩在沙發裡，手托著下巴，也是平靜地補充道。

「而且鬼羅剎身上可以形成陰毒，承一身上就是典型代表。」承心哥跟著懶洋洋地加了一句。

「還有具體能力未知不明，總之是不死不休型！唔，還有一段記載，鬼羅剎嗜血好殺，對身體有著執著的渴望，從古時候流傳的鬼吃人傳說，其實吃人的鬼原型就是鬼羅剎，其他的鬼物，就包括小鬼這種不死不滅的存在，都是不吃人的，想想真恐怖。」最後說話的是承真。

吃人的鬼，我拍了一下自己的額頭，無奈了！確實就是這麼一個說法！小時候，師傅用萬鬼之湖嚇我，說的就是湖裡有鬼羅剎，它會吃了我。

師傅啊師傅，你沒想到你多年前開的一個玩笑，你徒弟就真的遇見了吧。

那個時候的老村長如果再繼續進化下去，那靈魂是有可能化作鬼羅剎的，至於身體則是化作更高級別的殭屍……那樣可不可怕？會不會收拾這隻鬼羅剎跟切菜似的？

我胡思亂想著，這時也才注意到滿屋子裡的人除了我和肖承乾，沒一個人是特別在意鬼羅剎這種存在，就連承心哥也不是太在意。

「事情我已經詳細地和你們說了，鬼羅剎的能力你們也清楚得很！怎麼一個個都這副樣子，你們到底是嚇傻了，還是嚇傻了？」我只能這樣猜測。

「哪裡用得著害怕？天塌下有高個子頂著，我們不是有你嗎？快快好起來吧，三哥哥？」如月走過來，衝我眨了一下眼睛。

而慧根兒則豪情萬丈地說道：「就是，我哥最厲害了，一隻鬼羅剎而已，就算一群也不怕的。」

眾人都附和著，只有肖承乾迷糊地看著我，問我：「承一，你原來到了那麼厲害的境界？」

氣氛就這麼莫名其妙地輕鬆起來，直到多年以後，我才知道那天晚上其實每個人心裡都怕得跟天塌下來了一樣，可是在我趴著敘述的過程中，如月悄悄寫了一張紙條，傳閱給大家，大致意思是鬼羅剎是極端的鬼物，一般對待仇人的方式就是誅殺九族，而我這個人的性格大家都瞭解，讓大家不要流露出一絲害怕的意思，不要給我心理壓力。

大家都照做了，包括肖承乾的裝傻。

而這一切，我在多年以後才知道，想起當時，也忍不住心中溢滿了感動。

在我說完一切之後，沒人想著要怎麼去對付鬼羅剎，只是簡單地分析了一下，鬼羅剎多

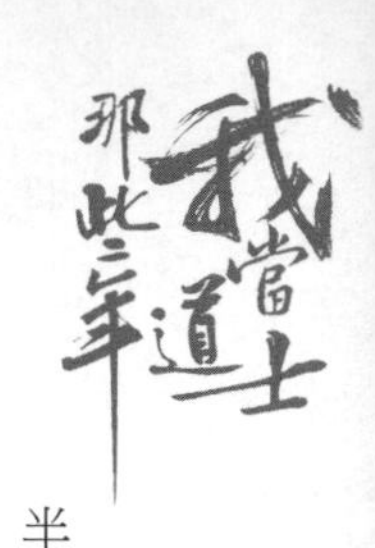

半是來自於萬鬼之湖，而在小屋中我僥倖逃過一劫，是因為手上的沉香串珠。

「沉香串珠可能擊傷了鬼羅剎，所以這一次鬼羅剎也只是用橘子來試探，並沒有大肆行動，也就說明我們還有一些時間準備，至少可以清靜個幾天的。」承清哥分析道，而他的分析不無道理。

「那我還是要回去一趟，承一不能倒下，能讓他快速恢復的只有我配置的藥丸。」承心哥是堅持的。

為此，我們進行了一下討論，我原本是堅持打算把沉香串珠給承心哥戴著的，但承心哥拒不接受，他的理由是既然有幾天清靜的時間，鬼羅剎的主要目標也不是他，所以沉香串珠還是留在我這裡比較好！

最後，在我們的堅持下，由肖承乾陪承心哥回去一趟。

未來的幾天，我們就留在這個賓館，為了安全，大家明面上不退房間，但是在一般情況下，還是聚集在一起，特別是晚上，更不能分散。

而白天，像必須要外出時，也不能一個人。

而留下來的主要目的是為了給我養傷，讓我能夠有一段時間從容地恢復一下傷勢，畢竟鬼羅剎不來找我們，我們也會去找它的地盤，這種碰撞是避免不了的，我能夠養傷是一件尤為重要的事情。

話說到這裡，也算是簡單定下了未來的方向。

我讓承願給我找了兩個軟墊，然後忍著疼痛，靠在了軟墊上面，對大家說道：「在這之前，還有一件事情要做，那就是我從那個凶案現場帶回來了一本記事本和一張照片，或者這些會對我們有幫助。」

「在哪裡？」肖承乾的性子最急，趕緊問我。

「在我的褲兜裡，你幫我拿一下吧。」我忍著疼痛說道。

肖承乾趕緊從我褲兜裡拿出了那本黑色的記事本，幸好還在，這鬼羅剎再有本事也不能從我褲兜裡拿走這個記事本吧，我有些阿Q精神的自我安慰道。

如月坐了過來，幫我輕輕移動了一下軟墊，讓我靠得舒服一些，然後拿起了那本黑色的記事本說道：「照片就一起過來看吧，至於記事本裡的內容，我念給大家聽。」

說話間，她翻開了記事本，記事本裡落出來一張照片，如月拿起了那張照片，那是一張黑白照片，照片上的人很小，是個女人，而且是半側著身子的，只能看見半張臉，可從這半張臉就能看出來這照片上的人是很漂亮的。

至少側臉是漂亮的，除了這個，就是照片的背景很清晰，看得出來是一片農田，遠處有一些更不清晰的人，在田間勞動。

「不是刻意的拍照，倒像是無意中拍到的，這個對我們沒什麼幫助啊？」如月拿著照片分析道，一切都很平靜。

至少沒有我想像的那樣，一看照片就發生什麼詭異的事情之類的。

我拿過照片，說道：「誰說沒有幫助，動用部門的力量，去查照片這個女人的身份和資料，總是可以的，好好收著。」

承真在旁邊插科打諢：「我也想進部門了啊，真是方便啊！可惜師傅說我們相字脈要行走江湖，總不能被束縛的就是我們相字脈啊。」

我無奈地瞪了一眼承真，而如月笑吟吟的，拿起那本記事本說道：「那我來念念這裡面的內容吧，希望對我們遇見的事情有所幫助。」

第五十六章 記事本記錄的黑色往事（上）

整個房間安靜了下來，只剩下如月那有些軟糯的聲音在房間裡迴盪，那本記事本記錄的並不是什麼別的事情，而是傳元自己的心路歷程……

第一篇的開篇是這樣寫的。

「一八××年×月×日。

在學校又被王海他們一群人欺負了，他們拿走了我吃午飯的三塊錢，還笑我媽媽是破鞋，笑我爸爸是王八，我默默地忍受著，比起內心的疼痛，王海打在我臉上的拳頭也不是那麼痛了。我媽媽就是破鞋吧，我爸爸就是王八吧，那些事情我聽說過一些，回家的時候，不要以為我沒看見那些可惡的女人們指指點點的樣子，也不要以為我沒聽見她們的竊竊私語，我恨我媽媽，也恨我爸爸為什麼不離開她，帶著我走！」

「有些可憐啊，這心理扭曲怕是和這些有關係吧？」當如月念出第一段的時候，承真托著下巴評論道，但我沒有說話，這世間可憐的人就太多，但困苦帶給一些人的是崛起的動力，為什麼帶給另外一些人的就是無盡的偏激？

其實，答案我是知道的，無非也就是一念，就好比老村長，不放下恨或者放下恨，書寫的就是兩種結局，就如同那些船上的人們，伸出手或者不伸出手，得到的也是兩種命運。

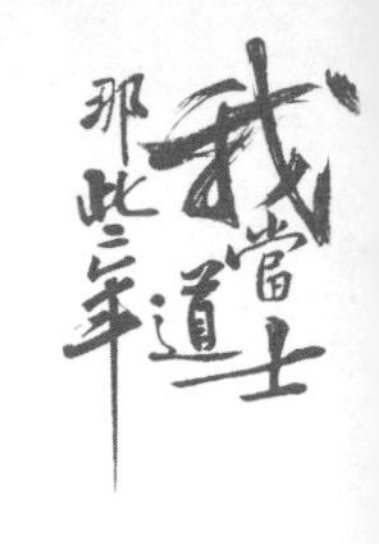

有些選擇，不是上天給你的，它只是把前方的路擺在了你的面前，選擇是在自己的心間。

面對承真的話，如月只是「噓」了一聲，然後說道：「聽我念完再說。」接著，傅元人生的畫面，就隨著如月的聲音，緩緩地呈現在大家面前。

傅元，出生在距離這個縣城不遠的一個小城，七〇後，是一個性格有些內向的男孩子。他的父親是一個老實巴交，性格有些懦弱的工廠工人，母親是當地一所學校的英語老師，出了名的漂亮，當年為了一個城市戶口嫁給了老實的傅元父親。

從傅元的記事本的記錄來看，在傅元小時候，他的性格並不是那麼內向的，也是一個普通的調皮小男孩，甚至有許多朋友，還是一群孩子裡的孩子王，讓他的生命軌跡發生改變的，是發生在他六歲時的一件事情。

到底是怎麼樣的一件事情，因為傅元年紀小，他並不是知道太多，只是身邊一些大人孩子的流言蜚語讓他知道了一些，具體的內容大概就是他媽媽好像和別的男人牽扯不清，而他爸爸懦弱的忍耐了下來。

「我永遠都忘記不了我人生發生改變的那一天，彷彿只是一夜之間，我所有的小夥伴們都離棄了我，他們不理我，離我遠遠的！原本對我很好的，他們的爸爸媽媽看我的眼光也怪怪的。甚至老師，我現在回想起來，也能感覺到她們對我的疏遠，上課提問，從來不點我的名字，我的座位也是班裡的最角落……這一切，就是在一夜之間發生的，我隱約知道發生了一件很可怕的事情！可是再可怕的事情，我有什麼錯？什麼錯！」

這就是傅元其中一篇日記對當時情況的描述，可是他沒有說過發生過什麼恐怖的事情，從始到終都沒有說過，彷彿是在迴避什麼，或者刻意不寫一樣。

在這種人生的遽變之下，傳元的性格就發生了改變，從外向變為了內向，由內向變為了一種逃避似的沉默，有時候甚至一整天都可以不說一句話。

他的傾訴全部都寫在了這本黑色的記事本上，他會一連幾天都不寫，又偶爾會一天寫上好幾段，但上面書寫的內容全部都是偏激的，而一種微妙的轉變發生在他上高中之後的某一天。

「今天放學的路上，王海帶著幾個所謂的同學又來找我了，提醒我一個星期一次的十元保護費應該給他了，他很是得意地對我說，不要小看這十元錢的作用，就是因為每個星期上繳的十元錢，才能讓我免去很多次被揍的危險。他告訴我，像我這種人，我媽媽生出來的這種人沒有報應是不應該的，所以很多人想揍我，也是理所當然的，是他幫著擋下來的。他也很奇怪我媽媽為什麼沒有報應？還能好好的在學校教書，他說欺負我是替天行道！我能說什麼？我提前給了他十元錢！錢嘛，我是不缺的，那個可惡的女人都會給我，比同學們得到的都多，每天都多少會剩餘一些，可是那有什麼用？我依然不會和她說話的，我恨不得她去死，如果不是她的醜事，別人怎麼會說欺負我是替天行道？她怎麼不去死？不去死？她死了，我的世界就清靜了。

晚上回家沒有人，那個女人應該在學校補課，爸爸不在家，應該又是去喝酒了。我肚子很餓，中午把十元錢全部給了王海他們，那是我攢了幾天的錢，還包括明天的午飯錢，如果不出意外，我明天中午也會餓著肚子的。家裡很黑很安靜，我也不知道為什麼會感覺到有些害怕，我還是出去走走吧。」

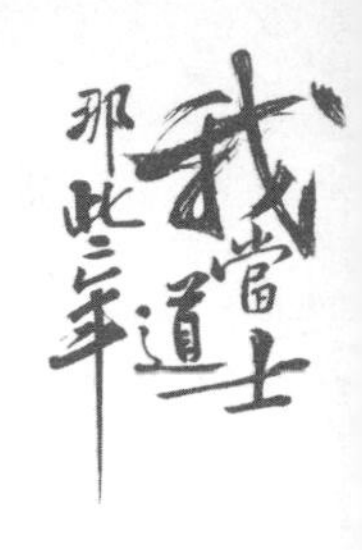

這篇記錄文就是轉變的開始，其實一開始時，我們是沒有注意到這篇記錄文的，因為它和其他的記錄文沒有什麼太大的區別，可是連繫起後來，我們才知道這才是真正改變的開始。

在那一天晚上，傅元是出去了，也就是在那一天晚上，傅元遇見了一個女人，從他第二天的記錄來看，那一天晚上，他在那個女人那裡得到了一盒還冒著熱氣的盒飯，還得到了溫柔地開解，那是第一次有人那麼溫柔地對他說話。

在傅元的描述裡，那個女人是美到了極致的，而且溫柔體貼，善解人意，幾乎沒有任何的缺點，從第一次遇見他就表現出了對那個女人的沉迷。

「這個女人會不會就是鬼羅剎？迷惑一個人，對於鬼羅剎來說，是再簡單不過的事情了，你們覺得呢？」聽到後面的一些描述以後，肖承乾開始發表意見了。

是的，從傅元後面的描寫中，那個女人從出現第一次後，就常常的出現在傅元的生命裡了，幾乎隔三差五的，傅元就會遇見她，從傅元記錄的字裡行間裡，我們看到了傅元對她心理上越來越深的依賴，漸漸地有演變成她是傅元一整個世界的趨勢。

原本，這件事情要是發生在有同樣遭遇的普通人身上，那其實也算不上奇怪，畢竟一個長年被欺負，生活在別人異樣眼光中的沉默男孩，遇見一個美麗溫柔，而且願意傾聽他的女子，產生這種依賴奇怪嗎？奇怪的只是，在傅元的字裡行間裡，提起這個女人總伴隨著一種神祕的色彩，他不知道她的身份，不知道她住哪裡，不知道她什麼時候會出現，甚至連她的年紀都不知道，更沒有見過她有任何的親人朋友，她提都沒有提起過。傅元見她的方式，每次都是在她會出現的那條小巷裡等待而已，那是他第一次遇見她的小巷……

從普通人的交往過程來說，這一切正常嗎？是絕對不正常的！所以，肖承乾才會有此判斷，而我們也認同這個判斷，但事實究竟是怎麼樣的，還需要聽下去。

在沉默了一會兒以後，如月繼續念起傅元的記事本，而接下來的很長一段時間的記錄文字，都和前一段的記錄文字一樣，都是在說他和那個女子之間的一些瑣碎之事。

以往他記錄的被同學欺負沒有了，心理上偏激的恨沒有了，一切的生活軌跡都沒有了，滿篇滿紙都是那個女人。

「我對她說，我還不知道妳的名字，可是我想把妳當成媽媽，我覺得媽媽就該是妳這個樣子的，不但美麗而且還要溫柔，願意聽我傾訴，更沒有那難聽的名聲。她望著我笑了，我從來沒有見過她這樣的笑容，有些奇怪啊，我心裡緊張了，她那麼年輕漂亮，怎麼可能會有我這樣的大兒子？她生氣了嗎？還是她知道了我心裡最深處的想法？我不僅當她是媽媽，而且我發現我已經愛上她了，是深深地愛上了，為了她，我去死都可以。」

如月念到這裡停住了，而我莫名地心裡就緊了一下！

媽媽！傅元在小院裡不就一直喊著媽媽嗎？事情好像清晰了一些，傅元遇見的就是鬼羅剎，他竟然不知不覺的和一隻鬼羅剎……

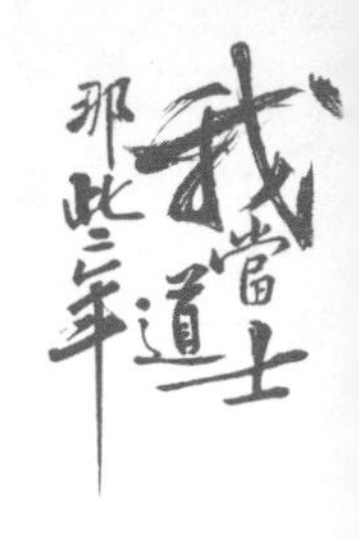

第五十七章　記事本記錄的黑色往事（下）

「我×，我聽不下去了，又喊媽媽，又說愛上了，這是他媽怎樣扭曲的心理才能做到這一點啊，我都起雞皮疙瘩了。」肖大少爺表現出很煩躁的樣子，畢竟這記錄本上記錄的內容對於普通人來說，確實重口味了一些。

不說肖承乾，我的心裡也有一種怪怪的感覺，承清哥和承心哥也同樣有些不自在，反觀女孩子們倒沒有什麼特殊的表現，對於很多禁忌的感情，女人永遠比男人來得包容，這倒是一個真理，因為她們的內心多少都要比男人柔軟一些。

至於慧根兒，他看世間感情的角度都和我們不一樣，他的憐憫更多一些。

「其實也不是不能理解，從傳元幾歲開始，母親這個詞語就被徹底毀滅了，人們都給她的母親打上了一個罪人的標籤，可是對於一個人來說母親怎麼可能等於罪人呢？那是一個最溫暖的詞語啊。所以，遇見了一個他認為完美的人，自然就下意識地要把她做為母親的替代，彌補心理上的缺失，但同時他也是一個男人，愛上一個完美的女人是再正常不過的事情，所以這種矛盾的心理就出現了啊。」承真分析得倒是頭頭是道，怪不得說相字脈的入門是心理學。

可是沒有經歷過同樣的事，這種心理狀態我是很難代入，只能說：「現在可以確定的是，傳元遇見的那個女人就是鬼羅剎，如月，妳繼續念下去吧。」

如月點點頭，繼續把那本記事本念了下去，在又經歷了一段時間滿篇滿紙的記錄他和那個女人的事情以後，傳元的記事本終於出現在了一些別的東西。

在那個時候的傳元已經算是半個成年人了，他沒有考上大學，讀了當地的一個技校，那個學校很差，他原本可以讀更好的學校，但他捨不得那個女人，所以堅持讀了那個學校！

這個決定讓我們唏嘘不已，原本去外地，是一個擺脫鬼羅剎的辦法，因為萬鬼之湖的存在，鬼羅剎是不可能跟隨他那麼遠的，但是……這也許就是人生吧！

說不定傳元真的決定離開了，他的生命也就早早結束了，鬼羅剎要弄死他，有很多種方法，根本不費吹灰之力！

而記事本只是一本冰冷的紀錄，記錄的也是不可逆轉的往事，我們唏噓是沒有用的。

在那個技校的日子乏善可陳，畢竟他擺脫了舊的環境，裡面也多是外地人，沒有聽說過一些事情，加上也都不再是孩子了，也就沒人願意欺負這個沉默寡言的傳元，他的生活仍舊全部是那個女人。

但在他讀了技校接近一年，快滿十八歲的一天，他接到了一個來自他媽媽的電話，電話裡他媽媽的語氣是那麼驚恐，那麼慌張，不等傳元開口，她就這樣對傳元說道：「你是不是認識了一個女人？你快點離開她，她會害死你的，兒子！她不是人，她是……」

傳元當時莫名其妙，甚至是想掛了電話，在他的生命中，他的媽媽根本就不可能和那個女人相比，沒想到他媽媽竟然會詆毀那個女人，他對媽媽的討厭更深了。

可是也等不到傳元掛電話，他媽媽說到「她是」的時候，電話就重重的響了一聲，好

像是掉落在了地上什麼的，接著他聽見電話裡傳來嘈雜的聲音，隱約聽見了他媽媽在嘶吼：「妳要什麼，我都還給妳，不要動孩子，他是無辜的。」再接著就掛斷了！

傅元沒有再打過去，他根本就對那個給他帶來了無盡痛苦的母親沒有半分關心，他在當時甚至是惱怒的，認為他那個討厭的媽媽又要來影響他的人生，連他生命中唯一的亮色——那個女人都容不下。

可是就在當天下午，他又接到一個電話，是一個自稱是員警的陌生人打來的，告訴他，他媽媽在當天下午死在了家中，初步判定是心臟病之類的。

另外，還帶來了一個讓傅元有些傷心的消息，那就是他的爸爸也死去了，原因是因為喝酒太多，從樓梯上摔了下去，直接死亡，員警初步判定是因為要出門給他媽媽叫醫生。

「我的生命中存在著很多的一天，但是沒人能想到一天就足以改變很多事情，就好像在我小時候的一天之後，我所有的朋友離棄了我，而在這個一天，我的爸爸和那個女人都莫名其妙地死去了。我回去看了他們，爸爸好像死得很不甘心，到最後火化的時候，眼睛都沒有閉上，臉上的神情都還保持在一個驚慌害怕的定格，他是在擔心那個女人的病嗎？到死都在擔心她！就像他到死也是喝多了的狀態，沒有喝多，怎麼會放棄打電話，開門去找人呢？也或許他沒有糊塗，打電話又叫誰來幫忙呢？我們家沒有朋友。至於那個女人我不想多說，她到死還想干涉我的人生，到底還想詆毀我最重要的人。是的，我還是有一點點難過，也只是一點點，畢竟就算一隻狗，在一起生活了幾年，都會有感情，何況人？不過，我也有一點點高興，他們死了，我就解脫了，免得人們總說沒有報應，這算不算報應？」如月輕輕念完了這一段，這就是傅元的記事本裡出現的不一樣的事情了。

然後她有些沉重的放下記事本，問我：「三哥哥，你怎麼看？」

我能怎麼看？只能說這是一個悲劇，在我還原的事情真相裡，傳元的父母死得不可能這麼尋常，下手的應該是鬼羅剎，在最後的最後，傳元的媽媽出於一個母親的本能是想保住自己的兒子的，而他的父親應該是看見了什麼，驚慌之下本能地想跑，接著摔下了樓梯，到底是怎麼摔下去的，人已死，也沒有探究的必要了。

真正的悲劇在於，他的媽媽到死都沒得到傳元的原諒，反而母愛被誤會成了更深的誤會，鬼羅剎最惡毒的不在於它殺人，而是在於它這樣玩弄人心，這一點才是最讓我憤怒的一點。

在這中間，當然有蹊蹺的地方，蹊蹺的地方就在於傳元的母親應該是做過什麼錯誤的事情，雖然在那個民風保守的年代，那種錯誤的事情會不被人們接受，但也不會不接受到這種程度，甚至影響到了一個小孩的人生，這中間應該還發生了什麼，但傳元的記事本裡自始至終沒有提起。

我把我的判斷給大家說了，換來的是一陣沉默，如月繼續念著那本記事本。

從傳元的父母死後，記事本的日期就跳動就比較大了，可能是隔很久才會記錄上一小段，但只要有內容，都是和那個女人有關的。

就是說，傳元的父母死以後，傳元依舊沒有擺脫鬼羅剎。

直到有一天，傳元的記事本上出現了一段凌亂的文字，如月也是辨認了很久，才把它仔細地辨認出來。

「不可能，我不太能夠接受，怎麼可能她不是人呢？我在今夜終於擁抱了她，我是那

麼的衝動，就算她身上傳來的冰冷也沒有將我的衝動澆熄，我愛了她那麼久，她就是我的全部，我以為我的愛情終於得到了回應，她卻告訴我，其實她不是人，她是鬼！這太荒謬了，就算不接受我，也不要編這種話來敷衍我啊，這就是我當時全部的想法！可是，她證明給我看了，她真的是鬼，她可以飄在空中，她可以瞬間消失，她……怎麼辦？我慌亂的從那條小巷跑了回來，我好亂，可是我發現我依然愛她，還是那麼喜歡叫她媽媽！不，是我瘋了，還是這個世界瘋了！！！」

如月念完了這段文字，特意把記事本拿給我們看了，最後的幾個感嘆號甚至劃破了紙張，可見傅元的心當時有多麼的凌亂。

傅元終於得到了一個真相啊，可惜他知道得太晚，已經沉迷在其中不能自拔了。

這個世界上愛情是一種最神奇的感情，它可以讓兩個陌生人靈魂相依地走在一起，在必要的時候，在它燃燒的時候，它可以超越很多東西，就如同傅元的愛情，它甚至超越了生與死，跨越了恐懼，可它寫下來的也註定是悲劇。

因為傅元遇見的是鬼羅剎，而接下來的事情，就是傅元人生扭曲的開始，恐怖故事的開頭……

第五十八章　私人行程

事情接下來的發展是，傳元在得知了真相以後，掙扎了幾天，還是軟弱地選擇了繼續沉淪，他再次找到了鬼羅剎，再次帶著一種滿足的心態回到了以前的生活。

他甚至了忘記了他記事本上的某篇記錄，就是他媽媽臨死前的那個電話，他什麼也不想，從那一天開始，那個鬼羅剎就是傳元的全部世界。

「在這裡，就是這一天的記錄上說了，鬼羅剎告訴傳元有長相廝守的辦法。」在繼續念了一段記錄以後，如月如此說道。

我大概已經能猜測到了，忍著背上的劇痛對如月說道：「念。」

「媽媽還是不肯接受我的愛情，卻對我一天比一天溫柔，一天比一天照顧。可以和她天天相守，我不是應該滿足嗎？人又如何？鬼又如何？在我看來，我一路長大的過程中，所有的所謂人都比不上我的媽媽善良美麗！我原本就抱著這個想法，打算和媽媽一起過下去了，就算我死掉了，變成了鬼，也過下去！不過，在今天卻得到一個好消息，媽媽問我，想不想可以真實的牽著她手，一起走在陽光下？想不想她活過來？我想，我怎麼可能不想！然後媽媽卻猶豫了，她告訴我，她是有復活的機會的，可是她復活卻要死太多人，她不想我冒險，她更不想自己為自己復活，犧牲那麼多人的性命。媽媽真是太善良了，那些人的性命算什麼？連和她的一

根頭髮都不能比！我冒險算什麼，就算我有一百條命，全部給媽媽都可以。哈哈，我到底還是知道了那個復活的辦法。」

如月念完了，臉上帶著一種不可思議的神情看著我們。

承清哥背著手站起來說道：「已經是彌足深陷的人，不可挽救！那麼荒謬的事情，他也不會去思考什麼的，承一說過在傅元爆發的那一次，忽然有女聲說了一句話，你們知道這意味著什麼嗎？」

「意味著傅元已經被鬼羅剎種上了一絲靈魂印記，嗯，就如同官方的說法，多重人格也是可以解釋的，就是說傅元已經對鬼羅剎沉迷到，愛妳我就變成妳那種樣子了，他有一重人格就是鬼羅剎。所以說，殺人算什麼，就算更瘋狂的事情，傅元也能做出來！甚至從心理學上來說，因為鬼羅剎是鬼，傅元已經把死亡這回事兒看得很淡定了，甚至因為他和鬼羅剎的生死間隔，他把死亡看得特別美麗，是一個沉淪於死亡的人。」承真又開始了心理分析。

只不過，這些心理分析說出來就像一個黑色的幽默，聽起來荒誕不羈，細想起來，卻會讓人頭冒冷汗，背上起雞皮疙瘩。

人生的重大選擇從來都只在自己的一顆心間，就如同笑與不笑，沉淪與否，軟弱與否，都是自己的態度決定自己人生的岔路，註定的事情也會因為自己的態度而變得可大可小。

就像窗外的雨可以是傾盆大雨，甚至引發洪流，也可以是微微細雨，聽一場心靈的寧靜。

我們看著傅元的人生，看著他一次次的選擇，不過也是對他的悲劇一聲歎息。

接下來的記錄就是一本恐怖的記錄，鬼羅剎要復活的辦法就如傅元所記錄的那樣，是需要很多人的生命來填，打個簡單的比方，它要這個女人的眼睛，因為和它匹配，或者要那個女人的手指……

而傅元就為此開始了獵殺之旅，被他盯上的人，就是為了為鬼羅剎奉獻一個器官，他的記錄本上全部記錄的是這些，在某天盯上了誰，在某天殺了誰，然後欣慰地覺得離目標又近了一步。

如月念到這裡已經念不下去了，放下了那本黑色封皮的記事本，問我：「你怎麼看？有這種復活的辦法？那未免也太恐怖了吧？」

我腦海中想起了那個瀰漫著血腥和腐臭味兒的小院，想起了那些哭泣的女子冤魂，那就像一場恐怖的夢，我輕輕地搖搖頭，說道：「至少我沒有聽說過這種復活的辦法，也不明白鬼羅剎迷惑傅元殺這麼多人是為了什麼。」

屋子裡的氣氛陷入了安靜，承心哥說道：「這本記事本對我們的幫助也不算大，你們沒發現嗎？關於鬼羅剎具體的事情，這本記事本上提到的太少太少。承一，你要考慮一下怎麼好好處理這件事情，我和肖承乾明天就出發回去一趟，大概三天的時間就會回來。」

我閉目想了一會兒，淡淡地說道：「通知路山和陶柏吧，這一兩天我們做了什麼，也應該讓他們知道了。」

「嗯，這就是最好的辦法。」承清哥坐下了，閉目緩緩地說道。

承心哥和肖承乾在第二天天不亮就出發了，剩下的我們都聚集在了一個房間，日子過得有些緊張和壓抑，路山和陶柏也知道了這件事情，相反，他們並不是太緊張。

在這一天的中午，路山把我約了出去，說是要在下面的小花園走走，讓我陪著他。

走到了樓下的小花園，路山點上了一枝菸，忽然開口對我說道：「承一，有沒有辦法對抗鬼羅剎，如果有，我就私自做決定，不彙報給上面。」

我原本精神並不是特別集中，一聽路山這樣說，忽然就愣了，有些驚奇地望著路山說道：「你這話是什麼意思？」

「如果彙報給上面了，我不保證你的行動能拿到你想要的東西，就是這麼一回事！我和你的約定也是照舊，如果有什麼特殊的物品，你給我，沒有也就算了。」路山說這話的時候，神色平靜，微微瞇著眼睛，讓人看不穿這個人到底是在想些什麼。

我沉默著，說實話，我沒有什麼把握去對付鬼羅剎，而且我擔心我身後人的性命，這個選擇我一時間猶豫不定，這不是我個人能做出選擇的事情。

「在我的能力範圍內，還是可以做一些事情的，就比如說那個照片上女人的身份，我是可以默默幫你調出一些資料的，知道了身份和一些事情，對於你對付鬼羅剎也是有幫助的吧。」路山很是隨意地說道。

我看著眼前這個人，彷彿對於相關的部門，他比我更加反感，而且他也篤定了我不會出賣他，對我說任何話都是那麼沒有保留的隨意。

「你到底是誰？」我望著路山，認真地說道。

路山望著我一下，然後掐滅了手中的香菸，望著小花園裡一朵盛放正好的鮮花說道：「我能是什麼人？我是路山啊，一定要說的話，我也會一些道術什麼的，說起來也是學習的山字脈，這樣夠不夠？」

我望著路山愣了一下，說道：「嗯，我知道了，這件事情我個人不能做決定，要和大家好好的商量一下，就是這樣。」

三天的日子過得很快，這三天的平靜簡直出乎我們的意料，竟然每天日升日落，吃飯睡覺，沒有任何一件值得一提的事情發生。

黑色的記事本和照片我們最終沒有交給警察局，那種東西給他們看了的後果，我無法想像，只能借助上級部門的威力，把黑色記事本和照片扣了下來。

比較忙碌的是路山，這三天，他一直都在默默調查照片上女人的事情，這也只能算是一個方向吧，畢竟那照片怎麼來的，照片上那個面目模糊的女人是誰，那本黑色記事本上沒有提起過一絲一毫。

不過，路山的調查暫時沒有結果。

我紅著一雙眼睛，等待著承心哥的歸來，平靜是相對的沒有發生什麼事情，在我身上其實發生了一件事情，那就是只要我一睡著，就必定做夢，在夢裡我必定就是那個叫做陳諾的男子，也必定會看見一個愛我極深，卻看不清楚面貌的女子。

我無論用什麼辦法都阻止不了這個夢的發生，我潛意識地很抗拒這個夢，所以，我也下意識地抗拒睡眠，如果不是困到了極致，我一般都不會入睡。

這就是鬼羅剎的行動嗎？我心裡沒譜！說給大家聽，大家也說不出一個所以然。

而萬鬼之湖的行程從某種程度上來說，已經成為了我們的私人行程，因為在商議之下，我們最終決定這件事情讓路山不要彙報，所以，我們也要面對鬼羅剎！

《江河湖海・湖之卷(上)》完

高寶書版集團
gobooks.com.tw

DN 174
我當道士那些年 III 卷一：江湖河海・湖之卷(上)
作　　者　仐三
編　　輯　蘇芳毓
排　　版　趙小芳
美術編輯　宇宙小鹿
出　　版　英屬維京群島商高寶國際有限公司台灣分公司
　　　　　Global Group Holdings, Ltd.
地　　址　台北市內湖區洲子街88號3樓
網　　址　gobooks.com.tw
電　　話　(02) 27992788
電　　郵　readers@gobooks.com.tw（讀者服務部）
　　　　　pr@gobooks.com.tw（公關諮詢部）
傳　　真　出版部　(02) 27990909　行銷部 (02) 27993088
郵政劃撥　19394552
戶　　名　英屬維京群島商高寶國際有限公司台灣分公司
發　　行　希代多媒體書版股份有限公司/Printed in Taiwan
初版日期　2014年4月

國家圖書館出版品預行編目(CIP)資料

我當道士那些年 III（卷一・江湖河海・湖之卷(上)）
／仐三著 -- 初版. -- 臺北市 :高寶國際出版 :
希代多媒體發行, 2014.4
面；　公分. -- (戲非戲174)

ISBN 978-986-185-998-9(卷一：平裝)

857.7　　　103006178

GOBOOKS
& SITAK
GROUP©